異邦人の夜（上）

梁石日《ヤン・ソギル》

幻冬舎文庫

異邦人の夜（上）

1

　マリアが榎本博之《えのもとひろゆき》と出会ったのは一年ほど前である。新宿歌舞伎町の雑居ビル地下にある「紅孔雀《べにくじゃく》」というクラブに深夜の二時頃、榎本が入ってきた。二年前までは一月《ひとつき》に一、二度来店していたのだが、店が改装されてからきたのははじめてだった。背もたれの高いボックスと薄暗い照明に榎本が少し戸惑っていると、五十過ぎになるママが愛想笑いを浮べて近づいてきた。

「本当に久しぶり。たまには顔を見せなさいよ」

　声を掛けられた榎本は席に案内された。

　以前は普通のバーだったが、頭まで隠れてしまう背もたれの高いボックスは外部から中の様子が見えにくくなっている。ボックスの中でホステスと卑猥《ひわい》な行為をしても、わからないようになっているのだ。

　ママはマリアを呼んで榎本の隣に座らせ、

「どう、この子が気に入った？」

と訊《き》いた。

榎本はちらとマリアを見て黙っていた。

「この子はお客さんの相手をするけど、ホテル代は別で、一時間の飲み代とこみで三万円。もちろん飲むだけでもいいんだけど……」

狡猾《こうかつ》な目で榎本の顔色をうかがいながらママは返事を待った。

マリアはかすかにほほえみ榎本にビールをついだ。いきなり三万円を請求されて、以前とはまったくちがうシステムに榎本はいささか憮然《ぶぜん》としていたが、革ジャンの内ポケットから三万円を取り出してママに手渡した。

三万円を受取ったママは、

「じゃあ、ごゆっくり」

と、まるで素知らぬふりをして席を去った。

榎本はグラスにつがれたビールを一気に飲み干し、急用を思い出したように立ち上がった。怒ったふうにも見える榎本の態度にマリアもあわてて立ち上がり、店の奥の更衣室で、ネグリジェのようなピンク色の衣装の上にコートをはおって榎本のあとを追った。

底冷えのする夜だった。午前二時過ぎともなると喧噪《けんそう》をきわめていた歌舞伎町も人通りがすくなくなり閑散としていた。先を歩いて行く榎本に追いついたマリアは榎本と腕を組んだ。寒いこともあるが、カップルを装うためである。

「どこへ行くんだ」

榎本が不快そうに低い声で言った。

「こっち」

腕を組んだままマリアは榎本をホテル街へと誘導した。

榎本は誘導されるがままに黙って歩いた。

マリアは一軒のホテルに入った。店が指定している連れ込みホテルである。受付の女が榎本を確認して料金を受取るとマリアに部屋の鍵を渡した。勝手知ったマリアはエレベーターに榎本を乗せ、三階の三〇四号室に案内した。そして我慢していた小用を足すようにマリアはバスルームに入ってシャワーを浴びるとバスタオルを巻いて出てきた。

「早く服を脱いで下さい。時間がないの」

マリアは椅子に座って煙草をふかしている榎本を急《せ》かせ、巻いていたバスタオルをはずしてベッドに入った。榎本はまるで要領を得ない童貞のように躊躇《ちゅうちょ》しながら服を脱ぎ、マリアの横にすべり込むと、いきなり乳房を鷲掴《わしづか》みにして舌を這《は》わせた。

「もっと優しくして……」

男にもてあそばれるのを拒絶するようにマリアは体をくねらせ、甘美な声をもらした。榎本の欲望がマリアの体を求めていた。

榎本がマリアを抱きしめキスしようとすると、

「キスはやめて」

マリアは顔をそむけて拒否した。

「どうして？」

「どうしても」

顔をそむけたままマリアは意志のこもった声で拒んだ。

榎本は、それ以上何も言わずマリアの中に没入した。これまでマリアの体を通り過ぎて行った多くの男たちに対して演じてきた擬態をいままた演じながら、マリアは榎本のものを締めつけた。たまらず榎本は頂点に達し、がっくり膝を折ってマリアの豊満な乳房の谷間に顔を埋めた。まるで瀕死《ひんし》の重傷を負ったけもののように榎本は息もたえだえだった。その榎本を押しのけるようにしてすり抜けたマリアは、ふたたびバスルームに入ってシャワーを浴びた。

ホテルを出た二人は風林会館前で別れた。別れ際に、マリアが訊いた。

「店に寄って、飲み直しますか？」

「いや、帰る」

榎本は足を止めてマリアをまじまじと見つめた。

「なぜわたしを、そんなに見るのですか？」

マリアは榎本の好奇心の対象になっていると思った。

「君は何人《なにじん》かと思って」

マリアはそれには答えず、

「それでは、わたしはお店にもどります」

と言って榎本と別れた。

榎本の顔は内に鬱屈《うっくつ》したものをかかえているように見えたが、マリアにとって榎本は、他の客と同じだった。

翌日の午後十時頃、ふたたび榎本が店にきた。酩酊《めいてい》しているようだった。あまり満足できなかった昨夜の埋め合わせをするためにきたのだろうとマリアは思った。

マリアが席に着くと、

「外に出よう」

と榎本は誘った。

普通、ビールの一本も飲んで、それからホテルへ行くのだが、榎本は運ばれたビールに手もつけず、マリアを誘ったのである。

「ママに訊いてきます」

とマリアは言った。

「ママには諒解《りょうかい》を取ってある」

榎本が奥にいるママを一瞥《いちべつ》すると、ママはこっくりと頷《うなず》いた。

「今夜は店にもどってくる必要はない。だから普段の恰好《かっこう》で外に出よう」

店にもどる必要がないということは今夜一晩、マリアを買い占めたという意味である。いったいいくらの金を払ったのかマリアにはわからないが、強欲なママにかなりの額を払ったにちがいない。榎本の服装から推測して、そんな金を払えるようには見えなかったが、とにかくママと話がついている以上、マリアは従うしかなかった。

外へ出た二人はいったんホテルに入った。マリアがいつものようにシャワーを浴びるために服を脱ごうとすると、

「服は脱がなくていい」

と榎本が言った。

「どうしてですか？」

とマリアは不審そうに訊いた。

「今夜は君を抱きたくない」

　と榎本が言った。

「わたしが嫌いなんですか？」

　マリアは怪訝《けげん》な顔をした。

「嫌いだったら、君を誘ったりはしない。今夜は一緒に飲み明かそう。あの店で飲むのはいやなんだ」

　神経質そうな榎本の要求に応《こた》えて、マリアは脱ぎかけた服を着直し、二人はホテルを出た。新宿に勤めていながら店とホテルを往復するばかりで、街中《まちなか》を散策することのなかったマリアは、榎本に連れられて居酒屋、スナック、寿司屋、そして京王プラザホテルのバーで飲んだ。こんなふうに一晩飲み歩き、遊んだのははじめてである。マリアもいつしか酔っていた。

　ホテルのバーを出たマリアは、

「寒いわ」

　と体をこごめた。

　マリアは、肩を榎本に抱きよせられた。思わず抱きすくめられるままにもたれた。

「おれの名前は榎本。榎本博之というんだ。君の名前は？」

「わたしはマリア」

「マリアか……」

榎本は星空を見上げた。

「また会ってくれるか？」

「ええ、店にくれれば、いつでも会えるわ」

榎本を拒否する理由はなかった。

その後、榎本は「紅孔雀」に足しげく通い、そのたびにマリアを外へ連れ出して新宿はもとより、六本木、赤坂界隈《かいわい》を飲み歩いた。そしていつしか二人はこころが通うようになっていた。

ある日、榎本が一緒に暮らそうと言った。マリアは疑心暗鬼だった。自分のような女と一緒に暮らそうと言う榎本の本心が読めなかった。一時的な気まぐれかもしれないと思った。しかし、榎本の真剣な態度にマリアの気持もしだいにほだされていくのだった。好きな男ができるとは思っていなかったが、気がついてみると、マリアは榎本を愛していた。

マリアには気がかりなことが一つある。マリアと榎本の出会いは娼婦《しょうふ》とその客としての出会いである。榎本はそれを承知でマリアとの同棲を望んでいるのだが、それ以外にマリアには秘密があった。

榎本と出会う二年前、マニラからダンサーとして日本へきたマリアは、その日から上野のフィリピンパブで働かされ、いきなり客を取らされたのだ。もちろん拒否したが、暴力団関係の経営する店であり、逃れることはできなかった。憧《あこが》れていた日本へきたその日に、マリアは地獄に落ちたのだった。それからというものマリアは毎晩、四、五人の客を取らされた。一緒にきた友達も売春を強要され、中には無理矢理に覚醒剤を射《う》たれて体をぼろぼろにされたあげく、どこかへ売り飛ばされた者もいた。北千住の古い二階建てのアパートの六畳間に四人が一組になって監禁され、組関係の者に四六時中監視されて、買い物はおろか一歩も外出できなかった。不満を口にすると暴力を振《ふる》われ、場合によっては麻薬を射たれてヤク中にされるのである。

あるどしゃぶりの雨の夜、マリアはいつものように客を取らされてホテルへ行った。客は七十歳を過ぎた老人だった。老人は執拗《しつよう》なまでにマリアの体を求め、やっと射精して果てたあと、疲れたのか眠ってしまった。シャワーを浴びて出てきたマリアが服を着ようとしたとき、椅子に掛けてあった老人の上衣《うわぎ》の内ポケットから黒い財布がのぞいていた。マリアは眠っている老人の様子をうかがいながら内ポケットから財布を抜いた。財布には札束が詰まっていた。マリアは咄嗟《とっさ》に札束を取ってバッグに入れると部屋を出た。ホテルの表には山頭会の幹部である成島剛が傘をさして見張っていたが、知り合いの男と立ち話をしている隙《すき》を突いて逃げた。北千住のアパートから上野の店まで車に乗せられて往復していた以外、街を知らないマリアは方向感覚を失い、どしゃぶりの雨の中を走って駅をめざした。どこを走っているのかわからなかったが、運よく御徒町《おかちまち》にたどり着いた。乗ったのは山手線だった。マリアはできるだけ遠くへ逃げたいと思った。ところが電車は一時間もすると、上野駅に着いたのである。驚くと同時に不可解な感覚にとらわれ、とにかく車輛の隅で乗客の陰に隠れていた。そして一時間あまりのちにふたたび上野駅に着いたので、電車は同じ軌道を周回していることに気付いた。マリアは新宿で降りた。日本へ行くため、マニラで踊りのレッスンをしていた頃から、新宿、渋谷、赤坂、六本木という名前は聞いていたのだ。

その日はホテルに泊まり、翌日から仕事を探し、新宿の喫茶店に勤めた。それから今度は時間が空いている夜の仕事を探し、「紅孔雀」で働きはじめたのである。だが不安だった。ホテルで客から金を奪い、逃走したマリアを組が黙って放っておくはずはないからであった。彼らの残忍な手口はマリアの骨の髄まで刻み込まれていた。見つかれば暴力を振われ、麻薬を射たれて廃人同様にされ、どこかへ売り飛ばされるだろう。恐怖がマリアの後頭部にへばりついていた。

日本へきてからマリアは誰も信じられなかった。だが、誰かを信じたかったのである。こころの支えになってくれる相手を求めていたのだ。そんなとき榎本と出会ったのだった。

マリアは南品川にある榎本のマンションで同棲をはじめた。同棲してから間もなく、マリアは喫茶店と「紅孔雀」を辞め、品川のそば屋に勤めた。二人とも午前十時に出勤して午後六時に帰宅するという規則正しい生活を送っていた。

榎本はマリアと暮らしはじめると、一緒にカナダへ行って向うに永住しようと言いだし、その方法を模索しはじめた。ビザのない不法就労者のマリアを日本からカナダへ出国させることはできないので、榎本はマリアと同じような状況に直面している在日外国人について法務省の入国管理局や外務省の外国人ビザ相談センターというところに電話で問い合わせてみたが、彼らの杓子《しゃくし》定規な対応にうんざりした。といって榎本に知識があるわけではなかった。在日外国人の問題を報道している新聞などにちらと目を通したことはあるが、そうした記事を他人事《ひとごと》と考えてまったく無関心だった自分の無知をいまになって恥じた。そして榎本は新聞社に訊けば何かわかるかもしれないと思って、A新聞社の社会部に電話を入れた。さすがに新聞社は情報とネットワークを多く持っていて、存日外国人を支援しているあるボランティア団体の所在地を教えてくれた。榎本はさっそく目黒にある「在日外国人の人権を守る会」という事務所を訪ねた。

事務所はマンションの一室だった。応対に出てきたのは三十二、三歳の男性である。笑顔を絶やさないその男は榎本の不安を解くためか、柔らかいもの腰で応対した。

「ご本人と一緒じゃないんですか？」

「ええ、彼女は仕事をしていますし、それに恐れています」

「われわれを、ですか」

「いいえ、そういうわけじゃありませんが、まずわたしがお話をうかがおうと思いまして、彼女とは正式に結婚してませんが、いずれは結婚するつもりですので、わたしが代理でうかがいました。代理では駄目でしょうか」

「わかりました。で、どういう問題でしょうか」

榎本はマリアがこれまで辿《たど》った事情を詳しく語った。男はいちいち頷きながら注意深く話を聞いていた。

「ここには多くのフィリピンやタイの女性が相談にきますが、あなたの婚約者と共通した境遇に置かれています。問題は深刻ですが、あなたの理解と協力があれば心配ありません」

男は二、三例をあげてマリアとの共通点を指摘し問題の解決には勇気が必要であると言った。

「ビザもないし、あってもたぶん偽造でしょう。ですから残された方法は入管に出頭することです」

「入管にですか？」

榎本はとんでもないと言わんばかりに拒絶した。

「入管に出頭すれば逮捕されるじゃないですか」

「そうです。逮捕されます。そしてフィリピンへ強制送還されます。それしか方法はありません。いままでの例から言って、罪に問われないと思います。日本政府もフィリピン政府も出稼ぎ外国人については暗黙裏にいちいち罪に問わないことにしていますから。なぜならフィリピン政府にとって出稼ぎ者は貴重な外貨を稼いでくる人たちですから、罪に問うどころか表彰してやりたいくらいのものなのです。また日本政府も出稼ぎ外国人の数が多くて、いちいち審理していられないし、とにかく一日も早く日本から追い出したいわけですから、飛行機の手配がつきしだい送還しています。早い人はその日のうちに送還されたりしています。もちろん航空券の代金は本人持ちですが」

男の話を聞いていた榎本はなるほどと思った。日本にとってマリアのような人間は必要悪であると同時に不必要でもあるというわけだ。榎本は国家というわけのわからぬ存在に胸がむかついた。「在日外国人の人権を守る会」の男の話では、マリアは日本の法を犯しているがフィリピンの法は犯していないのだから、フィリピンに送還されても罪に問われることはないし、フィリピンからならカナダへ出国申請できるだろうとのことだった。それを聞いて榎本はひと安心して事務所をあとにした。

その夜、仕事から帰ってきたマリアに「在日外国人の人権を守る会」の話をすると、マリアは不安げに榎本を見つめた。

「大丈夫、フィリピンへ送還されるときはおれも一緒に行く」

「本当に一緒にきてくれるの？」

「マリアと一緒に行くさ、どこまでも」

「嬉しい」

マリアは涙ぐんで榎本にしなだれた。

「マリアはすぐに泣くんだな」

榎本はマリアの涙をぬぐって瞼《まぶた》にキスした。

「いままで泣かなかったんだけど、あなたに会ってから涙もろくなっちゃった。もっとしっかりしなくちゃ」

マリアの瞳には幸福感が溢《あふ》れていた。それは榎本も同じだった。マリアを抱いているとき、榎本の体の中には熱い血がたぎり、一人の人間として生き返るのだった。榎本はマリアとの生活を守るために、できるだけ早く木村秀雄の仕事を辞め、約束どおりの金を払わせなければならないと決意を固めた。

榎本は四年半前、恵比寿《えびす》駅前で不動産会社を経営している木村秀雄の要請を受けて税務対策のための会社の責任者を引き受けた。いわば脱税のためのダミー会社であり、もし摘発されると刑事罰を受けて二、三年は刑務所暮らしを覚悟しなければならなかった。榎本は木村秀雄に恩義がある。横領や傷害罪で前科持ちになった榎本を木村秀雄が身柄保証人になって会社に引き取ったのである。その代償として榎本はダミー会社の責任者になったのだ。期限は四年だった。国税庁に狙い撃ちされるぎりぎりの年数である。四年の期限を切り抜ければ家一軒相当の見返りを保証するという約束を信じて、榎本は木村秀雄の指示に忠実に従ってきた。その間、木村秀雄は巨額の脱税をして事業を拡大してきたのだった。そして四年の期限を半年ほど過ぎたある日、榎本は書類を届けるために恵比寿の事務所に赴いた。そこで木村と雑談しているとき、榎本はなにげなく訊《たず》ねた。

「約束の四年は過ぎていますが、ぼくの仕事はいつまで続くのですか？」

四年の約束が半年過ぎてもダミー会社を閉める気配のない木村に、先行き不安な榎本は再確認したのだった。

「もう少し続けてくれ。君は何も心配することはない。遊んでいればいいんだ。君はカナダへ行きたいと言っていたが、仕事が終ったらカナダに行けばいいじゃないか。カナダに三年もいれば、こちらの問題は片がつく。そのあとまた帰ってくればいい」

榎本はカナダに永住したいと考えていたが、木村は三年ほど日本から姿を消してくれと言わんばかりの口調だった。カナダに永住するためには、それなりの金が必要であった。木村とは、この仕事を無事終えれば家一軒相当の報酬を提供するという約束だったが、木村の口ぶりでは、どうも曖昧《あいまい》だった。というより忘れたふりをしているのではないかと思われた。

そこで榎本はそれとなく木村との約束を口にすると言下に怒鳴られた。

「仕事もまだ終っていないのに、君はそんなことを考えているのかね。あきれた男だ。横領罪で刑務所にぶち込まれるところを拾われて、この四年半遊んで暮らせたのは誰のおかげだ。それだけでもありがたく思うことだ。不服があるならすぐに辞めてもかまわん。君の代りはいくらでもいる」

高圧的な木村の態度に榎本はショックを受けた。そして自分の考えが甘かったことを反省した。もの腰の柔らかい穏かな紳士だが、どこか得体の知れない木村の眼が榎本を威嚇《いかく》していた。そういうときの木村は、ある種の冷酷さをまざまざと見せつけるのだった。裏街道を歩いてきた老獪《ろうかい》な木村が、おれのような青二才に、そうやすやすと大金をくれるほど甘くはないと思った。この日から木村に対する榎本の不信感が芽ばえた。木村の言葉を信じているとカナダ行きはおろか、このまま一生飼い殺しにされるにちがいない。カナダ行きを実現させるためには木村の秘密の世界を掌握し、それをネタに約束の金を引き出すしかない。それには裏帳簿を手に入れる必要があった。どうすれば裏帳簿を入手できるのか。その方法は一つ。木村の事業と資産を管理している近藤税理事務所の秘書、竹田美和をたぶらかして裏帳簿のコピーを持ってこさせることである。

竹田美和は榎本が責任者になっているダミー会社を定期的に訪れて、榎本名義の口座に振り込まれた金を引き出しにくる。もちろん口座の通帳と銀行印は木村が管理しており、その通帳と銀行印を持って竹田美和は榎本の立ち会いのもとで現金を引き出していた。その日も、竹田美和から銀行の現金を引き出しに行くという電話が榎本に入った。

電話があってから三十分後に竹田美和はタクシーで事務所にやってきた。美和が事務所のインターホンを鳴らしたとき、シャワーを浴びていた榎本はバスタオルを巻いたままドアを開けた。

「なに、その恰好……。シャワーを浴びてるの、こんな時間に？」

バスタオルを巻いた姿を見て驚いている美和に榎本は濡れた頭を掻きながら言った。

「昨夜《ゆうべ》飲みすぎてさ、体がアルコール臭いんだ。それで銀行へ行く前にアルコールの臭《にお》いを流そうと思って」

「いいご身分ね。昼日なかにシャワーを浴びられるなんて」

美和は皮肉っぽく言って事務所に入るとソファに腰を下ろした。

「すぐ出てくるから」

榎本はバスルームに入ってふたたびシャワーを浴び、五分もするとバスタオル姿で出てきた。そして美和の前を通り過ぎようとしたとき意識的にバスタオルを落とした。美和の前に素っ裸の榎本が立っていた。しかも美和の鼻先に榎本の勃起した黒いペニスが突きつけられていた。一瞬ど胆を抜かれて視線をそらした美和を榎本が押し倒した。

「何をするの、榎本さん！　馬鹿なことはやめて！」

あまりに唐突で大胆な行為に動転している美和の唇に榎本の唇が重なった。まるで猿ぐつわをはめられたように「う、う、う……」と呻《うめ》きながら抵抗する美和を強く押さえ込んだ榎本は、美和の手に勃起したペニスを握らせた。美和はそのままの体勢でしばらく抵抗していたが、しだいに全身から抵抗力が脱落していった。榎本があらためて美和の口中深く舌を入れると美和はそれを受け入れた。息苦しくなるほどの長いキスが続き、舌をからませている二人の唇からねばねばした唾液《だえき》が流れてきた。そして榎本が美和の口から舌を抜くと美和は思わず深呼吸でもするように「はあー」と体を痙攣《けいれん》させて息を吐いた。すかさず榎本はペニスを美和の口中に入れた。そのペニスを美和はむさぼるように呑み込んだ。榎本は勝ち誇ったように美和の衣服のボタンをゆっくりはずし、下着を脱がしてパンティを下ろした。恥じらうように陰部を手で隠そうとする美和の裸身は想像以上に豊満だった。榎本が美和の片脚を高々と上げさせてペニスを挿入すると、美和は体をのけぞらせて、喉《のど》の奥からこみあげてくる呻き声を唇からもらした。そして榎本のペニスが美和の体の奥深く侵入するたびに美和はわれを忘れて榎本にしがみついた。

「どうだ、いいだろう」

榎本が美和を見下ろして意地悪く言った。

「わたしをいじめないで……」

美和は喘《あえ》ぎながらすすり泣くような声で言った。

嵐のようなひとときだった。美和は起きる気力もなく裸身をぐったりさせて放心状態になっていた。稲妻のように全身を突き抜けた快楽が美和の肉体の芯部《しんぶ》に疼《うず》いていた。快楽の余韻にひたって小刻みに痙攣している美和を見限って、榎本は服を着た。ようやく美和も体を起こして服を着けながら言った。

「あなたって、ひどい人ね。わたしと近藤のこと知ってるでしょ」

「知ってる。しかし、ぼくは君が欲しかったんだ」

「勝手なこと言わないで。これっきりにしてちょうだい」

怒ったように言う声とはうらはらに欲情した響きが残っていた。

「いやだね。君とぼくはもう他人じゃないんだ」

「一度抱いたからといって、えらそうなこと言わないで。あの人に知れたら大変なことになるわ。わたしと近藤は結婚するかもしれないのよ」

「君がぼくらの秘密を守っていれば、近藤さんにわかるわけないじゃないか。それに、ぼくはばれても平気だ」

「わたしはお断りよ。今日のことは忘れて下さい。お願い。わたしたちはいままでどおりお友達でいましょ」

美和が説得するように言った。

しかし、二人の関係は、その後も続いていった。今日のことは忘れてほしいと頼んでいた美和が、むしろ積極的に榎本との逢瀬《おうせ》を求めるようになったのである。美和は榎本の罠《わな》に落ちたのだった。

それから一カ月も過ぎた頃、榎本は美和に木村秀雄の裏帳簿のコピーを持ってくるよう迫った。力ずくで自分をものにした榎本の本心を知った美和は愕然《がくぜん》としたが逆らえなかった。美和は榎本に言われるがままに裏帳簿のコピーを持ってきた。そのコピーをまた複写し、榎本は一通の手紙をそえて木村秀雄に送った。手紙には、もし自分の要求を入れないときは裏帳簿のコピーを国税庁に送付すると書いてあった。

竹田美和の裏切りを知った近藤税理士は半狂乱状態になって激怒したが、すべてはあとの祭りであった。木村は榎本の要求する五千万円を渡すことにした。

約束の日の午後八時に榎本は五千万円を受取るためにマリアと一緒に恵比寿に行き、駅近くの喫茶店にマリアを待たせて一人で木村秀雄の事務所に赴いた。事務所には木村一人しかいなかった。事務所に入ってきた榎本を木村は憎々しげに見つめた。

「わたしから五千万円をふんだくった気分はどうだ」

五千万円は机の上に積んであった。いままで億単位の金を出し入れしてきたが、それらはすべて銀行口座の中だけの金であった。いまこうして五千万円の現金を見ると、そしてこの金が自分のものになると思うと、榎本は目もくらむような興奮を覚えた。

「では頂きます」

と言って、榎本は机の上の金をボストンバッグに詰め込んだ。

「二度とわたしの前に現れるな。このつぎは容赦しない」

憎しみと軽蔑のこもった声で木村は言った。

榎本は五千万円の入ったボストンバッグを持って事務所を出ると、喫茶店で待っているマリアを呼び、すぐにタクシーに乗って帰路を急いだ。

タクシーの中で榎本はボストンバッグを少し開けてマリアの手を取って札束に触れさせた。

「わたし、何がどうなってるのかわからない。夢を見てるみたい」

「夢じゃない。本物の札束だ。これでおれたちは自由になれる」

榎本はしみじみ言った。マリアは十字を切って榎本の手にキスした。

いつしか雨になっていた。タクシーのフロントガラスに降りそそぐ雨の雫《しずく》をワイパーがゆっくりとぬぐっている。榎本とマリアはしっかりと手を握り、陶然としていた。

「部屋でこれから先のことをゆっくり考えよう」

榎本の声は多少うわずっていた。

大通りでタクシーを降りた二人はマンションまで小走りになった。そしてマンション前の暗い空地にさしかかったとき、停まっていた黒いベンツから出てきた二人の男にマリアはいきなり車の中へ押し込まれた。

「何をする！」

と榎本は果敢に二人の男に体当りしてマリアを奪い返そうとしたが、マリアは車の中にいる男に腕を取られていた。

「久しぶりだな、マリア。ずいぶん探したぜ」

かすれただみ声は成島だった。その声にマリアの背中が凍りついた。そしてマリアを奪い返そうとした榎本も車に押し込まれて短刀を突きつけられ、抵抗できなかった。

榎本とマリアを乗せたベンツは四十分ほど走り、どこかの倉庫の中に入った。車が入ると助手席の男がシャッターを下ろして灯《つ》りを点けた。車から引きずり降ろされた榎本とマリアは恐怖でこわばっていた。成島はさっきからボストンバッグをしっかりかかえて片時も離そうとしない榎本を鋭い目で見ていた。その目に射すくめられた榎本は悟られまいとしてボストンバッグから手を離した。それがかえって成島の猜疑心《さいぎしん》を煽《あお》った。

「旅行にでも行ってたのか」

と成島が榎本に言った。マリアの顔色がさっと変った。

「いいえ、旅行など行ったことないです」

「じゃあ、その大きなボストンバッグは何だ」

「これは……」

榎本は言葉に詰まった。

「調べてみろ」

成島の指図に手下の一人が榎本からボストンバッグを奪い開けた。

「兄貴、現金がぎっしり詰まってます」

手下は驚愕《きょうがく》の声をあげた。

「さっきからおかしいと思ってたんだ。これだけの大金をどこで手に入れた。まともな金じゃないはずだ」

「頼む、金を返してくれ。その金はおれの報酬なんだ。やましい金じゃない。一千万円出そう。それなら文句はないはずだ」

だが、成島に通用するはずもなかった。

成島は手下に命じて榎本を押さえ込ませ、車の中のキャビネットにあったウイスキーを榎本の口に無理矢理押し込んで飲ませた。瓶に三分の二以上あったウイスキーを一気に飲まされた榎本はあっという間に酔い潰《つぶ》れてしまった。それからマリアの両手を後ろに回してガムテープで縛り、ベンツの後部座席に座らせた。

「マリア、これから小田原までドライブを楽しもうじゃないか。小田原ではおまえの国のマフィアが歓迎してくれるさ。おまえを連中に渡さなきゃ、おれの立場がねえんだよ。わかるだろう、マリア。おれのつらい立場が」

車は発進した。雨が激しくなっている。車は東名高速道路に乗って小田原に向った。

これで何もかも終りだと思うと、マリアの胸は張り裂けそうだった。マリアは自分のために途方もない事態に巻き込まれて命まで落とそうとしている榎本にすまない気持で一杯だった。

高速道路に乗った車は豪雨の中を生と死の分岐点に向って疾走して行く。ウイスキーを大量に飲まされた榎本は鼾《いびき》をかいて眠っている。なぜ眠っているのだろう？　マリアは不思議に思いながら、これから起こるであろう惨劇を想像して身震いした。

厚木近くにさしかかったとき、シートに背中をあずけていた成島がゆっくりと体を起こして意識不明の無抵抗な榎本をかかえた。そして車のドアを開けて榎本を放り出そうとした。だが猛スピードで疾走している車のドアは風圧を受けて開けるのが困難だった。マリアは後ろ手に縛られていたが、成島を阻止しようと脚をからませて必死に抵抗を試みた。

「お願い！　やめて！　わたしはどんなことでもします。あなたの言うことなら、なんでも聞きます。だからこの人を助けて下さい。殺さないで！」

「うるさい！　じたばたするんじゃねえ！　てめえの出る幕じゃねえんだ！」

成島はマリアを突き飛ばしたが、マリアは諦《あきら》めなかった。

「しつこいアマだ！」

成島はマリアの頬に強烈なビンタを二発飛ばした。マリアはたまらずのけぞった。その間に成島は思いきりドアを開けて榎本を車の外へ放り出した。

マリアが振り返って見ると、放り出された榎本は後続の大型貨物車に轢《ひ》かれてしまった。マリアは思わず「アーッ」と爪で胸の中を掻きむしられるような叫びをあげて目を閉じ『おお、神さま！』と絶句した。吐きそうだった。残忍で無慈悲な成島は人間だろうか、と思った。

「なんだその目は、怨《うら》むんだったら、てめえを怨め。すべてはてめえが蒔《ま》いた種だ」

成島はせせら笑って煙草に火を点けた。

マリアはもう何も恐れなかった。ただこのまま成島を許しておけないという思いにだけとらわれていた。地獄の底まで見届けようと思った。マリアはガムテープを解《ほど》こうと手首をねじっていた。数分間ねじっていると、汗がにじんでガムテープの粘着剤が溶けだし、やがてマリアの手首がすっぽり抜けた。マリアは横目で、ラジオの音楽に聴き入っている成島を注意深く見守りながら、右手を髪の結び目に回して象牙のかんざしを摑《つか》んだ。マリアはいつも髪を後ろにまとめて結び、象牙のかんざしを差していたのだ。日本へくるとき、母から形見としてもらったかんざしである。そのかんざしを握りしめ、しばらく成島の様子をうかがっていたが、一瞬の隙を狙ってマリアはかんざしの鋭い先端を成島の眼に突き刺した。

「ぐわっ！」と肉を引き裂くような叫びをあげて成島はマリアの腕を握って離そうとしたが、マリアは渾身《こんしん》の力をこめてもう一度成島の眼の奥深く突き刺した。すると口から血を吐いた成島は力尽きたように腕をだらりと下げてシートに体を横臥《おうが》させた。

「てめえ、このアマ！　何をしやがる！」

運転していた男が体をねじって片手でマリアを摑まえようとしたが、猛スピードで疾走している車の前方から目を離すことができない男は、いったんブレーキをかけて車のスピードを落とした。とたんに後続車からクラクションを鳴らされライトをパッシングされて、あわててアクセルを踏み込んでスピードを上げねばならなかった。その隙にマリアは背後から、運転している男の首にかんざしを突き立てた。「アーッ」と叫んで、男がハンドルを大きく左に切ると、斜めに傾いてスリップした車体が横転して二転、三転しながらガードレールに激突した。その衝撃で開いたドアからマリアはガードレールの外側の土手に投げ出され全身を強く打った。幸い雨をたっぷり吸い込んでいた土手は粘土状になっていてマリアは一命をとりとめた。しかし額から血をしたたらせ、土手に投げ出されたとき体を支えようとした左手首を折っていた。また胸に強い圧迫感を覚え息苦しかった。はっきりはわからないが、どうやら肋骨《ろっこつ》も折っているらしかった。

ガードレールに激突したベンツは後ろから走ってきた車に追突されて火を噴き炎上した。そして火は路面に流れ出したガソリンに引火して鈍い爆発音とともに後続車に燃えひろがり、あたりは炎に包まれた。そこへ視界の悪い豪雨の中を走ってきた車がつぎつぎに追突していった。

燃えあがる車を眺めていたマリアは、朦朧《もうろう》とした意識と全身打撲の体を引きずって土手を這い高速道路の柵を越えて外へ逃れた。しかし、混沌《こんとん》とした意識のまま迷走するように歩くマリアの手には五千万円の入ったボストンバッグがしっかり握られていた。

木村秀雄は榎本博之が殺害されたことなど知るよしもなかった。朝刊の社会面にかなりの大きさで高速道路の玉突き事故の記事が掲載されていたが、珍しくもない事故の記事を丹念に読むことはなかったし、かりに読んだとしても榎本の死については何も書かれていなかった。またマリアのことも書かれていなかった。榎本に五千万円を支払った木村ははらわたの煮えくり返る思いだったが、これで万事がうまく収まってくれればやむを得ない処置であったと考えていた。

それより、木村にとって気がかりなことは一九八六年十一月の衆議院選挙であった。木村は自由党の清水義明議員を支援していたが、清水議員は贈収賄の疑惑を持たれていて落選を懸念されていたのだ。木村と清水議員の関係は十年以上続いている腐れ縁だった。清水議員から都市計画や不動産の情報をもらい、その情報にもとづいて土地・家屋を買収して巨額の利益を得ていたのである。したがって選挙のたびに一億、二億の裏金を支援していたが、今回の選挙は厳しい戦いになるということで、木村は不動産の一部を売却して二億五千万円の裏資金を調達したのだった。もし清水議員が落選するとすべては水泡に帰すおそれがあった。

しかし、清水議員は最下位でかろうじて当選した。

「結局、国民は安定を望んでいるんだ」

当選を祝って秘書の賀川隆公と木村を交えて料亭「ふじ」で祝杯をあげていた清水議員は

高笑いした。

「今回の選挙では木村君にいろいろお世話になった。この席をかりてお礼を言いたい。松村派の連中はわたしが落選すると思ってたらしいが、当選したのでさぞかし悔しがっているだろう。今度の汚職が発覚したのも松村派の連中が裏から刺したのがはじまりだ。同じ党に属していながら汚いことをやる連中だよ。特にあの笠原って奴は浜中派を壊滅させようと裏で検察官僚と手を組んで暗躍している人物だ。木村君は彼にも選挙資金を提供しているらしいが、気をつけたまえ。奴はいつ寝返って君を裏切るかわからんよ」

七十六歳になる老獪な清水議員は盃を口に運んであけるとき、木村の胸中を見抜くような目で見た。酒に濡れた唇は笑っていたが、目は笑っていなかった。

「ご忠告ありがとうございます」

木村は頭を下げて清水議員に酒をついだ。

「いやあ、余計なことを言ってしまった。木村君には木村君の考えがあってのことだろう。これからもひとつ、よろしく頼む。あっはっはっ……」

と清水議員は高笑いをした。『狸おやじめ……』と思いながら、木村も笑顔をつくろって秘書の賀川からつがれた酒を飲んだ。

「ところで木村君、投資をしてみないかね」

清水議員は急に真顔になった。

「北朝鮮はいま核査察問題で揺れていて、裏でアメリカと交渉していることは新聞などの報道で君も知ってると思うが、アメリカの本当の狙いは別にある。もちろん北朝鮮が核を保有するようなことにでもなればアジアの緊張はいっきに高まり、日本にとっても重大な局面を迎えることになる。だから北朝鮮の核の保有は絶対阻止せねばならない。だが、アメリカと北朝鮮の核査察問題をめぐる交渉の裏には北朝鮮の鉱物資源がからんでいるのだ。特に今後の先端技術に欠かせないレアメタル（稀少《きしょう》金属）が北朝鮮には豊富にある。

これから世界はますます情報化社会になる。そうなればレアメタルの需要がさらに増えてくる。ところがレアメタルの産出国は世界でも限られている。それも埋蔵量はわずかしかないらしい。北朝鮮はああいう体制だし、情報産業もかなり遅れている。つまり北朝鮮にはレアメタルの需要があまりないということだ。そのレアメタルにアメリカが目をつけているのだ。今後、情報産業が生き残れる必須条件は、レアメタルを長期的に安定供給できるかどうかにかかっている。

丸山先生が突然北朝鮮を訪問して金日成《キムイルソン》に頭を下げて握手したので世間の無知な連中から批判されているが、その裏にはレアメタルをアメリカに独占されないためにも北朝鮮と日本の政財界の間に太いパイプを早急につくっておかねばならないという事情がある。アメリカにレアメタルを独占されると、日本の情報産業の将来は危機的な状況になりかねない。財界の一部の連中はそれを危惧《きぐ》している。といって財界の大物が北朝鮮を訪問して経済問題を交渉したり、資金を投資するのも難しい。いま北朝鮮と交渉中の第二次大戦にからむ賠償問題もある。またアメリカと韓国の手前もある。これは非常に微妙な問題で、アメリカは外交を隠れ蓑《みの》にしているが、日本はそれができない苦しい立場なのだ」

ここまで言うと清水議員は煙草をふかして天井を見上げた。投資をしないかと切り出してきたので公共事業の土地でも買収する話かと思っていたが、清水議員の話は途方もない内容だった。いきなり北朝鮮を持ち出してきたりして、いったい清水議員はおれに何を話そうとしているのだろう。日本の情報産業がどうなろうとおれの知ったことではないのだ。木村は疑心暗鬼になりながら、ふたたび話しだした清水議員の表情を見つめた。

「わたしは政財界の有力者から、この仕事の適任者を探してほしいと頼まれている。あまり目だたない、それでいて力のある人物が必要なんだ。政財官界とは関係なく、独自の力で北朝鮮などと交渉できる人物だよ。もちろんわれわれもできる限りバックアップはする。

そこでわたしは君を推挙しようと思っている。君にはそれ相当の経験と財力がある。当面は二、三十億の資金を必要とするだろう。わたしは丸山先生がつくったパイプを維持しなければならないと考えている。北朝鮮との交渉の場を潰してはならないと考えているんだ」

このあと清水議員は話を切り替え、しばらく雑談をして先に帰った。

実は木村秀雄の母は北朝鮮にいるのだった。韓国の春川《チュンチョン》で暮らしていた木村の母は朝鮮戦争のときに次男と離ればなれになって北朝鮮に行き、現在咸鏡北道《ハムギョンプクト》に一人で暮らしているというおぼろげな消息を清水議員から聞いていた。故郷を離れて四十三年以上、母と会っていない木村は、なんとしてでも母に一度会いたいと思っていた。八十四歳になる母はそう長く生きていられないだろう。生きている間にひと目会いたい。清水議員の依頼はきわめて難問だが、仕事を引き受けることで清水議員から外務省に圧力をかけて北朝鮮と交渉してもらい、母に会うことができるかもしれないと木村は考えた。そして母にひと目会いたいがために木村は清水議員の依頼を引き受けたのである。

ある日、木村の妻の喜代子と娘の貴子《たかこ》が大喧嘩《おおげんか》をした。原因は貴子が婚約者である宮内光彦から、おまえは韓国人だろうと言われたことだった。宮内光彦の母親が興信所に調べさせたのである。二十四歳になるまで貴子は自分がハーフであることをまったく知らなかったのだ。貴子は母親の喜代子に自分の出生の秘密を明かすように詰め寄り、それ以来、生活が荒れだした。毎日したたかに酔って午前二時、三時に帰宅し、ときには二、三日帰宅しないこともあった。そのうち母親が蒐集《しゅうしゅう》している高価な絵画や壺や宝飾類を無断で売りさばいた金を遊びに使うようになった。見かねた母親が注意すると貴子は「くそばばあ!」とののしるのである。

「あなたの残酷なところはお父さんとそっくり。二人してわたしを苦しめるつもりなのね」

「自分のことを棚に上げて、お父さんのせいにしないで。お母さんは自分の好きなものを何だって買ったし、好きなところへどこへでも行ったでしょ。それでもお父さんは何も言わないじゃない。それが不服なの？」

「そうよ、あなたのお父さんは何も言わないわ。わたしが何をしようと無関心。結婚して三十四年間、わたしはお父さんから一度も愛されたことがなかった。学生時代、わたしは心底、お父さんを愛した。でも、お父さんはわたしを一度も愛してくれなかった。寂しさをまぎらわせるために旅行しようと何を買おうと、あなたのお父さんは何も言わない。ときどき軽蔑するような目でわたしを見つめるだけ。日本人を憎んでるのよ」

「それはお母さんの勝手な言い草よ」

「あなたに何がわかるって言うの。三十四年間の夫婦生活の何がわかるって言うの。自分のやってることさえ、ろくにわかりもしないで」

「よく言うよ。じゃあ訊くけど、お母さんはわたしの何がわかるって言うのよ。中学生のときから、わたしは一人ぼっちだった。お母さんはいつも外出したり旅行したりして、わたしはこの広い家の中で一人で遊んでた。服やぬいぐるみやおもちゃをどっさり与えておけばいいと思ってたの？　わたしのことを一度でも考えてくれたことがあったの？　わたしがどんなに寂しかったか知ってたの？　本当のことを教えてあげようか。わたしは高校生のとき、この家で何人もの男の子とセックスしてたのよ。知らなかったでしょ。知るわけないよね。いつも家にいなかったんだから」

「なんてことを言うんです。そんな脅しには乗りません。これ以上、まだわたしを苦しめたいの？　あなたは恐ろしい人ね」

腰を上げて応接室を出ようとする喜代子に追い打ちをかけるように、貴子は、

「何よ、こんなガラクタ！」

と叫んで窓際に置かれていたクリスタルの花瓶を床に叩《たた》きつけた。

「何するんです、この子は！」

引き返してきた喜代子は、壁に掛けてあるピカソの絵をはずそうとしている貴子を羽交い締めにして制止しようとしたが、貴子に振りきられてピカソの絵が落ちた。貴子は小気味よさそうな目で母親の喜代子を睨《にら》んで笑っていた。

「その目よ、その目はお父さんにそっくり。その目は韓国人の目よ！」

喜代子は憎しみのこもった声で叫んだ。その直後に喜代子の腹部を冷たく熱い感触が貫いた。鈍い痛みとともに意識が朦朧としてぐらりと体の均衡を崩したかと思うと、喜代子はそ

の場に倒れた。薄れていく意識の中に割れた花瓶の細長い破片を握った貴子が立っていた。それから激痛が走って、喜代子は「うーん」と唸《うな》って意識を失った。

ちょうどそこへ帰宅した木村が、ドアの開いている応接室をのぞいてみて、ただならぬ事態に驚いた。

「どうしたんだ！　何があったんだ！」

花瓶の破片を握って茫然《ぼうぜん》と立っている貴子をゆすりながら訊いたが、硬直した貴子は体を震わせて倒れている母親を見つめているだけだった。

2

事件が起きてから、すでに一カ月が過ぎようとしている。午前二時になるが眠れそうもないマリアは、瞼を閉じたまま暗闇の中に体を横たえてもの思いにふけっていた。だが、マリアの頭の中を駆けめぐるのは、あの高速道路での出来事と、これから先の不安であった。あのとき骨折した左手首は完治していないし、寝返りを打つと肋骨がまだ少し痛むのだった。

暴力団幹部の成島とその手下にマリアと恋人の榎本博之は車に押し込まれ、榎本博之は豪雨の高速道路に投げ出されて後続の大型貨物車に轢かれ無残な死を遂げた。その無残な死がマリアの脳裏に焼きついて離れなかった。悪夢としかいいようのない出来事である。榎本博之を豪雨の高速道路に投げ出した成島の一瞬の隙を狙ってマリアは象牙のかんざしで成島の眼を突き刺し、手下の運転手の首にかんざしを突き立て殺害した。マリアはそれを後悔はしていなかった。彼らもろともに死ぬことを覚悟していた。どのみち抹殺されるかもしれなかったのだ。猛スピードで疾走していた車はバランスを失って横転し、二転三転して道路脇のガードレールに激突した。そのときドアが開きマリアは車外に投げ出されて奇跡的に一命をとりとめた。横転した車は追突されボン！　という鈍い爆発音をあげて炎上し、炎はたちまち後続車に燃えひろがり、あたりは火の海と化した。車の中に閉じこめられた成島と手下の運転手が断末魔の叫びをあげて身悶《みもだ》えしている姿をマリアは見たような気がした。それとも車の中に閉じこめられて炎に包まれていたのは後続車のドライバーだったのか？

朦朧とした意識の中でマリアは五千万円の入ったボストンバッグをしっかり握りしめ、高速道路の柵を越えて国道へと逃れ、雨に濡れながら空車のタクシーを待った。額から流れる血は雨に流されて血なのか雨なのかわからなくなっていた。空車のタクシーを待っている間、何台ものパトカーや救急車や消防車がサイレンを鳴らしてマリアの目の前を通過して行った。そのたびにマリアは物陰に身をひそめてひたすらタクシーを待った。

一台のタクシーが走ってきた。マリアは必死の思いでタクシーの前に立ちはだかり、急停車したタクシーに乗った。

「すみません、東京まで行って下さい」

雨の降る夜の国道で傘もささずにずぶ濡れの女が一人タクシーを待っているのは不自然だった。そのうえ額から血を流しているので運転手はバックミラーをのぞいていぶかしげに何度もマリアを見た。それを察知したマリアは額から流れている血を手でぬぐい、その場をとりつくろうように言った。

「この雨の中、男に捨てられたんです。車の中で男と喧嘩して。そのときころんで頭を打ったの」

悔しさと腹だたしさの混淆《こんこう》した表情でマリアは運転手の疑念を払拭《ふっしょく》しようとした。

「ひどい男ですね。雨の中に放り出すとは」

運転手との会話の内容とは別の感情がこみあげてきてマリアは思わず涙ぐんでみせた。雨の中、車から男に放り出されて傷ついている、というマリアの言葉を信じたのかどうか、運転手は黙ってしまった。

タクシーが高速道路に乗ってしばらくすると対向車線に炎上している数台の車が見えた。パトカーと救急車がひしめき、消防車が消火作業をしている。

「凄《すご》い事故だな」

運転手は速度を落とし、事故現場を横に見ながら、ふたたび速度を上げて東京方面に向った。

「少し横になりますから、東京に着いたら起こして下さい」

運転手と無用の会話を避けるためにマリアはシートに体を横たえた。

「わかりました」

と答えて運転手は暗闇の前方を見すえた。

マリアは冷静になろうとした。ハンドバッグは成島に連行されるとき倉庫に忘れていた。象牙のかんざしはたぶん炎に包まれたベンツの中だろう。倉庫に忘れたハンドバッグを彼らは警察に届けたりはしないと思うが、ベンツの中の象牙のかんざしはマリアの存在を特定する証拠品になる可能性がある。また、追突した後続車が炎上した事故と同時刻に、国道で頭から血を流し、雨に濡れた不審な女を乗せたとタクシー運転手が警察に届け出るかもしれない。

肌の白いマリアは一見フィリピン人には見えない。マリアの会話は多少訛《なま》りのあるイントネーションを引きずってはいるが、短い会話でマリアを外国人と判別するのは難しいだろう。マリアは外国人であることを悟られないためにも運転手との会話を避けたのである。もし運転手がマリアを日本人に見たてくれたなら幸いであった。

問題は成島の手下たちである。成島と運転手のほか、二人の仲間がマリアと榎本を連行した現場の倉庫に立ち会っている。したがって高速道路の事故でマリアの遺体と五千万円の入ったボストンバッグが発見されなかったと知れば、当然彼らは不審感を抱き、彼らの追跡は以前にもまして厳しくなるにちがいなかった。

東名高速道路の用賀出口手前で運転手に声をかけられた。一瞬眠りに落ちていたマリアは運転手の低い声が成島の声のように聞こえてぎくっとした。体の筋肉という筋肉、関節という関節がロープで縛られているようだった。マリアはゆっくり体を起こし、用賀を出て瀬田交差点のところで降ろしてほしいと頼んだ。

雨は激しく降っている。瀬田交差点で降りたマリアは今度は反対車線に渡ってタクシーを拾い、南品川のマンションをめざした。途中、雪ヶ谷でふたたびタクシーを乗り換え用心に用心を重ねて南品川のマンションの近くでタクシーを降り、注意深くあたりに気を配りながらしばらく様子をうかがった。表道路から少し奥まった空地の奥にあるマンションはひっそり静まり返り、五、六部屋に灯りが点いていた。物音をかき消すかのように降りしきる雨の音に耳を澄まして、マリアはなおも注意深く暗闇を凝視した。榎本とマリアが成島たちに車で拉致《らち》されたのはこの空地だった。マリアは成島の手下が空地の暗闇で見張っているかもしれないと思った。いや、そんなはずはない。事件が発生してから二時間たっていない時点で彼らにわかるはずはないのだ。かりに事件を知ったとしてもマリアがマンションにもどっているとは考えないだろう。

マリアは自分の大胆さにためらいながら、ゆっくり歩を進めた。誰かに出会うのを恐れ足音を忍ばせ階段を上がり、郵便受けの底にガムテープで貼《は》ってある合い鍵を取ってドアをそっと開け、部屋に入った。湿った空気がひんやりしている。マリアは部屋の灯りを点けなかった。灯りを点けると部屋に人がいることを外部に知られる。手さぐりで部屋に上がり、濡れたコートを脱ぎ、マリアはベッドに倒れた。綿のように疲れていた。このまま眠ってしまいたいと思った。そして瞼を閉じると、またしてもいまわしい出来事が蘇《よみがえ》り、胸を掻きむしられるのだった。榎本は本当にもうこの世に存在しないのだろうか。雨の高速道路に投げ出されたのは榎本だったのか。冷たいベッドに一人横になっているマリアの手が榎本の体を探し求めていた。腕を伸ばせば、そこに榎本の熱い体があり、吐息と甘美なキスがマリアを包んでくれるはずであった。その榎本がいまは存在しないのである。愛というにはあまりにも空《むな》しすぎる、つかの間の愛だった。涙が溢れてきた。これからどうすればいいのか、身のすくむ思いがした。けれども感傷的になっている場合ではなかった。マリアは涙をぬぐい、起き上がると入浴の用意をした。雨に濡れた体を温め、髪を洗い、新しい衣類に着替えて一刻も早く部屋を出る必要があった。

左手首を骨折しているマリアは片手でもどかしげに衣服を脱ごうとして体をよじると右脇腹に激痛が走った。やっと衣服を脱ぎ、窓のない浴室の灯りを点けて骨折している左手首を見た。骨折した手首の骨はへの字になって皮膚を破って突き出てきそうであった。額の傷は髪に隠れてそれほど目だたなかったが、真一文字に五、六センチにわたって深く刻まれ、血が垂れている。右脇腹も見た目にはわからないが触ってみると少し陥没しているように感じる。マリアは手短に入浴をすませて、額の傷口にバンドエイドを二枚貼って、そこを髪でおおい隠した。それから旅行用のカバンに衣類と五千万円を詰め込み、荷物をまとめていま一度部屋の中を点検した。タオルで指紋のついていそうなところを徹底的に拭《ふ》き、髪の毛が落ちていないかと、懐中電灯でベッドや床や台所を這って調べ、一本の髪の毛も見逃さずに拾った。住んでいた部屋から自らの痕跡《こんせき》をすべて消し去ることは不可能だったが、マリアはそうせずにはいられなかった。

マリアはきたときと同じようにドアをそっと開けて外の様子をうかがい、足音を忍ばせて階段を降りた。物陰から不意に現れた成島たちに引きずられて車の中に押し込まれたときのように、雨の中の暗闇に成島の手下が身をひそめているのではないかとマリアの足はしばしすくんで動けなかった。雨の勢いは衰えそうにない。闇に身をひそめて息づいているけものたちに狙われているような気がする。マリアは骨折した左手でかろうじて傘を持ち、右手に旅行カバンをしっかり握りしめて雨の中を駆けだした。バス通りに出たが、ここはあまりタクシーの通らない場所である。マリアは百メートルほど離れている国道一号線まで早足で歩いた。胸の鼓動が誰かにつけられている足音に聞こえるのだった。上野のホテルで眠っている老人の財布を奪って逃げたときもそうだが、何かが起きるときはいつも雨にたたられているとマリアは思った。

国道一号線に出るとタクシーはすぐに拾えた。運転手から、どちらまでですか、と訊かれて、ホテルを決めていなかったマリアは一瞬戸惑ったが、新宿や上野は避けるべきだと思い、

「品川駅前のホテルに行って下さい」

と言った。

「プリンスホテルですか？」

と運転手は訊き返した。

「そうです」

品川駅前のホテルの名前を知らなかったマリアは反射的に答えた。

深夜の国道は空《す》いていることもあってプリンスホテルまでタクシーで十分もかからなかった。ホテルの玄関に着けたタクシーから降りると夜間勤務をしているドアマンがマリアの荷物を運んでくれたので助かった。フロントのカウンターで一泊の手続きをするときマリアはフィリピン・マニラの住所を記入した。日本へ出稼ぎにきているフィリピン人女性は大勢いる。日本の架空の住所を記入するとかえって怪しまれるかもしれないと思い、マリアはマニラの住所を記入したのだ。それに日本のホテルではパスポートの提示を求められないことも知っていた。色白で日本人かハーフのように見えるマリアを見てフロントの男は意外な表情

をした。

「カードですか、現金ですか」

とフロントクラークが訊いた。

「現金です」

マリアはコートのポケットから現金を取り出した。

「二万四千円お頂かりいたします」

フロントクラークは事務的な口調で請求した。

マリアは二万四千円を支払って鍵を受取り、自分で荷物を運んで八階の八〇七号室に入った。そして服を脱いでベッドにもぐり込んだが、急に手首と脇腹の傷が痛みだし、寝つかれなかった。マリアは起き上がり、旅行カバンを開けて五千万円の札束を見つめた。持ち歩くのは危険なので銀行に分散して預けようかと考えたが、銀行は本名でないと預かってくれないのだ。それに一時滞在のフィリピン人が五千万円もの大金を銀行に預けるのは不自然すぎる。手だてが浮かばないままマリアはいつしか眠りについた。

翌日、あれほど疲れていたのにマリアは午前八時頃に目を覚ました。カーテンを開けると陽《ひ》の光が眩《まぶ》しかった。どしゃぶりの雨はやみ、青空がひろがっている。マリアは歯を磨き、洗顔して、とりあえず朝食をとることにした。きのうの夜から何も食べていなかった。

一階のレストランに入ると大勢の宿泊客がバイキング料理を食していた。マリアはできるだけ人目につかないよう隅の席に座り、短時間で食事をすませ、ホールの若いベルガールに、

「この近くに大きな病院はありませんか」

と尋ねた。

青のミニスカートに白いブラウスと赤いベストを着け赤いベレー帽をかぶったベルガールは丁重な口調で広尾の都民病院を教えてくれた。マリアは部屋にもどって荷物をまとめ、フロントでチェックアウトしてホテルの玄関で待機しているタクシーに乗り、

「広尾の都民病院に行って下さい」

と告げた。

運転手が黙って発進したので何か疑われたのではないかとマリアは不安になってタクシーを乗り換えたいと思ったが、それもできず、病院に着くまで落ち着かなかった。

病院に着くとマリアは運転手と視線が合うのを避けながらメーター料金を精算して降り、真っ直《す》ぐ病院に入った。午前九時だというのに待ち合い椅子にはすでに多くの患者が座っていた。日本にきて三年になるが病院を訪れたのははじめてである。要領を得ないマリアは消毒液のような薬品の匂いが漂う病院内をうろうろしたのち、混雑している受付の前に行って順番を待った。老人が多かった。みんなくすんだ元気のない顔色をしている。骨折している

マリアも蒼白《あおじろ》い顔色をしていた。

順番がきた。マリアは「あの……すみませんが……」と道でも尋ねるように小声で言った。

「何ですか？」

無愛想な中年女の受付係はおどおどしているマリアを睨みつけるように見た。

「骨を折ってます」

「骨を？　どこの骨ですか？」

普通、初診ですと言うものだが、いきなり骨折していると言われて受付係は面喰《めんくら》った。

「左手と胸です」

マリアは痛みを訴えるように左手首と胸を示した。

「保険証をお持ちですか？」

「いいえ、持っていません」

受付係はマリアを見つめた。ほとんどの患者は健康保険か国民健康保険に加入しているはずだが、保険証を所持していないということは住所不定者か外国人の可能性がある。

受付係はいま一度マリアをまじまじと見つめ、服装や顔の造作や肌の色を確かめ、

「日本人ですか？」

と冷ややかに訊くのだった。

「日本人です。失礼なこと言わないで下さい」

夜の底辺で生きてきたしたたかなマリアは受付係の不用意な言葉を聞き逃しはしなかった。日本人は無意識に差別的な体質を持っているが、その体質こそが弱点であることをマリアは知っていた。マリアは胸を張って毅然《きぜん》とした態度で矜持《きょうじ》を示した。受付係はばつの悪そうな表情になって黙ったが疑念を残していた。

「何か身分証明書になるようなものはありませんか？　運転免許証とか」

「ありません」

マリアは突っぱねた。

困った様子の受付係にマリアは言った。

「かりにわたしが救急車で運ばれてきたら、まず住所、氏名、生年月日、保険証とか身分証明書のようなものを確かめてから治療するのですか？」

矛盾を突かれて、

「あなたは救急車で運ばれていません」

と受付係は反論した。

「わたしは痛くて、苦しくて、立っていられないんです」

マリアは今度はつらそうな声で苦痛を訴え涙を浮べた。その苦しそうな表情に受付係は妥協した。

「実費になりますけど」

足元を見るような口調だった。

「いいです」

コートのポケットから現金を出そうとするマリアを制して、

「料金は診察のあと会計窓口で払って下さい。この書類に住所、氏名、生年月日を記入して下さい」

と受付係は書類を差し出した。

マリアは榎本と同棲していた半年ほどの間、榎本から日本語や文字の手ほどきを受け、結婚の約束をしていたので、結婚したときは名前を榎本真理亜にしようと話し合っていた。だから住所の欄に「東京都品川区南品川2—16—7　日東マンション202」と記し、電話番号も榎本の部屋の電話番号を記入した。これは賭《か》けであった。はたして病院が電話を掛けるのかどうかわからない。氏名「榎本真理亜」、生年月日「1965年4月15日」、年齢「21歳」と記入した。

つたない字であったが、へたな字を書く人間はいくらでもいる。

受付係は順番を待っている患者が気になるらしく、手ばやく診察券を発行した。

「どこへ行けばいいんですか」

マリアが訊いた。

「整形外科ですから、六番です」

追い払うように言って受付係はつぎの患者の書類に目を通しはじめた。

長い廊下が交差している。どの廊下にも長椅子に患者が座っていた。廊下を歩きながら六番の診察室を探した。六番の診察室の前にも数人の患者が待っている。世の中には病人しかいないのではないかと思われるほどであった。

マリアは六番の診察室のドアをノックした。中から、

「何ですか？」

と看護婦が顔をのぞかせた。

「あの、診察してほしいんですけど」

とマリアは言った。

「順番ですから待って下さい。名前をお呼びします」

若い看護婦は愛嬌のある笑顔で答えてドアを閉めた。優しそうな看護婦だったのでマリアはほっとした。

待つこと二時間、ようやくマリアは名前を呼ばれた。骨折の痛みに耐えているマリアの額

にうっすらと汗がにじんでいた。診察室に入るとメガネを掛けた学生のような若い男の医師が書類に目を通し、

「骨折してるんですか?」

と訊ねた。

「はい、階段でころんだんです」

と骨折の原因を説明しながら左手首と胸を見せた。

若い医師は骨折している左手首を見てから上衣を脱ぐよう指示した。マリアは看護婦に手伝ってもらい、上衣を脱いだ。白い肌とブラジャーからはみ出しそうな豊満な乳房が現れた。若い医師は幻惑されるような目つきで、しかし医師としての職務にうながされて骨折している脇腹あたりを手で触りながら診察した。

「レントゲンを撮りましょう。その前に体温を計って下さい」

ふたたび看護婦に手伝ってもらって上衣を着たマリアは脇に体温計を挟んでレントゲン室に連れて行かれた。

体温計を見た看護婦は、

「少し熱がありますね」

と言った。

それから数枚のレントゲン写真を撮影したあと、マリアは廊下で三十分ほど待たされてから呼ばれた。

診察室に入ったマリアに、レントゲン写真を見ていた若い医師が言った。

「かなりひどいですね。右の肋骨が三本、左の肋骨が一本折れています。左手首も骨折してますし、肩にもひびが入ってます。ちょっと、そこの寝台に仰向けになってくれますか。左手首の骨を矯正します。痛みますが我慢して下さい」

看護婦が二人呼ばれて三人になった。呼ばれた二人の看護婦は石膏《せっこう》の用意をしている。医師の指示に従って看護婦があわただしく動いている。左手首の骨折部を矯正するときに、マリアは顔を歪《ゆが》めて思わず呻いた。それから矯正板をあてて包帯が巻かれた。肋骨は石膏で固定され身動きとれない状態になった。コルセットで締めつけられている感じだった。

「四週間ほど入院する必要があります。骨折した骨が完治するまでには、二、三カ月かかるでしょう。とにかく骨折は気長に治すしかないのです」

若い医師の説明にマリアは頷いたが、もっとも気がかりなことは排泄《はいせつ》であった。こんな状態でどうすれば排泄ができるのだろう。

マリアの心配を察したかのように年配の看護婦が言った。

「トイレには一人でいけませんので当分、付き添い人に手伝ってもらうことになります。ご家族の方が付き添ってくれるのでしたらいいのですが……」

看護婦は暗に付き添い人を雇うと費用がかさむと言いたいのだった。

「わたしは一人で暮らしています。部屋には誰もいません」

マリアは誰もいない部屋に電話を掛けられるのを恐れた。

「そうですか。それでは付き添いを雇うことになりますが、よろしいですか」

と看護婦は念を押した。

「付き添いの費用は一日八千円です。それから入院される方からは最初に保証金として三十万円お預かりすることになっています」

急に看護婦の声の調子が厳しくなった。

「お金はあります。わたしのコートを取って下さい」

昨夜タクシーに乗ったとき、マリアは五千万円の中から百万円の封を切って崩していたのだ。その金がコートのポケットに入れてあった。

看護婦がコートを渡すとマリアはポケットから札束を無造作に摑んで取り出し、三十万円を数えて手渡した。入院費の支払い能力があるのかどうかを懸念している看護婦の疑いを払拭するためにマリアはわざと札束を見せたのだった。

「あとで仮領収書を持ってきます」

三十万円を支払ったとたん看護婦の顔に笑みがもどった。

マリアは三人の看護婦に抱きかかえられてキャスターのついた寝台に寝かされ、六人部屋の入口から三番目の窓際のベッドまで運ばれた。そして栄養補給の点滴を受けた。石膏で固められたマリアは仰向けになっているしかない。各ベッドはカーテンで仕切られていて隣にどういう人が入院しているのかわからないが、部屋に入ったときに老人が多いような気がした。

点滴が終り、昼食時間になった。昼食を運んできた看護婦のあとから四十過ぎの女がついてきてマリアのベッドの側《そば》に立った。

「今日からあなたの身の回りのお世話をしてくださる水野葉子さんです」

と看護婦が紹介した。

「水野です。よろしくお願いします」

紹介された水野葉子は笑顔になって挨拶《あいさつ》した。気のよさそうな人だった。

「よろしくお願いします」

仰向けになったまま頭だけを動かし、弱々しい声でマリアは挨拶した。

付き添いの水野葉子は運ばれてきた昼食をさっそくマリアに食べさせた。自分の手で食べていた食事を人から与えられて食べるのははじめての経験である。口に運ばれてきたご飯やおかずや味噌汁をうまく受け入れることができずにときどきこぼした。

「そのうち上手《じょうず》に食べられるようになります」

もどかしげなマリアを励ますように水野葉子は根気よく食事をマリアの口に運ぶのだった。

食事が終ると水野葉子はあと片づけをして、今度は椅子に座って何かを気長に待つふうだった。三十分もするとマリアがもぞもぞしだした。水野葉子はマリアの生理現象を待っていたのである。マリアは我慢している様子だったが耐えきれなくなって恥かしそうに遠慮がちな口調で、

「あの、トイレに行きたいのですが……」

と生理現象を訴えた。

もちろんトイレに行くことはできない。

マリアの生理現象を待っていた水野葉子はベッドの下に用意してあった簡易便器を取り出し、下半身の布団をまくり上げてお尻にあてがい、パンティを脱がせた。性を生業《なりわい》にしてきたマリアだが、さすがに排泄しているところを見られるのは恥かしく躊躇したが生理現象を止めることはできない。用を足している間は布団をかぶせてくれたが、終ると布団をまくり上げ、トイレットペーパーでお尻を丁寧に拭いてくれた。あたりに糞尿の臭いがかすかに漂っている。マリアは羞恥心《しゅうちしん》と諦めにも似た感情の中で一日も早く自分でトイレへ行きたいと

思った。人はいつどういう状態になるかわからないものだ。まさか自分が人に排泄の世話をしてもらうようになるとは考えてもみなかった。

夕食後、看護婦が体温を計り、それを見届けてから付き添いの水野葉子は帰って行った。

ベッドは部屋の左右に三台ずつ配置されており、入口に近い左側の一番目のベッドと右側の二番目のベッドの患者が病院からの貸し出しテレビを観ている。寝返りを打てないマリアは同じ姿勢に耐えるしかない。全身に鉛を流し込まれたかのように重くけだるい感覚が鈍い痛みをともなってマリアの脳の中枢を激しくゆさぶっていた。臭いをかぎつけた警察がいまにもこの部屋に踏み込んできそうな気がする。象牙のかんざしで成島の眼を突き刺し、手下の運転手の首を背後から刺し、そのため車は横転して炎上したが、自分は九死に一生を得て助かったのであり、それは正当防衛だったのだ。そうしなければ榎本を高速道路に投げ出して殺害した残忍な成島に自分も殺されていただろう。だが、正当防衛であることを立証できるだろうか？　誰一人頼れる者がいないマリアは恐ろしい孤独に耐えて闘っていかねばならないのだ。故郷へ帰りたいと思う気持とは反対に状況はますます故郷から遠ざかるのである。

消灯時間の十時になると看護婦がきて、

「消灯時間ですよ。おやすみなさい」

と言ってテレビを消し、部屋の灯りを消した。

薄暗くなった部屋は急に静まり返り、六人の患者は自分の殻に閉じ込もっていた。劇場で客席の灯りが消え、幕が開くと、それまでざわついていた観客席が急に静まり返り、舞台を凝視しようと緊張して咳《せ》き込む客がいるように、マリアの向いのベッドの女性患者が咳き込むのだった。それまで静かにしていたのに灯りが消えたとたんに咳き込み、周囲に迷惑をかけまいと神経を遣っているようなその咳き込み方が、かえってマリアの神経に障《さわ》るのである。どうしてあんなに咳き込むのだろう？　マリアも誘発されて咳き込みそうになるのだが、間もなく女性患者の咳《せき》はやみ、平静を取りもどしたようだった。

マリアは瞼を閉じた。榎本の部屋に指紋を残してこなかっただろうか。ゴミ箱のゴミや炊事場の生ゴミや、歯ブラシ、化粧品、タオル、その他、マリアが同棲していた痕跡をすべて消去してきたつもりだが、それらの痕跡を消していること自体が警察に猜疑心をいだかせるのではないだろうか。考えれば考えるほど混乱してくる。眠るのだ。眠って体力を回復するのだ。マリアは呪文でも唱えるように一、二、三、四……と数えはじめた。千二百五十一、千二百五十二……薄暗い部屋の中に誰かが立っている。マリアのベッドにゆっくり近づいてくる。誰だろう……。マリアは金縛り状態になって近づいてくる人物を見た。マリア、ここにいたのか、探したぞ、おれから逃げられると思っていたのか、マリア、おれの眼をよくも潰してくれたな……。低い声が耳の底に響いてくる。右目に黒い眼帯をした成島と二人の手下だった。アーッとマリアは声を張り上げたが恐怖で声は喉の奥に詰まって叫びにならなかった。マリアは二人の手下に手足を押さえ込まれ、一人がマリアの口にハンカチを押し込んだ。成島は右手に象牙のかんざしを握っていた。マリアが成島の眼を突き刺したかんざしである。成島はその象牙のかんざしを振りかざしてマリアの眼を突き刺した。痛みは絶望となって凍りついた。

「どうしたの？　どうしたの！」

隣のベッドの六十過ぎの女性患者がマリアを揺り動かして声を掛けた。それでもマリアは夢から覚めきれなかった。咳をしていた向いのベッドの五十前後の女性患者もマリアの体を強くゆすった。ようやくマリアは夢から覚めて現実にもどったが声を震わせて泣いていた。

「怖い夢を見たのね」

六十過ぎの患者が心配そうに言った。

「わたしもときどき怖い夢を見るわ」

咳をしていた五十過ぎの患者が同情するように言った。

「すみません。迷惑をお掛けして」

マリアは自制心を失っている自分を恥じながら謝った。

「いいのよ。夢は誰でも見るし、楽しい夢ばかりじゃないから」

向いのベッドの患者が慰めるように言った。

落ち着きを取りもどしたマリアはハンカチで涙をぬぐった。夢の中で成島に象牙のかんざしで突き刺された眼が夢から覚めたあとも痛かった。夢が現実になるのではないかと怯《おび》えた。

朝食前の午前七時に手さげ袋を持った付き添いの水野葉子がやってきた。水野葉子は病院から徒歩で五分のところに住んでいる。

「お早ようございます」

水野葉子は手さげ袋に自分の昼の弁当を入れていた。体温を計り、運ばれてきた朝食を食させ、熱いタオルでマリアの顔と両腕、両脚を拭いた。

「ありがとう」

マリアは礼を言って虚《うつ》ろな目で天井を見た。

「ジュースかコーヒーでも買ってきましょうか」

元気のないマリアの機嫌でもとるように水野葉子は訊いた。

「いいえ、いいです」

気遣う水野葉子にマリアはほほえんでみせた。

その日は尿を二回取っただけで大便はなかった。大便を我慢しているわけではないが精神的に拒否しているのかもしれない。大便は三日も出なかったので、

「便秘ですか。お腹は苦しくないですか」

と水野葉子がマリアの容態を気にした。

「大丈夫です。わたしは三、四日出ないことがあります」

そう言ってごまかしたが、実際は三日も出なかったのははじめてであった。下半身に力を入れるといまにも出そうな気がするが、排泄したいとは思わなかった。そして四日目の朝、食事のあとマリアは水野葉子の手をかりてベッドから降り立ち、一人でそろりそろりと歩いた。一人でトイレへ行くことにしたのだ。水野葉子があとからついてくる。

廊下ですれちがった担当の看護婦が、

「大丈夫？　頑張るわね」

と励ましてくれた。

トイレに入ったマリアは胸の石膏がずり落ちないようゆっくりと垂直にしゃがみ、両足の位置を固定して排泄物が便器からはみ出さないよう注意した。それから深呼吸をして下半身に力を入れて力むと胸の筋肉がふくらみ脇腹が疼いて額と首筋に汗がにじんできた。二回、三回と試みて、ようやく排泄できたが、しかし体を曲げられないのでお尻を拭くのが大変だ

った。マリアは、体を前のめりにして、できるだけお尻を高く上げ指先に挟んだトイレットペーパーで拭いた。

トイレから出てきたマリアの表情は晴ればれしていた。

待っていた付き添いの水野葉子が訊ねた。

「うまくいきましたか？」

「ええ、なんとかいきました」

マリアは嬉しそうに答えて、ゆっくりと病室にもどった。この日で付き添いの役目は終ったのである。もう少し長びくと思っていた水野葉子は、四日目からマリアが一人でトイレへ行くようになったので、いささか不満そうであった。

きまりきった入院生活を送っていると外部で何が起こっているのかわからない。高速道路の大事故がマスコミでどう報道されているのか、警察の捜索はどうなっているのかマリアには知るよしもなかった。一日も早く退院して善後策を講じなければ……と焦りながらも、今後どう行動したらよいのかこれといった明確な方針を立てられないのである。まず行く当てがない。住む場所がないのだ。不動産業者は、というより家主は外国人には部屋を貸さないだろう。一、二カ月はホテル住まいも可能だが、いつまでもホテルに滞在することはできない。五千万円が底を突くまで遊んでいるわけにはいかないのだ。この五千万円は榎本の命であり、マリアが底辺生活から脱出するための金である。

入院してから二週間目に、消灯後いつも咳き込んでいた向いのベッドの患者が退院し、その四日後に隣の患者も退院した。だが、すぐに新しい患者が入院してきた。向いの患者は痔《じ》を手術して、二、三日苦痛を訴えていた。隣のベッドには玄関の敷居につまずいて足首を骨折した七十過ぎの患者が運ばれてきた。マリア以外はみんな年配の患者だった。歳《とし》を取るとあんなふうになっていくのだろうかと漠然と思いながらマリア自身も歳を取ったような気になるのだった。そしてどんな生き方をするにしても体が資本であるとつくづく思い知らされた。

入院四週間目に胸の石膏がはずされ、二、三日様子を見たあとで退院できることになった。四週間、何ごともなく過ぎたのである。だが、退院後、どこに住めばいいのかマリアは決めかねていた。千葉や栃木にはフィリピンパブやバーがあると聞かされていたが、そういうところは避けた方がいいと思った。綿糸町《きんしちょう》にも東南アジア系の店が数多くある。しかし、暴力団関係者の出入りがあると聞かされている。自分には水商売以外に何ができるのか、答えは出なかった。日本にきてから水商売以外の仕事に従事したことのないマリアは、それ以外の商売を考えられなかったのである。

石膏をはずしてから三日後にマリアは退院した。一週間に一度入院費を精算していたが、総計で八十五万円かかった。高いと思えば高いが、一カ月間身を隠せたので安いといえるだろう。

病院を出たマリアは大きく深呼吸をして解放感を味わった。しかし、誰かに見張られているような尾行されているような、四方から他人の目に晒《さら》されているような気がしてならなかった。マリアは病院の前で客待ちしているタクシーに乗って、ホテルオークラへ行ってほしいと頼んだ。以前、ホテルオークラは日本政府の高官や外国の要人がよく利用するホテルだと榎本から聞いたことがある。政府の高官や外国の要人が宿泊するホテルには暴力団組員のような人物はあまり出入りしないだろうと考えたのである。

体にはまだ違和感が残っていたが不自由はなかった。久しぶりに見る外の景観は知らない街のようだった。実際、マリアは上野と新宿と品川しか知らないのだ。それもほんの一部だけである。東京はマリアが想像していた以上に大きな都会であり、この大都会にはマリア一人がまぎれ込める場所はあるはずだと思った。

ホテルオークラに着いてタクシーから降りたマリアはドアマンに迎えられてフロントに赴いた。

フロントの女性がにこやかな表情で迎えた。

「ご予約ですか?」

「いいえ」

マリアは五千万円の入ったボストンバッグをいっときも離さずに言った。

「それではこの用紙にお名前とご住所を記入して下さい」

フロントの女性が差し出した用紙にマリアは住所と名前を記入した。

病院では品川の住所を記入したが、今度は新宿の架空の住所を書き名前は榎本真理亜と記入した。一見マリアはハーフに見えるが、ハーフの日本人はいくらでもいる。フロント係は用紙に記入された住所と名前をコンピューターに打ち込み、

「何泊でしょうか？」

と訊いた。

「一カ月ほど」

澄ました顔で答えるマリアをフロント係はちらと見て、

「一週間ごとの精算になりますが、よろしいでしょうか」

と確認した。

「ええ結構です」

マリアは一週間の前払い金を払い、鍵を受取るとさっさとエレベーターに向い、指定された五〇七号室に入った。そして部屋の中を丹念に調べ、窓の外の景色を眺めた。大小さまざ

まなビルが雑然と建っている。マリアは椅子に座り、煙草をふかしながら、それらの景色をぼんやり眺めた。

マリアは入院しているときから考えていたことがある。髪を染めたり、服を替えたりしても目ざとい暴力団組員から逃れることはできない。奴らは犬より鋭い嗅覚《きゅうかく》で居所をかぎつけ、見抜く本能を持っているのだ。そのうち警察にも指名手配される可能性がないとはいえない。この際、整形をすべきか否か迷っていた。整形で顔を変えてしまうのは自分が自分でなくなってしまうような気がする。わたしがわたしでなくなったとき、わたしはどんなわたしになるのだろう？　それを考えると恐ろしかった。わたしがわたしでなくなれば、いったいわたしは誰なのか？　人間は新しく生れ変ることができるのか？

しかし、いまの顔で水商売の仕事に就いたとしても、いつかどこかで偶然、顔見知りの暴力団組員と出くわさないとも限らない。偶然ほど恐ろしいものはないのだ。榎本博之と出会ったのは偶然だろうか？　それとも運命だったのか？　もし榎本が殺害されていなければ、いま頃はカナダで暮らしているはずなのだ。マリアは決意を新たにして、どんなことがあっても生き延びねばならないと思った。この三年間に何度も地獄の淵《ふち》をさまよい続けてきたマリアにとって、生き延びることが最大の目的だった。

マリアは服を脱ぎ、裸になってバスルームに入った。シャワーを浴びて体を洗い流し、それから大きな鏡の前に立って等身大の裸身を見た。多くの男たちが通り過ぎた体ではあるが、二十一歳という若さに輝いていた。濡れた肢体はしっとりしていてはちきれそうなほど弾力がある。ほどよい大きさの乳房は上半身のバランスを整え、引きしまった腰からまろやかなヒップにかけてなめらかな曲線を描き、細く長い脚が見事に調和している。マリアは鏡の中の肢体を眺めながら、わたしにはこの体があると思った。体を武器として生きていくことになんのためらいがあるだろう。

夜になるのを待って、マリアは外出した。ジーパンに白いシャツを着て、その上にコートをはおっているだけだが、それだけでマリアの容姿はきわだっていた。マリアは繁華街をあてもなく散策した。

交通渋滞の激しい交差点に立ってあたりを見渡していたが、白人や黒人がたむろしているのに驚いた。そして標識に「ROPPONGI」と書かれたローマ字を見て、以前、榎本に誘われてきたことのある六本木であることを思い出した。

マリアは六本木界隈を観察して歩いた。それほど広くない繁華街だが、上野や新宿とはちがう雰囲気を感じた。上野や新宿には、韓国、中国、タイ、フィリピン系の店が多く猥雑《わいざつ》な雰囲気であるのに比べて、六本木はどこか華やいだ感じがした。そしてサラリーマンと若者が多い。どの街にも暴力団組員は縄張を持っているが六本木では暴力団組員らしい者は目につかなかった。

マリアは中華料理店で食事をとり、そのあとで防衛庁わきの坂道を下りて人気《ひとけ》のない道を歩いて行くと、ふたたび賑《にぎや》かな通りに出た。日本風の家屋を囲んでいる長い塀に沿って数台の黒塗りの車が停まっている。高級感のある家屋は料亭だった。料亭というものを知らないマリアは何か新しい発見でもしたように興味をいだきながら通り過ぎた。

繁華街にはそれぞれ趣《おもむき》を異にした性格がある。マリアはふと銀座はどこにあるのだろうと思った。日本でもっとも高級なクラブやバーがあると聞かされている銀座を歩いてみたいと思い、タクシーに乗って運転手に銀座を指示した。

「銀座のどのへんですか」

と運転手が訊いた。

「クラブやバーのあるところへ行って下さい」

とマリアが言うと運転手は黙って発進した。

着いたのは銀座一丁目の柳通りである。タクシーから降りたマリアは柳通りを歩いた。確かに銀座は他の繁華街とはちがう。通りを歩いている人の服装や表情もどこか垢《あか》抜けしているように見える。一方通行の路肩には高級車が所狭しと駐車している。客を送り迎えしているホステスの容姿や身のこなしも落ち着いているように思えた。ほとんどの店はビルの中にあり、外観だけではどういう店なのかわからない。マリアは店の中をのぞいて見たいという欲求にかられたが、女一人でクラブやバーに入るのはさすがに気後れする。奇異な目で見られるにちがいなかった。マリアは六本木、赤坂、銀座を回ってホテルにもどった。

三時間ほど散策したので疲れていた。部屋の灯りを消し、ベッドに横なり、あれこれ考えをめぐらせていたが、やるべきことがあまりにも多すぎて考えがまとまらないのだった。一泊三万円もするホテルに何カ月も宿泊しているわけにもいかない。といってマンションを借りるのはきわめて困難が予想される。榎本と一緒に暮らす前、マリアはアパートを借りようとして十数軒の不動産屋を回ったが結局借りることができず、住み込みのバーに勤めたのだった。

かりに日本人を装ったとしても住民票や保証人がいる。まだ偽造パスポートを使ってマンションを借りたとしても、暴力団組織に知られる危険性があるのだ。金はどう保管するのか。いつまでも五千万円の入ったボストンバッグを持ち歩くわけにはいかない。そして最大の悩みは美容整形だった。何をやるにしても整形をして別人になって行動しなければ、自らの痕跡を残すことになる。マリアはホテルから一歩も動けない気がした。マニラの貧民窟《くつ》で暮らしている家族はどうしているのだろう。できれば五千万円を持って家族のもとへ帰りたいと思った。いや、金など、どうでもいい。その日暮らしでも家族と一緒に暮らしたい。元の自分にもどりたい……。マリアは涙ぐみながら、いつしか眠りについた。

3

清水議員が率いる北朝鮮訪問団は一九八七年一月二十日から三泊四日という短いスケジュールで日本を出発した。

平壌《ピョンヤン》の空港に着き、北朝鮮の要人の出迎えを受けた十五人の訪問団は車で平壌の街を駆け抜け、清水議員ほか与党議員三人、野党の社会統一党委員長・野上功ほか野党議員三人と、外務省、通産省の事務次官が錦繡山《クムスサン》宮殿にいる金日成主席を表敬訪問した。一時間ほど会談したあと、夜は金日成主席主催の晩餐会に招かれて一日目は終った。二日目は午前十時から外務省、通産省の事務次官と四人の官僚が北朝鮮側の官僚たちと協議に入り、八人の議員は北朝鮮の要人に案内されて平壌市内と金日成生誕の地に観光案内された。この観光に木村秀雄も随行した。そして夜はナンバー2といわれている金賢洙《キムヒョンス》主催の歓迎レセプションが催された。三日目は清水議員以下、初日と同じメンバーが金日成主席と会談し、木村秀雄一人が別室で待たされたのである。まるで木村一人だけが蚊帳《かや》の外に置かれている感じだった。いったいおれは何のために北朝鮮訪問団の一員として随行してきたのか、と木村は後悔した。

しかし、北朝鮮訪問団の意図は政治的な問題であり、一実業家にすぎない木村の関与するところではないと思い直した。木村の目的は別にある。それは咸鏡北道で生きていると思われる母と会うことだった。

木村秀雄は忙しそうにしている外務省の若木事務次官に、

「母と会えますか？」

と二、三回訊ねたが、

「北朝鮮側に頼んであります」

と言葉を濁して明快な答えを得られなかった。

その夜、今度は日本側主催の返礼パーティを催したとき、木村が清水議員に母親との面会の件を訊くと、

「北朝鮮の責任者に頼んである。心配ない。近々、返事がくるはずだ」

と言った。今回は会えないということだ。

一回だけの訪問で、すぐに母親に会えるとは思っていなかったが、秘《ひそ》かに期待していただけに木村は落胆した。

三泊四日の北朝鮮訪問は終り、日本側は北朝鮮に食糧支援を約束して帰国したのである。

北朝鮮を訪問して日本政府はどのような成果を得たのか、木村には知る由もなかった。ただ木村は四十四年間音信不通だった母と会いたいがために北朝鮮訪問団の一員になったのだが、母との面会は今後何度か北朝鮮を訪問しなければ実現しないだろう。これからも何度か北朝鮮を訪問するということは、日本と北朝鮮との狭間《はざま》で政治的な問題に深くかかわらざるを得なくなるかもしれない。日本に帰化している木村はそのことを懸念した。

日本に帰ってからも木村は若木事務次官に電話を入れて母との面会について問い質《ただ》したが、若木事務次官は曖昧《あいまい》な返事をするだけだった。

「母が暮らしている地域はある程度わかっているのですから、探すのはそれほど難しくないでしょう」

いらだつ木村に、

「それがなかなか難しいんですよ。なにしろ相手まかせですから。われわれが直接探すわけにもいきませんし」

と若木事務次官は言った。

「清水先生は、近々、返事がくると言ってました」

「そう言われましても、相手が相手だけに」

相手が相手だけにとはどういう意味なのか。

北朝鮮訪問団の帰国後、与党内の反北朝鮮グループが訪問団に対して、なぜ食糧支援を約束したのか、北朝鮮への食糧支援は外務省と清水議員の独断専行であり中止すべきである、と糾弾《きゅうだん》していた。さらに野党内からも反野上派から清水議員と野上議員は癒着しているのではないかという疑惑が持たれていた。というのも昨年末に野上委員長が年越し資金の名目で党員たちに支給した百万円のボーナスの出どころは清水議員ではないかと報道されたのである。この記事に対して野上委員長は否定も肯定もしなかったので疑惑は深まるばかりであった。

反北朝鮮グループと反野上派の挟撃で北朝鮮訪問の成果は評価されるどころか泥仕合の派閥闘争をひき起こした。槍玉《やりだま》に上げられた外務省は右往左往し、ひたすら弁明に腐心するだけで、木村の母親の消息を北朝鮮に確かめるどころではなかったのである。

北朝鮮訪問から帰ってきて一カ月が過ぎた頃、ようやく木村は清水議員と料亭「ふじ」で会うことができた。木村は清水議員より十五分ほど先にきて奥座敷で待っていた。清水議員より遅れてくると機嫌をそこねるのだ。そして清水議員は必ず十分ほど遅れてくる。相手を待たせるのが存在感を示すことだと思っているのだった。

女将《おかみ》に案内されて座敷に入ってきた清水議員は苦虫を嚙み潰したような表情で上座に腰を下ろした。

「お忙しいところをすみません」

木村はへりくだってお辞儀をした。わがままな清水議員は自分に対してへりくだる人間を好むのである。

仲居が運んできたビールを清水議員のグラスにつぎながら、

「今日の先生は、ご機嫌が悪そうですね」

と女将がやんわり言った。

「つべこべ言わず女どもを呼べ」

ビールをひと口飲んだ清水議員は座椅子にふんぞり返って女将に芸者を呼べと命じた。

「はい、はい、わかりました」

だだをこねている子供をなだめるように女将が部屋を出ようとしたとき、

「千草《ちぐさ》と乃舞枝《のぶえ》を呼べ」

と注文をつけた。

どうやら今夜は千草か乃舞枝のどちらかと床入りするつもりらしい。七十六歳になるというのに清水議員はいまだに欲望の衰えを知らない脂ぎった顔をしている。女将は一瞬戸惑った。千草には旦那がいるからだった。しかし、この世界では客の求めに応じなければならない掟《おきて》がある。むろんその掟は状況しだいだが、清水議員のような古くからの常連客の要求をないがしろにはできないのだ。

　女将が部屋を出ると清水議員は腹にすえかねるように言った。

「連中は何もわかっておらん。わしは大所高所からものを見てるんだ。アメリカは必ず先手を打って北朝鮮のレアメタルを手に入れようとするにちがいない。そうなれば日本の先端企業はアメリカに後れをとって大きな打撃を受ける。そのことを考えれば食糧支援などたいした問題ではない。党内でそのことをいくら説明しても松村派が反対して、議論はいっこうに前進しない。松村派はわしを追い落とすことしか考えていないのだ。多数派工作に血道をあげているげす野郎どもだ」

　怒り心頭に発している清水議員の話を聞いていた木村は、かつて多数派工作に血道をあげていたのは清水議員ではなかったのかと思った。そしていま少数派に転落した浜中派の重鎮である清水議員は野党の社会統一党委員長・野上功と個人的なつながりを深めて野合しようと目論んでいるのではないのか。そのうち野党との合同に必要な資金提供を持ちかけられるかもしれない。興奮気味の清水議員に母親の話を切り出していいものかどうか木村は迷った。一カ月ぶりに清水議員と会ったのは母親の行方と面会の可能性を確かめるためである。それは清水議員も先刻承知しているはずだった。

　女将が千草と乃舞枝をともなって部屋にきた。千草と乃舞枝は三つ指をついて、

「こんばんは」

と声をそろえて挨拶した。

口をへの字に曲げていた清水議員がとたんに相好《そうごう》を崩した。

乃舞枝が清水議員の横に座り、千草は木村の横に座った。おそらく女将が指示したのだろう。続いて仲居が燗《かん》をした日本酒と料理を運んできて座卓に並べた。

乃舞枝が清水議員の盃に日本酒をつぐと、右手で盃を受けながら清水議員は助平ったらしい表情で乃舞枝を抱きよせた。

「社長はビールでしたわね」

と言って千草は木村のグラスにビールをついだ。

「ところで……」

と木村が口を開くと、

「わかってる。外務省の若木に話してある」

と清水議員は木村の言葉を先取りして言った。

「そうですか。なにとぞ、よろしくお願いします」

と木村は頭を下げた。

しかし、内心不満だった。北朝鮮から帰ってから若木事務次官には何度も連絡を取っているが、曖昧な返事しかもらえず、最近では居留守を使って木村を忌避している様子さえうかがえる。はたして清水議員は本当に若木事務次官に強く言っているのか疑問だった。もしかすると清水議員は億劫《おっくう》がっているのではないのか。木村の母親の件は私事であり、政治とはなんの関係もないのである。ただ今後、北朝鮮と商取引をする場合、木村のような人物が必要になるかもしれないので、その資金を捻出《ねんしゅつ》してくれることを期待して北朝鮮訪問団の経済調査員の一人として参加させたのだ。北朝鮮訪問を嫌がる木村を説得するために清水議員は北朝鮮に生存していると思われる木村の母親に会わせるという条件を持ちかけた。だが、北朝鮮訪問から帰って一カ月が過ぎてもなしのつぶてである。

清水議員は口移しで乃舞枝に酒を飲ませようとしている。

「駄目よ、先生」

そむける乃舞枝の顔にのしかかり、清水議員は強引に唇を押しつけて酒を飲ませた。乃舞枝は屈辱に耐えかねて憮然とした表情になったが、それでも笑顔をつくって、

「お馬鹿さんね。社長が見てるでしょ」

と恥じらいながら清水議員の唇から垂れている酒をハンカチで拭いた。

一時間ほどたわいもない話をしたあと、

「それでは、わしはこれで失礼する」

と清水議員は席を立った。

「そうですか。わたしはここで失礼します」

木村は立ち上がって廊下まで清水議員を見送った。玄関まで見送らなかったのは、清水議員が料亭の別室で乃舞枝としとねを共にするからである。

木村が座り直して独酌で残りのビールを飲んでいるところへ女将が入ってきた。

そしてビール瓶が空になっているのに気付いて、

「もう少し飲みます？」

と訊ねた。

「いや、わたしも帰る」

と疲れた様子で言った。

「お疲れのようですね」

女将は木村の顔色をうかがいながら言った。

「まあね、いろいろあって、少しバテ気味だ」

めったに弱音を吐かないポーカーフェイスの木村が落ち込んでいるので、

「ある人から聞いたんですけど、奥様と離縁なさったとか……」

と女将はまるで世間話でもするように言った。

「そんなこと、誰が言ったんだ」

木村は不快感をあらわにして厳しい目で女将を見た。

女将とは一度寝たことがある。雨の降る夜、女将の部屋で湯上がりの女将を抱いた。五十を一、二歳過ぎているが張りのある若々しい体をしていた。その感触と湯上がりの香りが木村の中に残っていた。

木村はいきなり女将の腕を摑んで引きよせ、抱きすくめた。

「駄目よ、今夜は。旦那がきてるから」

木村の腕の中で女将は拒否した。

「旦那？　旦那って誰だ」

以前から女将のパトロンは電力会社の会長だとか鉄道会社の社長だとかいわれ、自由党のタカ派議員の名前も噂されていた。しかし本当のパトロンは誰にもわからなかった。パトロンは料亭に出入りしているのだから、「ふじ」に何度も通っている木村は一度や二度は顔を合わせているはずだが、思い当る人物はいなかった。あるいは客からの誘いを断るためにパトロンがいるように見せかけているのかもしれない。

「何をしている男だ」

木村は問い詰めた。

「誰だっていいでしょ。社長には関係ないのですから」

つっけんどんに言って、女将は木村から離れた。

雨の夜、湯上がりの女将は、一度だけよ、と断って、なぜおれと寝たのか。そしていま、女将の態度はあまりにもよそよそしすぎるのだった。長年、花柳界を生きてきた女将のしたたかな打算が働いているのだろう。あくまで客と女将の関係を維持し、これ以上、一線を越えないよう釘《くぎ》をさしているようにも思える。男と女にとって性的な関係が決定的な意味を持つ場合もあれば、一過性でしかない場合もある。

木村は女将をそれほど求めているわけでもなかった。旦那がいると拒否されて、それ以上女将の内面に立ち入る気はなかった。そうだ、すべては一過性なのだ、という思いが、木村の心のどこかにいつもわだかまっていた。

「このつぎ、また……」

女将は意味ありげな言葉を残して障子を音もなく開け、音もなく閉めてすーっと消えた。このつぎ、また、とはせめてもの慰めなのだ。このつぎはたぶんないだろう。木村が諦めて立ち上がり、一人で玄関に向うと、見送りにきた千草が、

「ハイヤーを呼びましょうか」

と訊ねた。

三十二、三になる千草は明るく振る舞っているが、どこか生活に疲れている感じがする。女将から千草には夫がいるので手を出さないようにと言われているが、子供もいるかもしれないと思った。

「いや、表通りまでぶらぶら歩いてタクシーを拾う」

と木村は言った。

「そうですか。それではお気をつけて……」

千草はお辞儀をして木村を見送った。

料亭「ふじ」をあとにした木村はゆるやかな坂道を下り、山王通りに出てタクシーを拾った。そして帰宅するつもりでいったんは等々力《とどろき》を指示したが、腕時計を見るとまだ九時過ぎだったので、

「すまんが、銀座に行ってくれ」

と行き先を変更した。

女将を抱きよせたときの肉感が妙に体の中でくすぶっていて、木村の欲望を刺激していた。それに誰もいない家に帰ったところで眠れそうになかった。明日は午前十時に羽田空港から旅客機で九州の福岡へ出張しなければならない。早く帰宅して睡眠をとっておくべきだが、体の奥に溜《た》まっている澱《おり》のような欲望が疼いている。拘置所にいる娘の貴子に面会しなけれ

ばと思いながら日一日と延ばしている。離婚した妻への財産分与についてもいくつかの処理が残っていた。等々力の屋敷の売却の件もある。母は北朝鮮のどこにいるのか。咸鏡北道にいるとのことだが、いつ会えるのか。木村は車窓から街の灯りを眺めながら、それらを漠然と考えていた。

「お客さん、銀座のどのあたりですか」

運転手から声を掛けられて、あたりを見ると土橋の交番の前だった。

「ここで降りる」

木村はメーター料金を精算してタクシーを降りた。

信号を渡り、並木通りに入ると両側に乗用車がぎっしり駐車している狭い道路を大勢の人が歩いている。木村は人の流れにそってゆっくり歩きながら雑居ビルの四階にあるクラブ「館《やかた》」に入った。ドアを開けると人いきれと歓談の声がラジオの音声を大きくしたように聞こえた。

「いらっしゃいませ」

三十五、六になるオールバックの端整な顔立ちの背の高いマネージャーが静かな口調で木村を迎えた。そして素早く空いている奥のテーブルに案内すると二人のホステスを呼んだ。以前は週に一、二度の頻度で出入りしていたが、早苗と別れてから疎遠になっていた。早苗との関係が離婚の直接の原因ではないが、離婚を切り出した妻の口から早苗の名前を出されて木村は早苗と別れたのである。酔った勢いで早苗とできてしまい、その後、早苗をマンションに住まわせ、早苗にねだられるがままに高価なブランドの衣服やバッグや宝飾類、そして千五百万円もするフェラーリの車を買い与えた。木村にとってはじめての道楽だった。長年働き続け、それなりの財を成したが、これといった趣味のなかった木村は、二十四歳の若い女とつき合ってみるのもいいのではないかと軽い気持で囲ったのだった。早苗のはちきれそうな若い肉体は木村の欲望を満たしてくれるのに充分であった。

ホステスにビールをつがれて飲んでいるところへ白いドレスを着た早苗がやってきた。早苗がくると二人のホステスは気をきかせて席を立った。

「お久しぶり」

別れてから二カ月ほどたっているが、どこかよそよそしく感じられた。白いドレスがよく似合っている。大きな瞳と官能的な唇に笑みをたたえ、肉付きのよい白い肌が眩しかった。

「元気そうだな」

木村は鷹揚《おうよう》に構えて早苗の容姿を見つめた。

「社長もお元気そうで……」

「あまり元気じゃない」

照明を落としている薄暗い店内をホステスたちがあちこちに移動している。

「どこか悪いんですか？」

早苗は木村の顔をのぞいて様子をうかがおうとした。

「別にどこも悪くない。少し疲れているだけだ」

「仕事が忙しいんですか」

「忙しいことは忙しいが、それ以外にもいろいろ頭の痛い問題があってね」

「奥さんと別れたって聞いたけど」

「誰から聞いたんだ」

早苗には何も話していないのに噂がひろがっているのに木村は驚いた。

「議員の秘書から聞いたわ」

「議員の秘書？」

「髪の短い、四角い顔をした五十過ぎの男の人」

「賀川か」

思い当るふしがあるとすれば清水議員の賀川秘書しかいない。このクラブに木村は賀川を何度か連れてきたことがある。

「そう、賀川とか言ってた」

「あのおしゃべりめ」

料亭「ふじ」の女将に告げ口したのも賀川にちがいなかった。

「わたしのことで離婚したんじゃないでしょ？」

少し後ろめたそうな表情になって早苗は言った。

「おまえとは関係ない」

早苗とは直接関係なかったが、妻の喜代子の心の中で早苗との関係が一つの口実になったのは確かだった。離婚の原因にはいろいろあるが、結婚以来三十四年間の些細《ささい》なことが積もり積もって離婚にいたったのである。もつれ、からみ、解きほぐすことのできない糸が感情の襞《ひだ》にへばりつき、もはや修復不可能な状態になっていたのだ。早苗との関係はその一部にすぎない。

早苗がマネージャーから呼ばれた。

「ごめんね、ちょっと行ってくるから」

早苗は席を立って別の客席へ移動し、入れ替って新しいホステスが席に着いた。こうして早苗は五分ほど木村の席に着いては別の客席に呼ばれ、落ち着いて話すことができなかった。

早苗は客の間で人気があるのだろう。

他の客席からもどってきた早苗に、

「店が終ったら食事でもしよう」

と木村が言った。

閉店後、早苗を食事に誘い、彼女のマンションで一夜を過ごそうと木村は考えていた。渋谷にあるマンションは手切れ金として木村が早苗に買い与えたものである。

ところが早苗は困惑した表情になって、

「今夜はつき合えないの」

と断るのだった。

断られるとは思っていなかった木村は早苗が愛らしい瞳の奥に隠している何かを読み取るように間を置いて、

「男がいるのか？」

と訊いた。

単刀直入に訊かれた早苗は観念したように、「うん」と頷いた。

別れてわずか二カ月後に男ができるとは軽薄な女だと思いながら、もしかするとおれとつき合っているときから男がいたのではないかと疑った。

「ごめんね。だって社長が別れたいと言うから別れたのよ。社長はわたしに優しかったし、わたしの欲しい物を何でも買ってくれたし、わたしは別れたくなかったのよ。でも社長には奥さんがいるし、まさか奥さんと別れるとは思ってなかった」

芝居なのか本心なのか、早苗は木村の立場を配慮して未練を断ち切ったと言うのである。所詮は一時的な愛人関係だったわけだが、木村は自分がピエロのように思え、何かしら空しい気持になった。まだ二十四歳の若さだが早苗はしたたかな女であった。

「そうか、わかった」

誘ったことを後悔しながら木村は席を立った。

エレベーターまでママやマネージャーと一緒に見送りにきた早苗が、

「またきてね」

と明るい声で言った。

外に出た木村は夜空を見上げた。ビルとビルの狭い空間から見上げた夜空は暗闇におおわれている。その気になれば金にものをいわせて愛人の一人や二人囲うこともできるだろう。しかし、それは重荷になるだけだった。木村には心を許せる友人がいない。長年、出自を隠し通してきた木村は無意識に人を遠ざけ、一定の距離を置いてつき合う習性が身についていた。けっして胸襟を開こうとはしなかったし、他者の中に入っていこうともしなかった。他者を受け入れることは出自を知られることであり、出自を知られることは疎外され、これまで築いてきた地位や財産を失うことにつながると思っていた。あくまで日本人として生き、日本人として死ぬことが、おのれに与えられた運命である、と。しかし、喜代子との離婚で、その確信は崩れつつある。

もう一軒、別のクラブに寄ろうかと思ったが明日の出張を考えて帰ることにした。

「お客さん！　お客さん！　等々力のどのあたりですか！」

運転手に起こされてうたた寝していた木村はわれに返った。これまでタクシーの中で眠ったことのない木村はぼんやりした意識であたりの風景を眺めた。見憶《みおぼ》えのある街並だが、どこなのか判然としなかった。どこだろう？　等々力だろうか？　あたりは深閑として色彩のない薄暗い夢の中の風景のようだった。

「お住まいはどこですか？」

運転手は焦点の定まらない木村の眼をのぞいた。

「もう少し先へ行ってくれ」

タクシーが動きだすと木村は瞳を凝らして目印になるような建物を探した。木村の頭の中で少しずつ風景がつなぎ合わされようやく全体像が浮かんできた。

「そこを左に曲ってくれ」

運転手がハンドルを切って左折したとき、木村は家を通り過ぎたことに気付いた。

「家を通り過ぎた。もどってくれないか」

運転手は面倒臭そうにUターンしてもどり、木村の家の前に着けた。

灯りの点いていない家は、そこだけが黒い影に包まれているようだった。ドアの鍵を開けて入ると人気のない家の中はひんやりしていた。木村は門灯と玄関の灯りと廊下の灯りを点けた。五百坪の土地に二百五十平米の家を建てたが、妻と別れ、娘は拘置所に勾留《こうりゅう》されているいま、一人で住むには広すぎた。ひたすら富を築いてきた象徴のような家だが、家族が崩壊してもぬけの殻になった家は寒々としていた。

かなり飲んでいたが、家に帰ってくると必ずまたビールを飲む癖がある。リビングとキッチンの灯りを点けた木村は冷蔵庫からビールを取り出し、飾棚に入っているグラスで飲みはじめた。ビールの肴《さかな》が欲しかった。木村は冷蔵庫を開けて肴を探したが何もない。肴なしにビールを飲むと妙に口が寂しく味けなかった。木村はテレビを点けた。若者向けの荒唐《こうとう》無稽《むけい》なお笑い番組は騒々しいだけで見るに堪えないものであったが、音のない深閑とした部屋にいるよりは、たとえ馬鹿げた番組でも少しは気分がなごむのである。ビールを一本空けて二本目を飲もうと冷蔵庫を開けてみるとビールはもうなかった。キッチンの隅にあるビールケースにもビールはない。そこで飾棚のウイスキーを持ち出し、水割りを作って飲んだ。酔いが深まるにつれて木村の目は一点を凝視した。視線はテレビに集中していたがテレビの画像を観ていなかった。酔ってはいるが、頭の芯は研ぎ澄まされた刃物のようだった。その冷たい意識の底から一人の男が現れ、ゆっくりと近づいてくる。いつの間にか子供のように小さくなった木村はゆっくり近づいてくる男を見上げた。顔中血だらけになっている男は眼と口を大きく開けて、けもののような咆哮《ほうこう》をあげ、木村を襲おうとしている。木村を鷲摑みしようと腕を伸ばしてきた。顔中血だらけの恐ろしい形相をしている男は父だった。木村は逃げた。逃げても逃げても父は追ってくる。暗い記憶の闇の奥へ奥へと逃げて行く。『きさま、殺してやる！』。はらわたにしみわたる低いだみ声が響く。『オ、モ、ニー！（お母さん！）』と叫んだが声にならなかった。追われている木村を母は遠くで見つめていた。どしゃぶりの雨だった。眉毛から垂れてくる雨の雫で前が見えず、ぬかるみに足をとられて走れなかった。『オ、モ、ニー！』。木村は声を限りに呼んだが、雨の音で声は空しくかき消され、母の姿をいつしか見失った。振り返ると父の手が襟首を摑まえようとしている。『もう駄目だ。もう駄目だ』。木村は絶望的になってぬかるみにのめり込むように倒れた。そのとき目が覚めた。

テーブルに顔をうつ伏せにして眠ってしまった木村は、夢の中で必死に逃げようともがき、暴れたため、ビール瓶やグラスやウイスキーのボトルが床に落ちて砕け散っていた。ようやく意識を取りもどした木村は息をはずませ茫然とした。まだ絶望的な気持から抜けきれなかった。顔中血だらけの父が部屋のどこかにいるような気がした。木村は瞼を閉じて、しばらく瞑目《めいもく》した。家はしっかり戸締りされているのに、どこからともなく隙間風《すきまかぜ》が入り、木村の体の中を通り抜けていく。木村は一瞬悪寒を覚えて体を震わせ、『風邪を引いたのかな？』と思った。家のどこかに風邪薬が置いてあるはずであった。薬好きの妻の喜代子は栄養剤やダイエット剤やビタミン剤、それに胃腸薬、風邪薬などを買い漁《あさ》り、それらをたえず服用していた。木村はとりあえず風邪薬を服用しておこうと飾棚の引出しや、キッチンの調理台の引出しや、寝室の鏡台、机の引出し、貴子の部屋など、薬がありそうなところを探してみたが薬は見つからなかった。熱がありそうな気がするが体温計もない。明日は早朝から九州の博多へ出張しなければならない。うたた寝をしたのがまずかったと反省しながら木村は眠ることにしてベッドにもぐり込んだ。だが眠れなかった。眠るとまたしても恐ろしい夢を見るような気がして、眠れないのである。そのうちトイレに行きたくなり、布団から出ると寒気で全身がガタガタ震えだし、ベッドから一歩も抜け出せなかった。喉がひりひり痛み、鼻づまりがして息苦しくなった。『風邪だ、間違いない』。木村はトイレに行くのを我慢して布団にくるまって、ひたすら汗をかこうと考えた。物音一つしない人気のない広い屋敷の中でただ一人不安に怯えている自分の姿が情けなかった。生理現象は限界に達し、我慢できなくなって木村は布団にくるまったままトイレへ駆け込んだが間に合わずもらしてしまった。尿でびしょ濡れになった下着を脱ぎ、ガタガタ全身を震わせながらふたたびベッドに横になった。尿にまみれた木村は無力感を味わった。思いあぐねて木村は会社の永嶺慶吾部長の自宅に電話を掛けた。

夜中の一時に木村社長から電話が掛かってきたので永嶺部長は驚いて、

「どうなさいました？」

と不審そうに訊いた。

木村不動産に勤めて十年以上になるが、自宅に一度も電話を掛けてきたことのない木村が、いささかか細い声で電話を掛けてきたので永嶺が不審に思うのも無理はなかった。

「すまないが、すぐわたしの家にきてくれ。ついでに風邪薬とビタミン剤と体温計を持ってきてくれないか」

どうやらひどい風邪を引いているらしいが家族はいないのだろうか？　永嶺は木村が妻と離縁し、娘の貴子が傷害事件で拘置所に勾留されていることを知らなかった。木村は私生活については他人に話さないからである。社員と飲むこともほとんどない。会社の中で木村は謎の人物だった。

田園都市線の青葉台の新興住宅地に住んでいる永嶺は自家用車を飛ばして二四六号線から環状八号線に入り、等々力に向った。深夜の閑静な住宅地は月の光の中で青白くかすんでいた。タイル張りの塀に囲まれた木村の邸宅の前にきた永嶺はいったん車から降りて鍵の掛かっていない門扉を開けて車を広い玄関先に停め、ドアのインターホンを押した。木村はなかなか出てこない。永嶺が二度、三度インターホンを鳴らすと木村がやっと玄関のドアを開けた。布団にくるまり、体をガタガタ震わせている。灯りのせいか木村の顔がどす黒く見えた。

「大丈夫ですか……」

布団にくるまっている木村の異様な恰好を案じて永嶺は訊いた。

「風邪を引いたらしい。風邪薬を持ってきてくれたか」

「ええ、家にあった風邪薬とビタミン剤と体温計を持ってきました」

「そうか、グラスに水を入れて二階の寝室へきてくれ」

そう言って木村は二階に上がった。永嶺はキッチンでグラスに水を入れて寝室に運んだ。そして持ってきた風邪薬とビタミン剤を飲ませて体温を計った。

「寒くて、どうしようもない。こんなことははじめてだ」

歯と歯が合わないほど震えている。

見かねた永嶺が、

「医者を呼びましょうか」

と言った。

「いや、いい。薬も飲んだことだし、少し眠れば楽になるだろう」

急にやつれたような木村の表情に苦悩の陰影が刻まれていた。

「奥さまとお嬢さんはおられないんですか？」

これほど広い家に家族がいないのは妙だった。

「女房と娘は一緒にニューヨークへ旅行に行ってる」

木村はその場をとりつくろうために嘘をついた。

「そうですか。今夜、わたしが泊まりましょうか」

気をきかせて永嶺は言った。

「それより明日の出張は君が代行してくれ。わたしは行けそうもない。新星商事の草野と山川弁護士も一緒に行く。ホテルの買い値は相手の提示額の半値以下でないと交渉に応じないように。暴力団がからんでいる係争物件だから、誰もが手を出せるわけではない」

九州でも一、二を争う名門ホテルが、放蕩三昧《ほうとうざんまい》をつくしてきた三代目社長の放漫経営で破綻《はたん》に追い込まれ、わずか二、三百万円の手形決済ができず、清水議員を通じて木村社長に援助を申し込んできたのである。

以前、清水議員から久我山駅前の高台にある三百坪の不動産を緊急に買い取ってほしいと頼まれたことがある。賭けごとに明け暮れて金融暴力団から多額の借金をした地主が、土地を取られそうになって切羽詰まったあげく、地元選出の清水議員に泣きつき、その情報を清水議員が木村に提供した。木村はその土地を六億で買い取ったが、一週間後に某大手不動産から十二億で買いたいという申し込みがあった。だが、駅前の一等地はまだ値上がりすると考えて木村は売らなかった。

今回の九州のホテルの物件も久我山駅前の物件と共通している。苦境に追い詰められた人間は何もかもかなぐり捨てて一刻も早く解放されたいと思うものである。特に放漫経営をしてきたワンマン社長の脆弱《ぜいじゃく》さを知っている木村は、その弱点を突いて譲歩を引き出そうとしていた。おそらく日夜、暴力団に脅迫されているにちがいないのだった。

ホテル「雅《みやび》」は博多駅前から車で十分のところにあり、敷地面積七千坪、二十階建てで部屋数三百二十、大きな池と雑木林に囲まれた庭に数寄屋造りの茶室と総檜《そうひのき》の離れが十棟ある。ホテルの中には日本料理店、フランス料理店、イタリア料理店、中華料理店、クラブ、バー、ブランドショップがあり、そして地下にプールとスポーツジムにエステサロンをそなえている。改築して十四年になるが、当時としては東京の一流ホテルと比べて遜色のない豪華な建物だった。謄本を取りよせてみると三つの銀行に百十億円、さらに地元金融機関に三十億円、農協に二十億円、そして個人名義で七億円の抵当権が設定されていた。総額百六十七億円の抵当権が設定されているが、これ以外にも取引先への負債が三億数千万円あり、全体の負債額は二百億円近いとみられる。ホテルの不動産価値は営業権および稼働率を含めても九十億円に満たないことがわかっている。明らかに金融機関の過剰融資である。金融機関の責任者たちはホテル「雅」の倒産を喰い止めようと融資を続けてきたのだが、黒字になる見通しはまったく立たなかった。もし不渡りを出し、ホテルが倒産して管財人が入り、負債を整理されると融資額は十分の一に圧縮され、場合によっては金融機関の責任を問われかねないのだった。また三代続いた名門ホテルの一族は経営から放逐されるだろう。こうした状況から判断してホテルの買収額は四十億前後と木村は見積もっていた。何よりもまず話をつけねばならない相手は個人名義の七億円の抵当権にかかわっている風間組組長・山越直志《やまごしなおし》であった。暴力団との交渉は慎重の上にも慎重を期さねばならない。暴力団との交渉に同じ暴力団を使うのは危険だった。なぜなら暴力団同士の交渉は一対一ですまないことが多いからである。匂いをかぎつけた他の暴力団、それもより大きな力のある組織が介入してくるおそれがあるのだ。そうなると事態を穏便に処理しようと思っていても利害が対立し、無用の抗争を誘発して巻き込まれ、逆に木村自身が脅迫されるかもしれないのである。

木村は弁護士を代理人に立て、あくまで法的な処理を建前にしながら裏で山越組長と秘かに取引を進めていた。また各金融機関との交渉も融資額の八分の一をめどに話し合いを重ねていた。木村の考えは山越組長に七億円の二倍の十四億円（そのうちの七億円は裏金で処理）を提示して口を閉じさせ、他の債権者には一律の二〇パーセントを保証するという案だった。そして四億円程度の裏金を経営者側に供出して暗黙の諒解を得ようとしていた。倒産して管財人の管理を受けるより、木村が提示した条件を受け入れた方がお互いの利益になるのだった。

木村はホテルを買収したあと、自らホテルを経営しようと考えているわけではない。ホテルを買収して、一年の間に国内あるいは海外の企業に六十億ないし七十億で売却しようと考えている。

「山越とは君と弁護士の二人で会うように。草野を裏取引に立ち会わせるのはまずい」

草野規夫は榎本博之と同じようにダミー会社・新星商事の代表取締役を務める男で、金の操作は木村の指示に従っていた。ホテルは新星商事が買収し、売却した金は新星商事を通して木村不動産に入る仕組みである。その時点で新星商事の事務所は閉鎖され、草野規夫は雲隠れすることになっている。もとより草野規夫は本名ではない。他人の戸籍を四年の期限つきで年三百万円を支払って借用していた。

木村の意を受けた永嶺はいったん家に帰った。永嶺が帰ったあとも木村は寝つかれなかった。瞼を閉じると料亭「ふじ」の女将との一夜の情事が思い出され、大胆な姿態で挑発してくる早苗の若い肉体が木村の暗い意識の中でみだらな情欲となって表れるのだった。

四年前、木村はある場所で思わぬ相手に邂逅《かいこう》した。いわゆる韓国ロビーといわれている日韓親善パーティに出席したときのことだった。年に一度、都内のホテルで催される日本と韓国の政財界の親善パーティに出席した木村は、韓国の国会議員の一人からつたない日本語で話しかけられた。

「あの、失礼ですが、木村秀雄先生でしょうか？」

韓国人は誰に対しても敬称として先生を使うが、先生でもないのに先生と言われて木村は違和感を覚えながら相手を見た。額のあたりが少し禿げているその顔を見て、なぜか木村は胸騒ぎがした。どこかで見たような顔だった。どこで会ったのだろう？　木村は日頃から韓国人と会うのを避けていたし会う機会もなかった。この日のパーティも、日韓親睦《しんぼく》議員連盟の副会長を務めている清水議員に誘われてしぶしぶ出席したのだ。木村は頭の中の記憶を搾り出すようにして、目の前の見憶えのある人物を思い出そうとしたが思い出せなかった。以前は一度会った相手を忘れることはなかったが、最近は数日前に会った相手の名前や顔を忘れたりする。

男は緊張している木村の警戒心を解くように少しほほえみかけて言った。

「本当に失礼ですが、間違っていればどのようにもお詫《わ》びします。わたしは高明雄《コウミョンウ》といいますが、あなたはもしかして、高秀雄《コウスン》さんではありませんか？」

喰い入るように見つめる相手の瞳が確信に満ちていた。時間の流れが一瞬停止して金属音のような耳鳴りがした。木村の頭の中でぐるぐるめぐっていた黒い記憶の塊《かたま》りがはじけた。

木村は咄嗟に相手の腕を取ってパーティ会場を抜け出し、ロビーラウンジに連れて行った。そしてあらためて相手の顔をまじまじと見つめた。眼から鼻梁《びりょう》にかけて母親と生き写しだった。口元から顎のあたりは父親に似ている。木村はどう声を掛けていいのかわからなかった。日本へきて十年くらいは郷《くに》の家族を思い出したりしたが、木村自身の安否を知らせることもせずに過ごしてきた歳月の中で、いつしか記憶の深い闇に葬り去っていたのだ。日本に帰化して婿養子になったことも木村には重い足枷《あしかせ》になっていた。いつか機会があればと思いながら、自分からその機会をつくろうとはしなかった。そして目の前にいる人物は、十六歳のときに家を飛び出して別れたきりになっていた六歳年下の弟だった。

「ミョンウか？」

うわずった声で木村は言った。

「そうです。あなたはスン兄さんでしょ？」

「そうだ、わたしはスンだ」

二人の会話はいつしか韓国語になっていた。

唇をわなわなと震わせ、苦痛に耐えかねた高明雄の眼から涙が溢れてきた。

「やっぱり生きていたんですね。生きていると信じていました。いつか必ず会えると思っていました」

抱きついてくる弟を両腕で抱きしめていた木村の頬にも一筋の涙がつたっていたが、こみあげてくる感情とはうらはらに、頬をつたって流れる一筋の涙は冷たい感触を伝えていた。四十年という長い歳月の非情な力業に木村は混乱した。腕の中で少年のように泣きじゃくる弟の生温かい体温から伝わってくる血脈の空しさを、どう感受すればいいのかわからなかった。

「パーティで兄さんを見かけたとき、アボジ（父）が立っているのではないかと錯覚しました」

高明雄は真っ赤に泣きはらした目をハンカチでぬぐいながら言った。明雄の話によると、父は秀雄が家出した同じ日に、またしても家族を置きざりにして行方不明になり、母とも朝鮮戦争のときにはぐれてしまい、いまだに消息がわからないという。たぶん朝鮮戦争のとき死んだのではないかと明雄は諦めていた。そして明雄は十五歳まで養護施設で育てられた。

二人の間には語りつくせない言葉がせめぎ合っていた。木村はひとこと、「すまなかった」と言うほかなかった。そしてようやく落ち着きを取りもどした弟の明雄に、木村は自分が日本に帰化していること、そのことをこのパーティにいる者は知らないこと、知られると自分の立場がきわめてまずいことになることなどを手短に話した。日本に帰化していることを知らされて明雄はショックを受けている様子だったが、

「わかりました。わたしは何も知らないことにします」

と言った。連絡するときは家に直接電話を掛けず、事務所に日本語で電話するよう注意した。

「いまのわたしはこういう人物だ。家族を紹介することもできない。おまえにはわかりづらいだろうが……」

「いいえ、わかります。兄さんもわたしも人には言えない苦労をしてきましたから」

二人は何くわぬ顔でパーティ会場にもどると、上機嫌の清水議員が木村に韓国の政財界人を引き合わせた。そして近々一緒に韓国へ行こうと誘うのだった。

「わたしは韓国へ十回以上行ってるが、ソウルの発展はめざましい。行くたびに変っている。韓国の経済力は大変なものだ。日本もうかうかしておれんよ。しかしわたしはソウルより慶州が好きだね。慶州には昔の日本の面影が残っている。昔といっても大昔のことだ。日本の

平安時代はあんなふうじゃなかったかと、わたしは想像してるんだ。一時、不幸な時代があったが、昔から日本と韓国は兄弟のようなものだからね。われわれは過去にこだわらず、将来のことを考えなきゃいかんよ」

ひとくさりおきまりの日韓親善をぶってから、清水議員は韓国与党の大物政治家の腕を取って自由党幹事長の元へ行った。木村はパーティの雰囲気にまったく馴染《なじ》めなかった。しばらく会場の隅で水割りのグラスを持って時間を持てあましていたが、弟の明雄に別れの言葉を掛けてパーティ会場をあとにした。

その後、木村は年に二、三度、弟の明雄と都内のホテルで会っていた。韓国の政界も日本と同じように何かにつけて金が必要であった。その資金繰りに四苦八苦している明雄を援助するようになっていた。もちろん弟と会っていることも、金を援助していることも周囲には内密であった。弟への援助には四十年も音信不通のまま肉親を顧みなかった木村の贖罪《しょくざい》意識が働いていた。木村は明雄から何度も韓国へくるように誘われてはいたが、かたくなに拒んでいた。

三カ月前のある日、木村は韓国からきた弟の明雄と都内のホテルのステーキハウスで食事をしていた。

「少しやつれたようですね」

二人だけのときはいつも韓国語だった。

「忙しくてな、休む間がない」

木村は自分でも疲れが溜まって少し痩せたようだと感じていた。

「体が資本ですから、あまり無理をしないで下さい。それに歳ですから」

明雄は兄の体を気遣うように言った。

「馬鹿を言え。わたしはまだ六十前だ。実業家の世界では、まだ青二才だ」

「そんなものですか。兄さんの世界は厳しいんですね」

「おまえもそうだろう。政界ではおまえはまだ青二才じゃないのか」

「そう言われるとそうです。わたしはまだ青二才です」

明雄はへりくだってみせた。食欲のすすまない木村は、松阪牛のステーキを半分以上残してワインを飲んだ。

「ところでおまえに訊きたいことがある。レアメタルというものを知っているか？」

口に含んでいたステーキをワインで流し込んで明雄は首をひねった。

「知りません。何ですか、そのレアメタルというのは？」

「知らないのか。レアメタルというのは、これからの先端産業に欠かせないものらしい」

「今度はそのレアメタルをあつかう商売をやるつもりですか？」

「そうじゃない。韓国の産業界はレアメタルをどう調達しているのか、それを知りたかったのだ」

「わたしにはわかりません。なんでしたら調べてみましょうか」

「そうだな。一度調べてくれ」

「わかりました。来月また日本にきますから、それまでに調べておきます」

食事が終ってバーに移動した二人はビールを飲みながら雑談していたが、そろそろ切り上げようと思っていた木村に明雄が言った。

「じつは、郷にアボジ（父）とオモニ（母）と先祖の墓を建てたいと思っているんです。アボジとオモニは生きているのか死んでいるのかわかりませんが、アボジは四十三年以上、オモニも三十五年あまり音信不通ですから、たぶん亡くなっているとしか思えません。息子二人がこうして健在なのに、親や先祖の墓がないというのは恥かしいことです。ですから、今年中に墓を建てたいのです」

木村はすでに清水議員から母が北朝鮮のどこかで生きていることを聞かされていたが、そのことは口にしなかった。

儒教《じゅきょう》の影響が強い韓国では親の墓を建てない子供は最大の親不孝者とみなされ、世間に顔向けできないのである。したがって親と先祖の立派な墓を建立することが、自分や子孫の繁栄をもたらす美徳とされているのであった。しかし最近では一部の金持ちの間で墓の建立が大規模になり、韓国人の儒教的ヒエラルキーと虚栄心はとどまるところを知らず、数百坪から中には数千坪の土地に王族のような墓を建立する者まで現れ、社会問題になっていた。そのために土地がなくて住宅の建設に支障をきたしているとまで批判されている。また家柄を重視する韓国では家系を誇りにして、二、三百年の族譜を持つのは普通で、千年、二千年の族譜を誇示する者もいる。そして族譜のない者は金で族譜を買ったり捏造《ねつぞう》したりするのである。よくいわれることだが、韓国人の家系をたどっていけば、みな両班《ヤンバン》（上流階級）になり、ではいったい誰が畑を耕し、漁をしていたのか、ということになるのだった。だからこそ立派な墓を建立することはステータスシンボルであり、故郷へ錦《にしき》を飾ることであった。

むろん木村は反対しなかった。国会議員にまで出世した弟にとって、その地位と名誉にふさわしい親と先祖の墓を建立することは必要なことであった。その場合、親類縁者はもとより、隣近所、友人、知人が一堂に会して盛大な行事をとり行う慣わしになっている。それにはかなりの金が必要だった。木村は親類縁者を知らない。だが、弟の明雄には妻の親兄弟、親類縁者に対する体面があった。

「わかった。わたしは帰化しているので何もできないが、必要な金はわたしが出そう」

「そのときは兄さんが長男ですから、行事を仕切って下さい」

と明雄は声をはずませた。木村は曖昧に口を濁しビールを飲み干した。

弟と会っているときの奇妙な感覚、それは失ってしまった時間の空白を埋めようとして埋めることのできないもどかしさであった。木村が家を飛び出したとき、明雄はまだ十歳だった。その幼い顔こそが木村にとってはいとおしい弟であった。痩せた小さな体にぼろをまとって餓死した妹と一緒に無邪気に遊んでいた明雄の姿と、いま目の前にいる明雄とはどうしても結びつかないのである。すべては夢・幻のようだ。肉親とは何だろう。血を分け合っていることがそれほど重要なことなのか。鎖のように連綿とつながっている血の因果律がいまわしいものに思えてならなかった。

「兄さん……」

と明雄が声の調子を変えた。

「わたしは一度兄さんに訊いてみたいと思っていたのですが……」

ためらいがちに語尾を濁して明雄は木村の顔色をうかがった。

「何だ、言ってみろ」

「訊いてもいいですか。怒らないで下さい」

木村は明雄の表情から質問の内容を読み取ろうとしたが、視線をビールグラスに落とした。

「怒らんさ。何をわたしが怒ると言うのだ」

兄の感情を害さないように気遣いながら明雄は言った。

「兄さんは日本人になってよかったと思っていますか？」

グラスの上に視線を落としていた木村はビールをひと息で飲み干した。

「日本人になったことを後悔していないと言えば嘘になる。しかし、わたしには選択の余地がなかったのだ。わたしは日本人を信用していない。日本に帰化したのは生きるためだ。日本人とつき合っているのも金儲けのためだ。それ以外に何もない。誰しも、その人間の運命というものがある。わたしは自分の運命を生き、おまえはおまえの運命を生きる。それだけだ」

選択の余地がなかった、とつい口をついて出た言葉を木村はあらためて反芻《はんすう》した。

早稲田大学で木村喜代子と出会い、喜代子に一目《ひとめ》惚《ぼ》れされて二人は結ばれたが、木村の心のどこかに喜代子を足がかりにして日本での生活を安定させたいという思いがあったことは否定できなかった。木村が韓国人であることがわかったとき、「わたしを騙《だま》したのね」と喜代子から指弾された木村は、自分の立場をはっきりと意識した。喜代子を利用したわけではなかったが、日本人以外の人間を受け入れようとしない日本で生きていくためには日本人になることもやむを得ないと自分に言い聞かせた。したがって選択の余地がなかったのではなく木村家の婿養子になることを選択したのだった。だが、そのことがいまでも木村の意識の中でくすぶり続けていた。

木村は穏かな表情で淡々と語っていた。まるで悟りを開いた禅僧のような語り口が明雄にはもの足りなかった。血を分けた肉親としてのもっと熱い思いを兄の木村が吐露してくれることを明雄は求めていたが、木村はいつも距離を置き、近寄り難い雰囲気を漂わせていた。『おまえはおまえの運命を生き、わたしはわたしの運命を生きる』、そう言われると、それ以上何も言えなかった。

「すみません。つまらないことを訊いたりして」

明雄は訊いてはならないことを訊いたような気がして謝った。

「いいんだ。おまえの気持もわかる」

薄暗いバーの各テーブルには赤いランプがともり、その暗いランプの灯りが人々の表情にもの憂い影を落としている。カウンターのとまり木に座っている二人の男が、まるでスパイ映画に出てくる怪しげな人物に見えた。やがてピアノの演奏に合わせて、女性の専属歌手が一九五〇年代に流行したポップスを歌いだした。最近、当時のポップスが見直され、懐しさも手伝ってあちこちで歌われているのだ。「ブルー・ムーン」「ティーチャーズ・ペット」「カモンナ・マイ・ハウス」「テネシー・ワルツ」など、アメリカで流行し、映画とともに日本でも一世を風靡《ふうび》したポップスである。あまりうまくはなかったが、それでもグラスを傾けている客の情緒を刺激した。

「いつかわたしの家族と会って下さい。家内は兄さんに会いたがっています。兄さんは韓国にくる機会がないので、旅行がてらわたしが日本へ家族を連れてきます」

木村は弟の家族と会ってみたいと思った。けれども自分の家族には会わせられないことを思うとためらわれた。

「そうだな。そのうち機会があれば会ってみよう」

あまり気乗りのしない返事だったが、明雄は嬉しそうに笑顔をつくった。それから明雄は言いにくそうに、

「じつは兄さんにお願いがあります」

と言った。

木村は黙っていた。

「家内の弟に貿易会社をやらせたいと考えているのですが、そのことで協力してもらえないでしょうか。日本にも事務所を置くつもりです」

妻の弟に貿易会社をやらせたいというが、実質は明雄の会社なのだろう。国会議員としての立場上、名前が表に出るのを避けて妻の弟に経営させ、そうすることで今後の政治資金を確保しておこうというのが狙いであることくらい木村には推察がついた。明雄には日本へく

るたびにいくばくかの金を渡しているが、それより貿易会社を経営して、そこから政治資金を捻出する方がお互いに気楽かもしれなかった。木村は弟の頼みを二つ返事で承諾した。

4

風邪薬を飲んで少し眠ったせいか症状は軽くなったが、翌日、木村はハイヤーを呼んでT病院に赴き治療を受けた。T病院は会員制の病院である。保証金四百万円、年会費三十万円、そして診察や検査のたびに数十万円の医療費が請求される。もちろん健康保険は使えない。特典として、いついかなる場合でも受診できることになっているが、木村はほとんど利用したことがなかった。

会社に出た木村に弟の明雄から電話が掛かってきた。いつもなら木村の方からホテルを訪ねていたが、娘の貴子には韓国人であることが判明し、喜代子と離婚したいま、周囲に気を遣う必要のなくなった木村は明雄を会社に招いた。等々力の自宅に招いてもよかったのだが、誰もいない家に招いて、なぜ誰もいないのかを説明するのが億劫だったのだ。

明雄は午後七時頃に訪ねてきた。ソファに座ると、

「ちょっと待ってくれ」

と木村は二階に降りて冷蔵庫から缶ビールを二本持ってきた。

「社員が帰ってしまったので不便だが、あとで赤坂の料亭へでも行くとしよう」

木村は缶ビールをひと口飲んで明雄にもすすめた。

「ここがわたしの城だ。おまえが思っていたより小さい会社だろう」

「そんなことはありません。渋谷区にビルが建てば、名実ともに立派な会社です」

明雄は缶ビールを飲んで煙草に火を点けた。

「それで、貿易会社の事務所はできたのか」

と木村が訊いた。

「はい、赤坂に事務所を借りました」

「そうか。で、仕事はいつからはじまるんだ」

「来月になると思います」

いつもは感情過多な明雄が、今夜は木村の質問に答える側になり言葉少なかった。

「レアメタルのことは調べてくれたか」

「ええ、調べました。しかし、韓国の企業と北韓との取引はあまり進展していないようです。北韓はアメリカとの外交に力を入れていて、韓国を牽制《けんせい》しているのです。北韓との貿易額はむしろ落ち込んでますし、韓国も静観しているところです」

「そうか、そうだろうな」

木村は合点したというようにしきりに頷いていた。

ビールが切れたので二階へ缶ビールを取りに行こうとする木村を明雄が呼び止めた。

「兄さん……先日、墓の工事をしました。昔、わたしたちが住んでいた春川《チュンチョン》の村の土地を千坪ほど買って墓の工事をはじめたのです。わたしたちが住んでいた村は過疎になって、いまでは数世帯の年寄りしか住んでいません。わたしたちが住んでいた家も廃屋になって、そのまま残っていました。その廃屋を壊し、裏の土地をならし、立派な墓を建てるつもりでした。しかし、墓は建てられません」

奇妙なことを言いだす明雄に、木村の顔がしだいに厳しくなった。木村は鋭い目で明雄を見つめた。

「どうして墓が建てられないのだ？」

木村に射すくめられて明雄は苦しげな表情をした。そして口ごもるように、明雄は出かかった言葉を何度も呑み込んだ。

「どうして墓が建てられないのだ」

木村は明雄を威嚇するように同じ質問をくり返した。

「工事の最中に白骨体が出てきたのです」

そう言うと明雄は木村の内面を読み取ろうとしてちらと見たが、木村はまばたき一つせずに明雄を凝視している。

「頭蓋骨の後部が陥没していて、めった打ちにされたのか、頭の骨は原形をとどめていませんでした。警察ではアボジの白骨体ではないかと疑っています」

「そんな馬鹿な！　あり得ないことだ」

木村は言下に否定した。

「わたしはそうは思いません」

明雄は強い調子で木村に反発した。

急に人格が変りでもしたかのように明雄の顔が不気味に変貌していった。木村は煙草をゆっくりふかしながら落ち着きはらった態度で言った。

「それで、おまえは何を言いたいのだ」

木村の落ち着きはらった態度に圧倒されて、明雄は息苦しくなった。

「あの白骨体がアボジだとすれば、すべてのつじつまが合います」

木村は煙草を大きく吸って自らの汚穢《おわい》でも吐き出すように煙を吐いた。すると明雄は煙の中から父が現れ出てくるような感じさえ受けるのだった。

「どんなふうにつじつまが合うと言うのだ」

明雄の額に汗がにじんでいる。明雄は缶ビールを飲もうとして空だったことに気付いた。手がかすかに震えている。

「兄さんが家を出た日、わたしは二、三日前から風邪をこじらせて奥の部屋で寝ていましたが、土間の方からののしるような、わめくような声とともに、恐ろしい叫び声が聞こえてきたのを憶《おぼ》えています。アボジとオモニはいつも喧嘩をしていたので、いさかいの声はそれほど気になりませんでしたが、あの恐ろしい叫びは何だろうと思いました。しかし、熱にうなされていたわたしは夢を見ているのだと思ってました。アボジに殴られたり追われたりする夢をよく見ましたから、あの恐ろしい叫びも夢の中での自分の叫び声だと思っていたのです。いまにして思えば、あれはアボジの断末魔の叫びだったのです。兄さんがいなくなると同時にアボジもいなくなったのでオモニに訊いてみると、兄さんは日本へ行き、アボジは仕事を探しに中国へ行ったと言ってました。わたしは今日までオモニの言葉を信じていました。けれどもアボジは殺されたのです」

黙って聞いていた木村は、まるで犯人を突きとめようとするかのように訊いた。

「誰に殺されたと言うのだ」

明雄は確信に満ちた静かな口調で言った。

「兄さんです」

木村は腰を上げて窓際に行くと駅周辺の小さな繁華街の灯りに目を凝らした。深い記憶の闇から蘇ってくる得体の知れないいびつな影が、縮まりふくれあがり、ぐにゃりと曲り、群がり、ひろがり、おおいかぶさってくる。ぬるぬるした痰《たん》のような感触だ。その貌《かお》のない貌、底しれぬ闇を爪を立てて這いずる音が恐ろしい。キーンと耳鳴りがして、木村は頭痛に襲われた。小学五年生のとき、担任の教師に強く殴られて以来、ときどき耳鳴りがするのだ。朝鮮人を差別し、標的にして何度も殴ってきた川西教師はまだ生きているだろうか。オモニは北朝鮮で生きている。そしてアボジは……木村は振り返った。

「おまえにわたしの何がわかると言うのだ。オモニの何がわかると言うのだ。オモニがなぜ家に男を入れたのか、おまえは幼かったのでわからなかっただろう。だが、わたしはわかっていた。オモニはわたしやおまえや妹を生かすために男を家に入れて相手をしていたのだ。生きるためにだ。アボジは何をした。仕事もせず昼間から酒に酔ってオモニを殴ることしかしなかった。わたしをこき使い、反抗すると容赦なく殴られた。そして突然、家族を置きざりにしてどこかへ行ってしまうのだ。いつもそうだ。自分一人、生きることしか考えていなかった。妹が餓死したのもアボジの責任だ。おまえは吹雪の中で餓死した妹の顔を憶えているか。憶えていないだろう。痩せて、顔の皮膚がぼろぼろになっていた。泣く元気もなかったのだ。アボジはどこかで野垂れ死んだにちがいない。それがアボジに似合いの死に方だ。

私の話の方がおまえの話よりつじつまが合っている。白骨体はアボジではない」

　母と妹を引き合いに出されて非道な父を指弾されると明雄は何も言えなかった。それでも明雄は白骨体は父であると思った。風邪で熱にうなされながら聞いた恐ろしい断末魔の叫びは夢ではなく現実に起こった悪夢にちがいなかった。

「兄さん、本当のことを言って下さい。本当のことを言ってくれなければ、アボジの霊は浮かばれません。アボジの霊は四十四年間さまよっていたのです。その霊を手厚く葬ってやるのがわたしたちの務めです。ただ私は真実を知りたいのです」

「真実だと？　おまえにとって真実であっても、わたしには真実ではないのだ。わたしにとって真実であっても、おまえには真実ではないのだ。真実がどこにある？　アボジを殺したことを認めれば、それが真実か。おまえの真実は、わたしを父親殺しの犯人にしたいだけだ」

「そうじゃないです。どんなに非道な親でも、親を殺《あや》めた罪は許されません！」

「出て行け！　この部屋から出て行け！　二度とわたしの前に現れるな！　出て行け！」

　温厚な木村が灰皿をドアに投げつけた。あくまで否定する木村に対して明雄はこれ以上言うべきことは何もなかった。明雄はさっと立って部屋を出た。明雄が部屋を出たあと、木村はソファにもたれて放心状態になっていた。興奮のあまり胸が苦しくなってめまいがした。

落ち着きを取りもどした木村は煙草に火を点けてゆっくりふかした。

あの日、十六歳の高秀雄は野良仕事をしていた。猫の額よりも狭い痩せた土地を掘り起こしていた。土地を掘り起こしていると大きな石に当って鍬《くわ》の柄が折れてしまい、途方に暮れていると雨が降りだした。鍬の柄を折ってしまったことが父にわかると厳しく折檻《せっかん》されるにちがいないと思いながら、秀雄は雨の中を走って帰路についた。雨雲におおわれた空は急に薄暗くなり夜のようだった。秀雄は大きな樹木の下で雨宿りしていたが雨はやみそうにない。雷鳴が轟《とどろ》き稲妻が空を裂き、一瞬あたりの光景が閃光《せんこう》のように秀雄の瞼の裏に焼きついた。山奥に棲《す》んでいるといわれるトッケビ（独脚鬼）の姿を見たような気がした。美しい女の姿になって若者を誘惑するといわれる霊的な鬼神である。秀雄は恐ろしくなってまた走りだし家に着いた。そして家に入ろうとした秀雄は、母に馬乗りになった父が髪を鷲摑みして拳《こぶし》を振り上げ、泣き叫ぶ母を打擲《ちょうちゃく》しているのを目撃した。奥の部屋には二、三日前から風邪をこじらせた弟の明雄が寝ていた。

「この売女《ばいた》！　何人の男と寝た！　言え！　言わんか！　おまえは犬とでも豚とでもやる女だ！　殺してやる！」

父の怒声が秀雄の恐怖と憎悪をかきたてた。秀雄はいったん逃げようとしたが、それとは反対に無意識に父の背後に迫って握りしめていた折れた鍬を後頭部に振りおろした。「ごぼっ！」という音と同時にかつて耳にしたことのないけもののような叫び声があがった。ゆっくりと振り返った父が驚愕のあまり数回まばたきして歯を喰いしばり、秀雄を摑まえようと腕を伸ばしてきた。その父の頭上に秀雄は二回、三回と鍬を振りおろした。父の頭から噴き出した血が顔を真っ赤に染めていた。仰向けにばったり倒れて苦しそうに深呼吸しながらもがいている父の顔面を秀雄は無我夢中でめった打ちにした。やがて「うおー！」と全身の息を吐き出すようにして父はぐったりした。めった打ちにされた顔の原形は崩れていたが、眼は秀雄に向けて大きく見開かれたままだった。それは数秒間の出来事だったが、そのあいだ母は茫然としていた。

「秀雄……おまえ、なんてことを……ああ……恐ろしい……」

震えの止まらない母は、返り血を浴びて息をはずませている秀雄の形相に思わず目を伏せたが、最後の力をふりしぼって立ち上がると遺体の両脇をかかえた。それを見た秀雄も遺体の両脚をかかえて裏口から外に運び出した。日が暮れ、雨はどしゃぶりになっていた。二人は百メートルほど遺体を引きずって穴を掘った。そして深い穴の底に遺体を埋めて、母は両手を合わせて拝んだ。

「いますぐ村を出なさい。どこへ行こうと何があろうと生き延びるのです。おまえの罪は私の罪です」

なけなしのわずかな金を秀雄に渡して追いたてる母の涙が雨の雫に混じって夜目にも白く光っていた。

「さあ、早く行きなさい」

母に急きたてられて秀雄は真っ暗闇の雨の中を一目散に駆けだした。すると背後から山鳴りのような咆哮をあげて父がどこまでも追いかけてくるようだった。

四十四年前の出来事である。この恐ろしい出来事を木村は四十四年間、記憶の深い闇の奥に封じ込めていた。韓国から日本へ逃げてきた当初は自分の犯した罪の恐ろしさに身震いがして夢にうなされ続けたが、そのうちそのような出来事はなかったのだ、と思い込むようになった。木村が歩んできた人生の負荷に耐え、日本に帰化して財をなしたいま、かつての高秀雄は存在しないはずであった。それが偶然、四年前、四十年ぶりに弟の明雄と出会い、封印されていた記憶の蓋《ふた》が開けられたのだった。いや、その前から木村は何十年も使っていない韓国語で寝言を言って妻の喜代子から注意されていた。なぜ何十年も使っていない韓国語で寝言を言うのか自分でも不思議に思っていたが、それは深い闇の奥に封じ込めていた記憶が蘇ってくる前兆だったのかもしれない。

弟の明雄から両親の墓を建てたいと言われたとき気軽に諒承《りようしよう》したが、まさか昔の村の自分たちが住んでいた場所に墓を建立するとは考えていなかった。そして白骨体が出てきたというのには、何か恐ろしい因果律が働いているような気がしてならなかった。明雄は警察に訴えるだろうか？　何かが崩れていくような気がする。妻の喜代子と離縁することになったのも、娘の貴子が母親と口論になってクリスタルの花瓶の破片で母親を傷つけ、勾留され取調べを受けているのも、そして父の白骨体が暴き出されたのも、父の怨念《おんねん》の所業ではないのか。

微熱と妄念と喉にからみついた痰が木村を息苦しくさせている。木村は何度も痰を吐き出そうと咳き込んだ。だが痰は胸の奥の記憶のようにへばりついて離れようとしない。やっと痰を吐き出しても、すぐにまた喉の奥に痰がからみついてくる。眠りたかったが、眠ると顔中血だらけの父の夢を見そうで眠れなかった。

翌朝、体調がすぐれないので休むと会社に連絡すると、課長兼秘書の斉藤光子が看護にやってきた。木村不動産で十八年勤めている斉藤光子は永嶺部長より古く、社内でただ一人、木村の私生活をも知っている女である。いわば会社における女房役であり、木村がもっとも信頼している部下でもある。肥満して丸顔だが、能面のように無表情で感情の動きがわからない。永嶺部長でさえ一目置いている存在であった。

合鍵を持っている斉藤光子は勝手知ったわが家のように屋敷に入ってくると各部屋を見て回り、寝室に現れた。

「具合はどうですか？」

斉藤光子は細い目で無表情に訊いた。

「喉に痰が詰まっていて、体の節々が痛む」

寝つかれなかった睡眠不足の木村は目の縁に隈《くま》をつくっていた。

「体温を計りましたか？」

「いま計った。三十七度五分ある」

「T病院に電話を入れましたか？」

「いいや、電話番号をどこかでなくしたので入れてない」

「そうですか。それでは電話をしてすぐにきてもらいます」

斉藤光子は寝室の電話でT病院に電話を入れた。

「三十分でくるそうです。その間、わたしは台所と部屋を掃除します」

そう言って斉藤光子は寝室に脱ぎ捨ててある数枚の下着とワイシャツをまとめた。

「お手伝いさんはこないんですか？」

「もう辞めて二カ月になる」

斉藤光子にまかせておけば安心だった。斉藤光子がきてくれたので木村は内心ほっとした。

斉藤光子はまず寝室に掃除機をかけ、続いて廊下、そして二階だけでも四つある部屋の掃除に専念した。四十分もした頃、T病院の医師と看護婦が斉藤光子に案内されて寝室に入ってきた。看護婦が体温を計り、医師は胸と背中に聴診器をあて、脈を計り、懐中電灯で喉を診察した。

「だいぶ風邪をこじらせてますね。疲れが溜まってるのでしょう。栄養剤を点滴しておきましょう」

四十過ぎの医師は看護婦に指示して点滴の用意をさせた。

「夕方、少し外出したいのですが」

木村は訊いた。

「うーん、大丈夫でしょう。酒と煙草はしばらくひかえて下さい」

診察を終えた医師は、

「あとで看護婦に薬を届けさせます」

と言って部屋を出た。医師と看護婦を玄関まで見送った斉藤光子が木村の寝室にもどってきた。

「ほかにご用はありませんか？」

「娘が今日の午後三時に釈放されることになっている。できればわたしが迎えに行きたいのだが、熱がひどくなったりして、わたしが行けないときは君が代りに行ってくれ」

傷害事件で警察署に留置されたあと東京拘置所に移され、かたくなに黙秘を続けていたため取調べが進まず、二カ月も勾留されていた娘の貴子がようやく釈放されることになったのだ。

「山川弁護士は昨日、永嶺部長と福岡へ発《た》ちましたけど」

「だから拘置所には君に行ってほしい。娘はたぶんこの家に帰ってくるのを拒むと思う。そのときは帝国ホテルに部屋を取ってくれ」

「わかりました」

斉藤光子は何ごとにも細心の注意を払い、かゆいところにも手が届く。斉藤光子は以前から木村の妻の喜代子に呼び出されて買い物につき合わされたり、家事の手伝いをやらされたりしていて、木村家の内情には詳しかった。

「何か温かいものでも食べますか」

「あまり食欲はないが、熱いそばでも食べようか」

サイドテーブルの置時計を見ると午前十時半だった。そば屋の開店まではまだ少し間がある。

「おそば屋さんはまだですから、わたしはこれからちょっとスーパーに行って食料品を買ってきます」

斉藤光子はすぐさまバッグを持って買い物に出掛けた。

点滴を受けている木村は仰向けになって天井を仰いでいたが、体が温かくなってきて、眠気に襲われた。気がつくと薬を持ってきた看護婦が点滴の装置をはずしているところだった。

「少し眠っておられたようですけど、ご気分はいかがですか」

二十代後半の若い看護婦がほほえみかけて言った。

「少し楽になったような気がします」

看護婦の側に斉藤光子もいた。

「汗をかいてますので、下着を替えた方がいいと思います」

看護婦のすすめで下着を替えることにした。斉藤光子はすでに下着とバスタオルを用意していた。

「それではこれで失礼します。何かありましたら、病院へお電話下さい」

看護婦が部屋を出ると、

「食事の用意をしてきます」

と言って斉藤光子も部屋を出た。

木村は下着を脱ぎ、バスタオルで汗ばんでいる体を拭いて新しい下着に着替えた。それからトイレに行こうと立ち上がると少し足元がふらついた。この際、人間ドックに入って一週間ほど休養しようかと思ったが、娘の件やホテルの件を考えると明日にでも出社して策を講じる必要があった。昨日、福岡へ出張した永嶺部長はホテル買収をめぐって風間組組長の山越直志と交渉を終えているはずだった。木村はその結果が気になっていたが、弟の明雄が訪ねてきたこともあって永嶺とはまだ連絡が取れていないのだった。

斉藤光子が用意してくれた食事を木村は一階の食堂で食べた。お粥《かゆ》と卵焼きとめざし、それにこぶの佃煮《つくだに》がそえてあった。

「熱いお粥を食べたので、また汗が出てきた。ひと眠りして午後三時に娘を迎えに行くから起こしてくれ」

「わかりました」

木村が二階の寝室に行くと斉藤光子は食器を洗い、一階の各部屋の掃除にとりかかった。掃除機の音が耳の底で唸っている。斉藤光子はいつまで掃除をしているのか。睡眠を取って症状を鎮めたい木村は瞼を閉じて眠ろうとしたが、音が気になって眠れないのだった。木村は眠るのを諦め、一階に降りると自分で風呂の用意をした。

斉藤光子は驚いたようだった。

「お風呂に入るのですか？」

「眠れない。風呂に入って髭《ひげ》を剃《そ》りたい。それから娘を迎えに行く」

「風邪を引いてるのにお風呂に入るのはよくないと思います。これ以上風邪をこじらせたらどうするんですか」

斉藤光子は引き止めた。

「これしきの風邪で寝込んではいられない。ハイヤーを頼んでくれ」

斉藤光子が止めるのもきかず木村は入浴した。

それからふたたび下着を着替えてスーツ姿になると博多へ出張している永嶺部長が宿泊しているホテル「雅」に電話を入れたが、永嶺は外出していてつながらなかった。

「あいつは何をしてるんだ」

この大事なときに連絡が取れないとは何ごとか、と木村は腹だたしく思いながらY信用金庫の塚原理事長に電話を入れた。

「もしもし、木村です」

風邪でしわがれ声になっている木村は、

「風邪を引きましてね……いや大丈夫です。少し眠りましたし、点滴を受けましたから……それでA銀行の支店長とお会いする前に、もう一度打ち合わせをしたいのですが……」

A都市銀行はY信用金庫のいわば親会社であり、Y信用金庫の資金力を裏から支えてくれる銀行である。木村は博多のホテル買収の件に必要な四十億の資金調達をY信用金庫を通してA銀行に依頼しようとしていた。その担保物件を木村不動産が所有しているいくつかの不動産から選択する必要があった。つまり不動産の査定である。木村にしてみれば一二〇パーセントの査定をしてもらいたいと考えていた。Y信用金庫の塚原理事長とは長年のつき合いであり、利益を共有してきた仲である。お互いに表も裏も知りつくしている。木村は午後七時に料亭「ふじ」で落ち合うことにして電話を切った。

「あまり無理をしない方がいいと思いますが」

こまかいところまで気がつくのはいいのだが、木村の行動に、まるで女房のように小言を言う斉藤光子の態度がわずらわしくなって、

「いちいち口出しするな」

と木村は声を荒だてた。

「すみません」

斉藤光子は頭を下げて謝り、そしてハンカチで木村の上衣の肩に落ちているふけを落とした。

「君は会社にもどって仕事をしてくれ。何かあったら連絡する」

木村は斉藤光子を追い払うように言った。

「わかりました」

木村社長の機嫌をそこねた斉藤光子の細い目がうらめしそうだった。

ハイヤーが迎えにきたので斉藤光子は木村を玄関まで送ってきた。

「今日は出社するかどうかわからない。部長から電話があったら、七時から九時までは赤坂の『ふじ』にいるから、そっちへ電話をよこすように」

ハイヤーに乗りながら木村は言った。

風邪の症状が体全体に残っている。休んでいた方がよかったのかもしれないと思いながら、しかし休んではいられない心境だった。娘の貴子と会うのは二週間ぶりである。初犯であり、母親が告訴していないので不起訴処分になるのはわかっているが、それにしても、いくら黙秘していたといえ二カ月の勾留は長すぎると思った。

午後三時に釈放されることになっているが、小菅《こすげ》にある東京拘置所には一時間早く着いたので、木村はハイヤーの中で待つことにした。

瞼を閉じている木村に、

「毛布を使いますか？」

と運転手が言った。

「いや、いい」

木村は目を開けて拘置所の門を見た。一人の中年男が出てきた。浅黒いやつれた顔に無精髭をはやし、うつむきかげんになって重い足どりで待機している自家用車に乗った。続いて七十歳近い老人が出てきた。白髪をかき上げ、ジャケットの襟を正し、矜持を保とうとするのか背筋を伸ばして歩こうとしたが、バランスを崩してよろめき、迎えにきていた者に助けられてやっと車に乗った。どのような罪を犯したのか知るよしもないが、晩年になって拘置所に勾留され、この先、裁判にかけられ、場合によっては刑務所に放り込まれることを考えると木村はぞっとした。父を殺害した罪を問われる日がくるのだろうか。四十四年間、誰にも知られず過ごしてきたのだ。弟の明雄が告発しない限り、第三者にわかるはずはない。四十四年前の遠い過去の出来事であり、いまになって罪を問われることにどんな意味があるのか。弟は告発するだろうか？

貴子が出てきた。逮捕されたときの服装に下着や洗面用具の入った紙袋を提げ、陽光を避けるようにうつむき、陰鬱《いんうつ》な表情で足早に木村の乗っているハイヤーに近づいてきた。運転手が後部座席のドアを開けて貴子を乗せると素早くドアを閉め、運転席にもどって発進させた。

「貴子、大丈夫か」

木村は娘を気遣った。

だが、貴子は黙って紙袋から煙草を取り出して火を点けると大きく吸って煙を吐いた。ふっくらしていた頬の肉が落ち、窪《くぼ》んだ目はまばたきもせずに正面を向いていた。世の中のすべてのものを拒んでいるようだった。

「家に帰ってゆっくり休みなさい」

木村は貴子に優しく言ったが、

「家には帰りたくない」

と拒否した。

「そうか。じゃあ、しばらくホテルに泊まりなさい。運転手さん、帝国ホテルへ行って下さい」

二ヵ月の勾留生活で貴子は急に大人になったような気がした。それまでの貴子は世間知らずで、わがままで、好き勝手な生活をしていたが、いまの貴子は心の中に何かを秘めているようだった。すさんでいるが、その反面、自分を見つめ直そうとしている意志のようなものを感じた。

木村は母親の喜代子と離婚したことを貴子にはまだ伝えていなかった。囚《とら》われの身である貴子に心配をかけまいと言いそびれていたが、しかしいずれはわかる。いや、すぐにわかるだろう。

「わたしは喜代子と離婚した」

唐突だったが、この際、はっきり言った方がよいと思った。

煙草をふかしていた貴子は驚くどころか顔色一つ変えず、

「もっと早く別れるべきだったのよ」

と言った。

貴子の厳しい態度に木村は返す言葉がなかった。

「できればおまえは結婚するまでわたしと一緒に暮らしてほしい」

それは木村の偽らざる気持だった。

身の回りをみてほしいからではない。木村にとって貴子は、この世でたった一人の分身なのだ。だが、貴子はきっぱり断るのだった。

「無理よ。わたしは一人で生活します。仕事を見つけて、自前で生きていくわ」

木村は自分の耳を疑った。何不自由なく贅沢《ぜいたく》三昧な生活を送ってきた貴子が仕事を見つけて一人で生きていくと言う。そんなことができるだろうか。半信半疑の木村は、しかし独り立ちしたいという貴子の気持を尊重しようと思った。

帝国ホテルに着くと木村はフロントで手続きをした。

「おまえのカードの決済はわたしがする。あまり無駄遣いしないように」

「ありがとう。また連絡します」

貴子は無表情に言って踵《きびす》を返すとエレベーターに乗った。

木村はその足で出社した。社長室に入ると水の入ったコップを持って斉藤光子が入ってきた。

「お薬の時間です」

時間割に従って授業を受ける生徒のように木村は斉藤光子から薬をもらって飲んだ。

「お熱を計ります」

斉藤光子はポケットから体温計を取り出して木村の熱を計った。

「三十七度三分あります。大丈夫ですか？」

斉藤光子は日時と体温を手帳に記入し、細い目で木村の顔色をうかがっている。

「大丈夫だ。永嶺から電話はあったか？」

「はい、ありました。五時にもう一度電話してきます」

「ホテルの部屋にいろと言ったか」

「はい、言いました」

木村はすぐ永嶺部長の部屋にダイヤルした。ベルは鳴っているが、なかなか出ない。また外出しているのかといらだっていると永嶺の声がした。

「もしもし、わたしだ」

斉藤光子に三十七度三分と告げられて木村は体がだるくなり、声に力が入らなかった。だが、十分ほど話しているうちに木村の表情が険しくなってきた。

「とんでもない奴だ。人の足元を見て……交渉は打ち切れ。わたしにも考えがある」

木村は怒鳴りつけて電話を切った。

斉藤光子は両手を前に重ね合わせ直立不動の姿勢になっていた。

「お茶をくれ。それからホテル『雅』の書類を持ってきてくれ」

激怒している木村の顔が少し赤味がかっている。自分でも顔がほてっているのがわかった。

お茶と書類を持ってきた斉藤光子は木村の逆鱗《げきりん》にふれるのを恐れてそそくさと社長室を出た。

永嶺部長との電話は風間組組長・山越直志と交渉している件についてであった。山越組長は上乗せする七億円以外にホテル『雅』を売却した際に得る利益の三〇パーセントを要求していた。永嶺にはなんの責任もないのだが、山越組長のあまりにも法外な要求に木村はつい激怒したのである。用心に用心を重ねて交渉したつもりだったが、やはり暴力団を甘く見ていたと後悔した。かりに仲介人を入れて交渉するにしても北九州一帯に勢力を持っている風間組組長・山越直志を説得できる人物がいるだろうか。日本最大の暴力団山城組でさえ北九州への進出をはばまれて手が出せないでいる。別の暴力団であれ政治家であれ、仲介を依頼するのは危険だった。書類を調べていた木村は冷めたお茶をひと口ふくみ、しばらく考え込んでいたが、ふたたび永嶺部長に電話を入れて、今夜にでも帰ってくるよう指示した。

壁の時計は午後六時三十分を指している。木村は七時に料亭「ふじ」でY信用金庫の塚原理事長と待ち合わせているため社長室を出た。社内には斉藤光子をはじめ経理係長と外渉部の社員五名と女子事務員二名が残っている。役職は課長だが十四名の社員を仕切っているのは斉藤光子である。斉藤光子が退社する前に帰った社員はあとでねちねちといじめられるので斉藤光子より先に退社する者はあまりいなかったが、それでも五名はもういなかった。斉藤光子の細い目は社員をたえず監視しているのだった。そして一カ月に一度、社員の勤務状態を木村社長に報告するのである。木村はいつも黙って聞くだけであった。しかし、斉藤光子の報告はいつしか木村の頭にインプットされて、斉藤光子に人事権をゆだねるかのようになっていた。木村は斉藤光子を辞めさせたいと思うこともあった。妙にかいがいしく木村の身の回りの世話をやく斉藤光子の肥満した体軀《たいく》に嫌悪をいだいていた。しかし、妻の喜代子とはあっさり離婚したのに、長年苦労を共にしてきた斉藤光子を馘《くび》にはできなかった。

会社を出た木村は四軒隣の薬局で一本四千円の疲労回復強壮剤を飲んでタクシーを拾った。料亭「ふじ」に着いてみると珍しく塚原理事長が先にきていた。

「遅れてすみません」

木村が謝ると、

「わたしもいまきたところです」

と塚原理事長は木村を上座に座らせた。

「ちょっと風邪を引きましてね。点滴をしてもらいました」

木村はさも疲れた様子で風邪をおして出てきたかのように言った。

「それはいけませんな。大丈夫ですか？」

と塚原理事長が心配そうに訊いた。

「大丈夫です。ここへくる前に一本四千円の強壮ドリンクを飲みましたから」

と言って木村は笑った。

「四千円もする強壮剤を飲むと体を持てあますんじゃないですか」

塚原理事長はおしぼりを手渡そうとしている女将をちらと見た。

「あら、そんなに元気が出るんですか。わたしも飲んでみようかしら」

含み笑いを浮べて女将は木村を流し目で見た。

「そんな元気はないよ。今夜は早々に引き揚げて英気を養わないと。風邪が治って元気になったら女将とお手合わせを願いたい」

木村は本心のようでもあり、女将を試しているようでもある。

「楽しみにお待ちしてますわ」

女将は軽く受け流して席を立った。女将との一回限りの情事はいまも木村の皮膚感覚に生々しく残っているが、女将をもう一度抱くことはないだろうと思った。

二人の仲居がビールと肴を運んできて部屋を出ると塚原理事長が急に真顔になった。

「それでホテル『雅』の件はどうなりました?」

「わたしは風邪で寝込んでましたので代理に永嶺部長と山川弁護士に福岡へ行ってもらったのですが、面倒なことが起こりました」

ホテル「雅」を買収する際、風間組の山越組長に七億円を上乗せするという条件を提示したが、山越組長はさらにホテル「雅」を売却したときの利益の三〇パーセントを要求していることを話した。

「三〇パーセント! べらぼうな要求ですな」

塚原理事長は飲んでいたビールのグラスを座卓の上に置いて驚きの声をあげた。

「足元を見られたんですよ。七億円を上乗せするという条件がかえってよくなかったんです」

「七億円出せば文句ないはずですがね。欲の皮がつっ張ってる。で、どうします?」

塚原理事長は木村の考えを質した。

「条件を呑むわけにはいきません。ホテル『雅』の件は放棄しましょう」

「風間組が引き下がるとは思えませんが」

「しかし、われわれはなんの書類も契約も交わしてませんから、風間組から文句を言われる筋合いはないはずです」

「それはそうですが、なんせ相手は暴力団ですからね」

今日まで暴力団との関係は慎重に避けてきたが、今回は安易だったと思った。甘い蜜には必ず暴力団がからんでいるのだ。そこへ永嶺部長から電話が掛かってきた。東京へもどってくるように指示された永嶺は羽田から電話を掛けてきたのだ。

「すぐこっちへきてくれ」

永嶺の話の内容次第では、一両日中にふたたび福岡へ赴かせて商談を破棄しなければならない。

タクシーに乗って高速道路を利用した永嶺と山川弁護士は四十分後に料亭「ふじ」に着いた。女将に案内されて部屋にきた永嶺と山川弁護士はあわただしい日程に少し疲れた様子だった。

「ご苦労さん」

木村は労をねぎらって、座卓についた二人にビールをついだ。そのビールを飲み、ひと息

ついた永嶺が、

「話にならないです。ホテル『雅』の離れで会合したんですが、離れの周囲やホテルの前に十人ほどの手下を見張りに立たせて威嚇しながら恫喝《どうかつ》まがいのもの言いですから、言いたいことも言えない状態でした。なぜ社長はこない。社長を連れてこいの一点張りで、社長は風邪で寝込んでいると言っても聞く耳を持たないんですよ」

と話しているうちに感情を高ぶらせた。

女将と仲居が追加のビールと肴を持ってきた。

「食事はまだか？」

と木村が訊いた。

「機内食を食べました」

と永嶺が答えた。

女将はその場の雰囲気を察知して、

「ご用のときは壁のボタンを押して下さい」

と言って静かに部屋を出た。

「利益の三〇パーセントをよこせとはべらぼうな話だ」

塚原理事長は同じことを言った。

「まったくです。七億円を裏金で処理するのは大変なんですと言っても、どうせおまえたちは利益を裏で処理するんだろうと開き直る始末で、口止め料として利益の三〇パーセントを出すのは当然だと言わんばかりでした」

永嶺の言葉のあとを継いで山川弁護士が口を開いた。

「やっかいな相手です。何を言いだすかわからない。これ以上の交渉は無駄だと思います。法的な手続きで穏便に処理するのは難しいでしょう。この件から手を引いた方が賢明だと思います」

「わたしも同じ考えだ。さっそくだが、明日もう一度福岡に行ってホテル『雅』の社長と山越組長に会って、この件から手を引くと伝えてくれ。時間を置くとまずい」

事態がこじれるのを防ぐには一刻を争うと木村は思った。

料理をつまんでいた永嶺は憂鬱《ゆううつ》な表情をしていた。誠実で勤勉だが、言われたことに忠実に従うだけで、自ら進んで積極的に事業を開拓しようという意欲に欠けていた。

「今後この件で風間組から因縁をつけられないよう、しっかり交渉してきてくれ」

木村は永嶺部長に引導を渡した。

「わかりました。それではわたしはこれで失礼します」

元気のない声で永嶺は席を立った。

同時に席を立とうとした山川弁護士を、

「先生にはちょっと、お話があります」

と木村は呼び止めた。

山川弁護士が座り直したので永嶺は一人で帰った。

「何か?……」

アルコールに弱い山川弁護士は一杯飲んだビールで目元が赤くなっている。

「永嶺部長は気が弱くて、こういう交渉には慣れていませんので、先生のお力添えをお願いします。それから新星商事ですが、この件が落着したあと、帳簿の整理や税務対策の関係上、一カ月はそのままにしておこうと考えていましたが、二、三日後に閉めたいと思います」

「それはまた急ですね」

山川弁護士は木村の意図が読めずに困惑した。

「風間組は必ずわれわれの弱点を探そうとするはずです。先ほど、永嶺が言ってましたが、利益を裏で処理するんだろうという言い方には風間組の魂胆が見え隠れしています。われわれがこの一件から手を引けば、風間組はあらゆる手を使って攻撃してくる可能性があります。新星商事もその対象になるでしょう」

木村の異常なほどの用心深さに山川弁護士は神経質すぎると思ったが、その用心深さが木村の生き方だった。

「せっかく育て上げた新星商事を、いますぐ放棄することはないと思いますがね。風間組がそこまでやるとは考えられない」

塚原理事長が意見を述べると、

「いや、用心にこしたことはないです」

と木村は言った。

もとよりすべては木村の意思によって運営されているのであり、木村の判断にゆだねるしかないのだが、ダミー会社を潰したあと木村が所有している莫大な資産の税金対策を何によっておぎなっていくのかは不透明であった。

5

永嶺部長と山川弁護士はホテル「雅」の社長と風間組の山越組長に会って、今回の件は条件が合わず、なかったことにしてもらいたいと話し合い、一応、諒解をとりつけた。何ごともなく一件落着したので木村はほっと胸を撫《な》でおろした。ところが二週間後、木村のもとへ一通の手紙がきた。差出し人は山越直志だった。木村は胸騒ぎを覚えた。

封を開けて手紙を読んだ木村は、どういう意味だろう？　とまた読み直した。

「前略　率爾《そつじ》ながら貴殿にぜひ忠告したきことあり。私の舎弟・轟康道を近日中に御社へ赴かせるゆえ話し合われたし。ホテル『雅』の件は一方的に破棄され、当方としても納得し難く、いま一度、熟慮願いたく候。不一《ふいつ》」

短い手紙だったが、達筆で書かれた文語調の文章は何を暗示しているのかよくわからない不気味な内容だった。

「やはりきたか……」

永嶺部長と山川弁護士から山越組長との話し合いで穏便に解決したという報告を受けて安心したものの内心は不安だった。鬼の山越と呼ばれている男が、そう簡単に引き下がるとは思えなかったからだ。話し合うことは何もないが、いったい何の話だろう？　おそらく針の穴に棒を突っ込むような話にちがいない。木村は永嶺部長を呼んだ。そして社長室に入ってきた永嶺に手紙を見せた。

木村の机の前に立って手紙を読んでいた永嶺の顔色が変った。

「何の話でしょう？　轟康道《とどろきやすみち》というのは誰なんでしょうか？」

予想もつかない手紙の内容に永嶺は怯えた。

「山越組長とは決着がついたのではなかったのか」

「ついたはずです」

「ついたはず？」

「はい、わかったと言ってました」

「それだけか？」

「はい、そのあと酒を飲みながら世間話をしました」

三十分ほど酒を飲みながら世間話をしてお開きになったという。

「わたしのことは訊かれなかったか」

「社長とはそのうち酒をくみ交わして、お近づきになりたいと言っていました」

永嶺部長と山川弁護士との酒席で山越組長は手紙の内容を暗にほのめかしていたのだ。しかし、永嶺はその時点で山越組長の腹の中を探ることはできなかったのだ。

そのとき木村の机の上の電話が鳴った。

木村が受話器を取ると、

「木村社長かね」

極道に特有の陰にこもった声だった。

「そうです」

と木村は返答した。

「わたしは山越組長の舎弟・轟康道だ。いまあんたの会社の前にいる。社員に社長室まで案内してもらいたい」

木村が腰を上げて窓から下を見るとビルの脇にある公衆電話の前に黒いスーツ姿の男が二人立っていた。

「わかりました。社員を迎えに行かせます」

電話を切った木村は、

「轟康道が会社の前にきている。君がここまで案内してくれ」

永嶺に言った。

「なんですって！　轟康道が……」

意表を突くような轟康道の訪問に永嶺は狼狽《ろうばい》した。

それにしても手紙が着いて一時間もしないうちに間髪をいれず轟康道が訪れるとは驚きである。轟康道は手紙が届くのを見届けていたのかもしれない。相手を動揺させて考える時間を与えずに話を有利に進めようとしているのだろう。極道の使いそうな手である。木村は深呼吸をして冷静になろうとした。

永嶺が二人の男を社長室に案内してきた。部屋に入ってきた二人のうち一人は一見五十過ぎの中高年のサラリーマン風に見えた。いま一人、三十代の男は五十過ぎの男をガードするような形で周囲の気配に鋭い目を配っていた。

木村が椅子から立ち上がると、

「轟です」

と五十過ぎの男が名刺を出した。

名刺には「轟組組長　轟康道」。住所は東京都練馬区になっている。ということは風間組傘下の二次団体かもしれない。

木村も名刺を差し出し、

いた。

「どうぞお掛け下さい」

とソファをすすめた。轟康道はソファにゆっくりと腰を下ろしたが、三十代の男は立っていた。

怖いもの見たさに入ってきた斉藤光子に、

「お茶を四つ持ってきなさい」

と木村が言った。ソファに座った木村はできるだけ柔和な表情で落ち着きはらって、

「手紙は一時間ほど前に受取りました」

と言った。

「それで、手紙を読んでみたのですが、意味するところがよくわからないのです」

木村はとぼけてみせた。

「手紙はわれわれの挨拶です。いきなり会社へ押しかけてくるのもどうかと思いましてね。それと、いったん約束したことが反故《ほご》にされたんで、われわれの面子《メンツ》がたたんのですよ」

一見、中高年のサラリーマン風に見える轟康道の眼が獲物を狙っている猛禽《もうきん》類の眼に変っていた。

「約束を反故にした憶えはありません。誓約書や仮契約を交わしていれば別ですが」

「社長、われわれの世界では口約束が誓約書や仮契約より大事なんです。このことが外部に

知れたら、われわれはもの笑いの種ですよ。わかりますか」

優しい声でとりつくろっているが脅迫じみた響きがこもっている。

「わたしどもは素人《しろうと》です。商売人です。商売はあくまで契約書や書類によって履行されるのです。それに利益の三〇パーセントを上乗せすることはできません。いくらの利益が出るのかわからない段階で、そういう約束はできないのです。約束ができない以上、われわれはこの取引を断念せざるを得なかったのです。どうかご理解下さい」

斉藤光子がお茶を運んできてテーブルの上に置き、部屋の隅に行って様子を見守った。

轟康道は煙草にフィルターをつけてライターで点火し、一服ふかして脚を組むと背中をソファにあずけて顎を少し下げ、木村を睨みつけて言った。

「社長は榎本博之を知ってますね」

その言葉に木村は内心どきりとした。なぜ轟康道は榎本博之を知っているのか。以前から榎本となんらかのつながりがあったのか。不意に詰問《きつもん》されて木村は思考停止状態になった。

「あんたのダミー会社の代表をやってた男だよ」

何もかも知りつくしているかのように言った。

「そんな男は知らない」

木村はしらばっくれた。

「ほう、知らないのか。榎本が死んだので、しらを切るつもりか」

「榎本が死んだ？」

信じられない言葉だった。なぜ榎本は死んだのか。五千万円を持ってカナダへ行くと言っていたが、もしかすると榎本は暴力団から莫大な借金をしていて、その借金がらみで暴力団に殺害されたのではないか。賭けごとに狂奔して暴力団に借金をしたあげく殺されることはよくある話だ。木村は混乱した。

木村の顔色をうかがっていた轟康道は、

「どうやら図星らしいな」

と薄ら笑いを浮べた。

「榎本はあんたから五千万円をかすめ取った。そしてマリアというフィリピン女と逃亡しようとしたが、マリアを追っていた山頭会の幹部・成島に捕まったんだ。マリアというフィリピン女は山頭会がフィリピンから連れてきた女だ。上野で働かされていたが、ある雨の夜、店の客とラブホテルにしけ込み、見張っていた成島の目を盗んで雲隠れしやがった。この世界では草の根を分けてでも逃亡した者を探し出してオトシマエをつけるのが掟だ。そして成島は南品川で榎本と暮らしているマリアを見つけ出した。榎本は運の悪い男だった。惚れた女のために命を落としたんだ。成島の手下の話によるとマリアは凄い美人らしい。五千万円を持っていた榎本はマリアと一緒に拘束され、高速道路に投げ出されて殺されたが、車の中で何かが起こり、車は横転してガードレールに激突し、炎上して成島と運転手は死亡した」

ここまで言うと轟康道は喉が渇いたのか冷めたお茶をひと口飲んだ。木村も永嶺も斉藤光子も黙って轟康道の話を聞いていた。もちろん永嶺と斉藤光子は木村が榎本に五千万円を供与していることは知っていた。

「高速道路に投げ出された榎本は数百台の大型車や乗用車に轢かれてぼろ雑巾のようになり、その切れ端は名古屋にまで引きずられていたそうだ。警察の捜査では、成島は眼を刺し貫かれ、運転手も背後から首を刺されて運転できなくなり、高速道路のガードレールに激突し炎上したらしい。だが、マリアは、五千万円を持ってどこかへ消えてしまった。山頭会は全国の組関係に回状を回してマリアの行方を追っている。どこへ行こうと、たとえ地の果てへ行こうとわれわれから逃げることはできない」

中高年のサラリーマン風だった轟康道の顔が憎悪と残忍さをおびていた。木村は轟康道と目を合わせることができなかった。永嶺も斉藤光子も伏し目になっていた。斉藤光子はこの部屋から出たいと思いながら縛りつけられたかのように動けなかった。

「われわれは警察の内部にもパイプを持っている。事件を調査していた警察から山頭会に連絡が入り、山頭会からわれわれに回状が回ってきた。全国の組関係はマリアの行方を追っているが、問題はそれだけではすまない。五千万円の出処《でどころ》があんたということはわかっている。榎本があんたのダミー会社をやっていたこともわかっている。あんたが所有している不動産がいくつかのダミー会社を通して売買され、莫大な利益を得ていることもわかっている。これからあんたがビルを建設しようとしている西麻布の土地がいくつかのダミー会社名義になっているのはそのためだ。ホテル『雅』の買い手が『新星商事』というのもおかしな話だ。どうせ『新星商事』もあんたのダミー会社だろう。事件の発端は何かということについて警察は興味を持っているが、いまのところわれわれが押さえている。もし警察が動けば国税庁も動くはずだ。そうなればあんたは袋小路に追い詰められる。手紙にも書いてあるように、わたしは忠告しにきたのだ。そうなる前に手を打てと」

木村の背中に戦慄《せんりつ》が走り、額と首筋に汗がにじんできた。言葉巧みに恫喝してくる轟康道の声が澱のように木村の臓腑《ぞうふ》に溜まってきた。『昔、あんたは韓国の春川《チユンチヨン》で父親を殺しただろう』という幻聴が轟康道の声にダブってくる。恐ろしい重圧で木村は窒息しそうになり、叫びをあげて走りだしたい衝動にかられた。

「社長……」

永嶺部長に声を掛けられて木村はわれに返った。

喉から胸にかけて汗が流れている。寒気を覚えた木村は風邪がぶり返したのかもしれないと思った。

「君たちは外に出てくれ」

木村は永嶺と斉藤光子に部屋から出るように指示した。

「社長は風邪を引いているんです。日をあらためてもらえないでしょうか……」

斉藤光子が木村の異変に気付いてかぼそい声で言った。

「うるせえ！　てめえはすっこんでろ！」

立っていた男がけもののような目で斉藤光子を睨みつけた。その凄味《すごみ》のある声に斉藤光子は圧倒されて口をつぐんだ。

「わたしは大丈夫だ。君たちは外へ出てくれ」

木村は背筋を伸ばして姿勢を正した。

永嶺と斉藤光子が部屋を出ると、

「わたしには思い当る節がありませんが、それでわたしにどうしろと言われるんですか」

と木村は穏かな口調で言った。

「あんたが日本に帰化していることも知っている。われわれを甘く見てはいけない」

轟康道の話が核心に迫ってきた。

喉がからからに渇いている。木村はお茶をひと口飲もうとしたが震えている手で茶器を摑めば相手に心の動揺を悟らせると思いやめた。

「あんたがあくまでしらを切りたい気持はわかる。しかし、問題が表沙汰《おもてざた》になれば、収拾がつかなくなる。場合によってはあんたの命取りにもなりかねない。われわれの要求を呑むことだ。そうすれば、われわれはすべてを穏便に収める」

「要求とは？」

木村は相手の手の内を測りかねて訊いた。

轟康道は手帳を取り出し、ボールペンで「二十億」という金額を記入した。

「二十億……」

なんの根拠もなく、ただ漠然とした臆測《おくそく》だけで二十億の金を要求するとは恐喝も甚《はなは》だしい。木村は断固拒否すべきだと思った。轟康道の要求を受け入れると彼の臆測を認めることになる。そしていったん認めると轟康道は際限なく要求してくるだろう。

「ご冗談でしょ……」

あまりも馬鹿げているといったふうに木村は一笑に付した。

「冗談ではない。われわれを敵に回すことを考えれば、安い買い物だと思うが」

「安い買い物？　二十億が安い買い物ですか。なんの根拠もなしに、ただダミー会社で経理を操作しているという臆測だけで二十億の金を要求してくるとはべらぼうな話です。以前にも似たような話がありましたが、そういう話にいちいち応えていたのでは会社は潰れてしまいます」

不正経理をネタに二十億もの金を要求してくる相手の気がしれなかったが、二十億の金を払うくらいなら、税金を税務署に納めた方がましだと思った。

「あんたはこの前の自由党総裁選のとき、西麻布にあるM不動産会社の土地とあんたの土地を等価交換して、その差額の十億円を国重《くにしげ》首相に渡している。国重首相はその金を使って総裁に再選された。その見返りに清水議員を団長とした北朝鮮訪問団の一員に加わり、北朝鮮の特区（経済特別地域）での利権を独占しようと目論んでいる。レアメタルとかいう鉱物資源らしいが、あんたの狙いは別にあるんじゃないのか」

どこから情報を入手したのかわからないが、かなり詳しく知っていた。外務省か、あるいは清水議員かもしれない。ただ北朝鮮特区の利権を独占しようとしているという話はまったく飛躍していたし、レアメタルに関する知識も出鱈目《でたらめ》だった。しかし、そうした情報を入手している以上、北朝鮮にいる母のことも知っているのではないかと木村は不安になった。

『狙いは別にあるんじゃないのか』とは何のことだろう？

「別の狙いとは何ですか？」

「それは言えない」

轟康道はしらばっくれて唇に薄ら笑いを浮べた。母のことだろうか……それとも弟のことだろうか。父親殺しを疑っているのは弟しかいないし、弟が外部の人間にもらすとは考えられなかった。だが木村は、疑心暗鬼になった。轟康道のおためごかしに騙されまいと思いながら内心、穏かではなかった。父を殺害した雨の日の光景と天を引き裂く稲妻が木村の脳裏で一瞬フラッシュバックした。

「風邪を引いてますので、休養したいと思います。今日のところはお引き取り下さい」

木村は風邪を理由に、これ以上の話し合いを避けた。

「一週間後にくる。それまでに返事を用意しておいてくれ」

一方的に言いがかりをつけて、一方的に返事を強要してくる。どんな些細なことでも針小棒大に解釈して無理難題を押しつけ、それを拒むと暴力に訴えてくるのだ。

「返事がないときは街宣車が二、三十台押しかけてくることになる。あんたの身の安全は保証できない」

轟康道がゆっくり腰を上げると、側に立っていた用心棒の若い男が上衣のボタンをはずしてベルトに差し込んでいる拳銃を意識的にちらつかせた。木村はぞっとした。

轟康道が帰ると永嶺部長と斉藤光子が社長室に入ってきた。

「大丈夫ですか」

と永嶺が顔をこわばらせて訊いた。

ソファに座っていた木村は額に汗をかき、茫然としている。

「警察に訴えましょう」

と斉藤光子が言った。

「警察に訴えてなんになる。警察がわたしを守ってくれるとでも言うのか。奴らがその気になれば、いつでもどこでも、わたしを殺《や》ることはできる」

「とんでもない連中だ。言いがかりも甚だしい。社長が狙われるなんて信じられない」

小心で臆病な永嶺部長が珍しく憤慨《ふんがい》した。

本当は家に帰って休みたかったが、いても立ってもいられない木村は、早急に手を打たねばと思い、近藤税理事務所に電話を入れた。

「はい、近藤税理事務所です」

と新しく入社した秘書の角川雪絵が電話に出た。

「近藤さんはいますか？」

と木村が訊いた。

「はい、おります」

「佐田さんもおられますか？」

と訊くと、

「佐田は六時にもどります」

とのことだった。佐田良孝は国税局長を退いて税理士になった人物である。大学の後輩である近藤の招請を受けて近藤税理事務所に所属していた。

「近藤さんにつないで下さい」

外出している佐田とはあとで合流しようと思い、電話に出た近藤に、

「今夜、ちょっと相談がありますが時間はとれますか？」

と訊いた。

「急ぎの用ですか」

「ええ、急いでいます」

いつもとはちがう木村の口調に、

「六時に人と会う約束があるんですが、三十分ほどで話をすませて、七時には会えると思います」

と近藤は時間の都合をつけてくれた。

「七時に『ふじ』で待ってます。できれば佐田さんとも会いたいのです」

約束をとりつけた木村は体調を心配している斉藤光子をよそに会社を出てタクシーを拾う

と赤坂の料亭「ふじ」に向った。まだ五時前で料亭は開店していなかったが、仲居が玄関を掃除していた。

木村は掃除をしている仲居に、

「女将はいるか」

と訊いた。

「はい、おります」

木村は常連客だが、開店前に訪れることはなかったので、仲居は驚いていた。

木村は勝手知ったわが家のように店の中に入り、いつも使っている部屋に行った。

間もなく女将が現れ、

「どうなさったんですか、社長」

と不意の訪問に戸惑っていた。

「七時に近藤さんと会うことになってる。それまでひと休みしたい。風邪を引いてるんだ」

木村は体をぐったりさせて床の間の柱にもたれた。

「風邪を引いてるんですか。それはいけませんね。最近、悪い風邪が流行《はや》ってますから。じゃあ、別の部屋に床を敷きますから、そこでお休み下さい」

女将は仲居に言いつけて別の部屋に床を敷かせ、木村を案内した。木村がいかにも疲れたというふうに服を脱いで横になると女将が掛け布団を掛けようとした。その女将の手を取って木村は布団の中に引きよせた。

「馬鹿ね、こんなときに。人がきますよ」

と抵抗したが、

「誰も見てない」

と言って木村が強く引きよせると女将は無抵抗になって木村の上によろめいた。

木村は素早く女将の着物の裾《すそ》をたくし上げると女将は自らパンティを下ろし、木村のペニスを受け入れた。女将の愛液が溢れていた。「あー……」と女将は吐息をもらし、腰を巧みに蠕動《ぜんどう》させてペニスを膣の奥深く呑み込んだ。木村が着物の袖から手を入れて女将の弾力のある柔らかい乳房を摑んでもむと、女将は着物の襟をひろげて乳房をあらわにした。その乳房に木村が舌を這わせると、たまらず女将は呻き声をあげた。呻き声をもらすまいと女将は歯を喰いしばっていたが、声は歯の隙間からもれ、肢体をのけぞらせて、

「あー、駄目……いきそう……」

と唇を開けて歓喜の声をあげるのだった。

女将の呻き声が外部にもれるのを防ごうと木村は唇を重ね合わせたが、女将は木村の腕の中でもがき、半狂乱状態になってむせび泣き、体を震わせていた。

薄暗い部屋の中でのつかの間のセックスだった。

乱れた着物を直しながら、しかし女将は満足げな妖《あや》しい微笑をたたえて立ち上がり、そっと障子を開けて外部の様子をうかがって部屋を出た。

「悪い人」

『牝犬め……』

女将の張りのある肉体の感触が木村の手に残っている。唇を重ねて舌を入れたとき嚙み切られそうになった。欲情した女将の体は木村のペニスをむさぼり、喉の奥から絞り出すような細く長い声でとめどなく嗚咽《おえつ》していた。その呻き声が木村の体の中でいつまでも共鳴していた。

風邪を引き、疲れていたが、女将を抱くことで澱のように溜まっていた欲求不満が解き放たれたのか、木村は一時間ほどぐっすり眠った。そして女将に起こされて近藤と佐田が待っている部屋に行った。

「どうも、お呼びたてしてすみません。風邪を引いて疲れていたものですから、別室で仮眠してました」

木村は後ろめたい気持で少し照れていたが、女将は澄ました顔で近藤と佐田をもてなしている。

仲居が持ってきたおしぼりをほぐして木村に手渡し、小鉢に入った料理を置くとき、女将はわざとらしく木村に接近した。香水の匂いに木村は、女将のあられもない呻き声と姿勢を思い出した。

「ところで急用とはなんですか」

仲居につがれたビールを飲んで近藤が訊いた。

男たちの会話がはじまったので女将は気をきかせて仲居とともに部屋を出た。

「じつは風間組の舎弟が訪ねてきました」

「それはまた、どうしてですか?」

日本酒を飲んでいる佐田が訊いた。

木村は風間組の舎弟・轟康道が会社を訪れ、取引を停止したホテル「雅」の件にからめて、ダミー会社の不正経理や榎本に五千万円を渡した件を持ち出され、和解金として二十億を要求されたことを述べた。

「とんでもない連中だ」

箸で料理をつまもうとしていた佐田が驚いていた。

「榎本は豪雨の夜、高速道路に投げ出されて殺されたそうです」

「榎本が? 本当ですか」

今度は近藤が驚いた。

愛人だった秘書の竹田美和を榎本に奪われた近藤の心中は複雑だった。

「しかも五千万円は榎本と同棲していたマリアというフィリピン女が持ち逃げしたとのことです」

「信じられない……」

不可解な事件に近藤は轟康道の作り話ではないかと疑った。

「そういえば五カ月ほど前に、豪雨の夜、高速道路で大事故があって数台の車が炎上した記事を読んだ記憶がある」

料理を口に入れて咀嚼《そしゃく》していた佐田が言った。

「間違いないです。榎本は奴らに殺されたのです。五千万円を持ち逃げしたフィリピン女を奴らは草の根を分けてでも探し出すと言ってました」

風間組は警察の内部にもパイプを持っており、逐一情報を入手していること、奴らはどんな手段を使ってもダミー会社の件を暴こうとしていること、そして恐喝は私生活にもおよぶことなどを木村は話した。

「馬鹿げている。そんなことがまかり通れば、警察などいらない」

佐田はこの期《ご》におよんで警察を信じようとしていた。

「警察や国税庁に裏経理が発覚すれば、われわれは破滅です。わたしは狙われるかもしれない」

ベルトに差している拳銃をちらつかせていた用心棒の若い男の残忍な目を思い出して木村は怯えた。

近藤は腕を組んで考え込んだ。正面から対応することはできない。だが、二十億はべらぼうすぎる。それに、二十億を支払ったからといって、そのあと安泰でいられる保証もないのだ。

「いまさら言っても仕方ないが甘かったですな。暴力団のからんでいる物件には絶対手を出すまいと思ってたのですが、好物件だったのでつい手を出したのが間違いでした」

木村は深刻な表情になって後悔した。

「どうすればいいですかね」

途方に暮れたように近藤は独酌でビールをついで飲んだ。

近藤税理事務所も標的にされるのは明らかであった。そうなれば木村不動産の経理を担当している責任はまぬがれない。もし刑事事件にまで発展すれば近藤事務所が営業停止処分になる可能性も考えられる。それだけではない。木村不動産とY信用金庫との癒着も暴露されるおそれがあり、場合によっては政界との関係がマスコミなどに取り上げられるかもしれない。つぎからつぎへと連鎖していく悪夢が木村の脳裏をよぎった。

「苦肉の策ですが、清水先生にお願いしてはどうですか。あの人は裏の人脈もあると聞いてます」

考えあぐねた佐田が言った。

「清水先生は相談に乗ってくれるでしょうか？」

清水議員は以前から裏の人脈があると自慢げに吹聴《ふいちょう》していたが、どこまで顔がきくのか疑問だった。それに老獪な清水議員が無条件で相談に乗ってくれるとは思えなかった。何ごとも金次第だが、欲の深い清水議員は大金を要求してくるにちがいないと木村は思った。だが、背に腹は代えられない。

「とにかく相談してみることです。他に相談できる相手はいないのですから」

日頃、清水議員を政治屋・利権漁りの守銭奴呼ばわりしている佐田が清水議員に頼るしかないと言うのである。

「明日にでも清水先生にお会いして相談してみます」

と木村は言った。そして木村はその部屋の電話から清水議員の秘書である賀川に連絡を取った。

「もしもし、木村です」

電話に出た賀川に木村は落ち着いた声で言った。

「急ぎのご相談がありまして清水先生にお会いしたいのですが、時間はとれるでしょうか……はい……はい……午後八時以降は大丈夫ですか。では明日、赤坂の『ふじ』でお待ちしてます。はい……はい……よろしく頼みます」

電話を切った木村はほっとひと息ついてビールを飲んだ。

「わたしたちは同席しない方がいいと思いますが」

と近藤が言った。

木村と清水議員との間に込み入った私的な話もあるのではないかと近藤は遠慮したのだった。

「そうですね。清水先生は秘密主義で第三者が入るとあまり本音を言いませんから、わたし一人で会います」

と言って木村はトイレに立った。

トイレに行く途中の廊下で木村は女将と出くわした。木村は女将を抱きすくめて、子供を孕《はら》んだことのない形のいいお尻を触った。

「今夜は泊まってもいいだろう」

「駄目。旦那がくるから」

と女将は拒否した。

「女将には何人旦那がいるんだ」

いつも旦那を口実に拒否されるのだ。

「何人いたっていいでしょ。社長には関係ないんだから」

女将は木村を冷たくあしらってするすると音もなく廊下を渡っていった。その後ろ姿にしたたかに生きてきた五十路《いそじ》女の業《ごう》のようなものが張りついていた。一時間前、木村の上に馬乗りになって体をよじり、喘いでいたのはなんだったのか。

用を足した木村は部屋にもどり、

「明日、清水先生とお会いしたあと、できればどこかで会いたいのですが。たぶん十時過ぎになると思います」

と言った。

「わかりました。それまで事務所にいます」

急を要する問題なので、近藤は諒解した。

「清水さんは法外な謝礼を要求するかもしれない。直接要求しないまでも、たぶん示談金の中に自分の取り分を含めるのは間違いない」

佐田は渋い顔で暗に清水議員との話し合いは慎重であるよう忠告した。

「わかっています。しかし、他に方法がありますか」

と木村は訊いた。

「わたしは慎重に話し合うよう言っているだけです。もし清水議員が介入し、マスコミにかぎつけられて表沙汰になれば大スキャンダルになる。それを心配しているのです」

佐田の懸念するところは木村も同じだった。上手の手から水がもれるという諺《ことわざ》のように秘密裏の交渉が外部にもれることがある。危険なのは当事者以外の身近な者だった。その一人は清水議員の賀川秘書である。また会社では永嶺部長と斉藤光子であった。清水議員との密談で賀川に席をはずしてもらうことはできるが、そのあと清水議員の口から賀川にもれる可能性はある。永嶺と斉藤光子はすでに秘密を共有していた。秘密の漏洩《ろうえい》を防ぐのは至難であった。利権を漁る大物政治家たちの秘密が外部にもれないのはなぜなのか不思議だった。

木村は暗闇の中に一人佇《たたず》んでいる気がした。ある程度の富と社会的地位を築いたにもかかわらず事態は予断不可能な、自分の意志とは反対方向に向っている。非常手段によって得た富は非常手段によって奪われるのか。一瞬の隙を突かれて風間組の陥穽《かんせい》に足をすくわれた木村は傷口をひろげないためにも二十億円の条件を呑まざるを得ないかもしれないと腹をくくった。

料亭「ふじ」をあとにして帰宅すると、門扉の灯りが点いており、部屋にも灯りが点いていた。灯りを消し忘れたのだろうか？　といぶかりながら部屋に入ってみるとキッチンで斉藤光子が料理を作っていた。

「そこで何をしている」

キッチンでかいがいしく料理をしている肥満した斉藤光子の後ろ姿が奇怪に映った。

「社長がお帰りになったとき、もしお腹を空かしているようでしたらと思い、お粥を作っていました」

社長と社員の関係とはいえ、三十八歳の未婚女性が夜中に妻子のいない社長宅のキッチンで料理を作っているのは誰が見ても不自然である。

「どうして家に入れたのか」

と木村は訊いた。

「社長から家の鍵を預かっています」

「そうだったな。しかし、君は帰った方がいい」

木村は帰宅するよう言った。

「お風邪は大丈夫ですか」

斉藤光子は心配そうな顔をした。

「大丈夫だ」

「でも風邪が悪化するかもしれません」

「そのときはT病院に電話する」

木村は念のため斉藤光子にT病院の電話番号をチラシの裏に書かせた。

T病院の電話番号を書いた斉藤光子は、それでも帰ろうとしなかった。お粥を作り、大根おろしに白子《しらす》を混ぜ、玉子焼きにのりをそえていつでも食せるようにトレーに並べて布巾をかぶせた。

そして態度をあらため、

「永嶺部長は信用できません」

と言った。

「なぜそんなことを言う」

永嶺と斉藤光子の間に長年齟齬《そご》があるのは知っていたが、木村に明言するほどに相互不信を醸成しているとは思わなかった。

「永嶺部長は電話で山川弁護士に、ホテル『雅』の件にかかわりたくない、もしこの件が表沙汰になれば会社を辞めて警察に何もかも自白すると言ってました。自分は雇われの身で、社長の命令に従っただけだとも言ってました。非常に危険です」

確かに斉藤光子の話が本当なら危険である。しかし、永嶺が本当にそんな話を山川弁護士にしたのか。細い目で無表情に語る斉藤光子の思惑が木村には摑みかねた。斉藤光子は何を考えているのだろう。永嶺を密告するため深夜にわざわざ木村の屋敷にきたのだろうか。

木村は椅子に座って考え込み、煙草をふかすと、いったん止めていた換気扇のスイッチを入れた。換気扇の音が耳鳴りのように響いている。

「お薬を飲まれましたか」

と斉藤光子に訊かれて、

「外で一度飲んだ」

と木村は答えた。

「お休みになる前に飲んで下さい」

斉藤光子は自分のバッグから風邪薬を取り出し、グラスに水をそそいで木村に渡した。木村は薬を飲んだ。

「永嶺部長のことは考えておく。君は誰にも喋《しゃべ》るな」

木村は口止めをした。

「わかっております。それではこれで失礼します」

斉藤光子はゆっくりと渡り廊下を歩き、玄関を出た。ドアの鍵を掛ける音がした。

木村は冷蔵庫からビールを出し、玉子焼きを肴に飲みだした。

気の弱い永嶺は轟康道が会社へきたときから動揺していた。伏し目になって轟康道の顔をまともに見ることができず、話の内容もろくに聞いていなかったように見うけられた。おそらく永嶺は……と木村は考えた。気の弱い人間は追い詰められると自分を責める傾向が強いのだ。政治家の秘書や企業の課長などが追い詰められたあげく逃げ場を失って自白より自殺を選んでいる。永嶺もそういうタイプの人間である。むしろ問題なのは斉藤光子だった。細い目と無表情な丸い顔から斉藤光子の内面を読み取るのは難しかった。永嶺部長と斉藤光子の間に何かあるのではないか。もしかすると男と女の関係が……まさか……二人はあまりにも正反対すぎる……だが、あり得ないことではない……男女関係にまさかはないのだ。あらぬ想像をしながら木村は二本目のビールの栓を開けた。そして先週、ハムエッグを作った残りのハムを探し、それを肴にビールを飲み続けた。

6

二カ月ぶりに拘置所から出てきた娘の貴子の顔は頬がこけて浅黒かった。まだ二十四歳の若さなのに急に老け込み三十過ぎに見えた。内にこもり、あまり口をきこうとしなかった。好きな男と結婚し、幸せな家庭を築いてほしいと願っていたが、その夢は遠のいたような気がする。

離婚した妻の喜代子への慰謝料は弁護士に一任してあるが、一日も早く片をつけたかった。三十四年も連れそってきた妻と、こんなにもあっけなく別れるとは想像していなかった。夫婦の絆《きずな》のもろさをあらためて思い知らされた。所詮、人間は一人なのだ。けれども北朝鮮の咸鏡北道で一人、老後を送っている母を思うといたたまれなかった。

故郷の村の風景がぼんやりと見える。森に囲まれた狭い畑、豚小屋にも劣る住まい、昼間から飲んだくれて家族に暴力を振う父、日ごとに増大していく恐怖と憎悪のなかで閃《ひらめ》いた殺意。そして父を殺害したが、父は木村の中でいまも生きていた。

風邪薬を飲んだためかビールを飲みすぎたためか、木村は朦朧としてきた。そして気がつくと木村はベッドに寝ていた。ベッドの側には医師と看護婦と斉藤光子が立っており、木村は点滴を受けていた。

「出社する前に様子を見にきたのですが、台所で社長が倒れておられたのでT病院に連絡を取って先生にきてもらいました」

側に立っている斉藤光子が感情のない声で言った。

「風邪が治るまでは、アルコールと煙草はひかえて下さい。急性肺炎になるところでした」

研修医のような若い医師から厳重な注意を受けた。

「二、三日はおとなしくしてましょうね」

若い看護婦から優しく言われて木村は反省したが、今夜「ふじ」で清水議員と会う約束を反故にはできなかった。約束を反故にすると、理由のいかんにかかわらず清水議員の機嫌をそこねて相談に乗ってくれなくなるおそれがある。清水議員の性格を熟知している木村は夜まで休養し、約束の時間に「ふじ」へ赴くことを決めていた。

「抗生物質を三日分出しておきます。朝食後に一錠と寝る前に一錠服用して下さい。強い薬なので胃薬も出しておきます。とにかく休養することです。無理をしないで下さい」

医師は因果を含めると部屋を出たが、看護婦は点滴が終るまで見守っていた。

「点滴が終ってから、お粥を食べますか」

と斉藤光子が訊いた。

木村は頷いた。

点滴は一時間半ほどで終り、看護婦が器具のあと片づけをして帰ると、斉藤光子は昨夜作っておいたお粥を温め直して木村の部屋に運んできた。

木村はベッドの上でお粥を食べはじめた、

「今夜八時に赤坂の『ふじ』で清水先生と待ち合わせている。重要な話があるので二時間ほど出掛けてくる」

「そのお体で出掛けるのは無理です。連絡を取って日をあらためてもらった方がいいと思います」

斉藤光子は反対した。

「そうはいかない。日をあらためると清水先生はなかなか会ってくれない。清水先生の性格は君も知っているはずだ」

「でも無理をなさると、また倒れるかもしれません」

「大丈夫、酒は飲まない」

斉藤光子は食べ終ったお粥を片づけ、

「これからお薬を取ってきます」

と部屋から引き下がった。

木村は横になって瞼を閉じた。部屋がぐるぐると回転して天井の四隅を黒い影がおおい、その渦巻き状の影の中から何かが軋《きし》んでいるような泣き声のような音が聞こえ、木村の胸を締めつけた。木村は瞼を開けようとしたが、強いしばりにかけられて開けることができなかった。誰かに首を絞めつけられているような感覚に息苦しくなってもがき、「アーッ」と叫びをあげた自分の声に驚いて目を覚ました。

「社長、どうしたんですか」

薬を取りに行っていた斉藤光子がベッドの側に立っていた。

一瞬の眠りから覚めた木村は汗をびっしょりかいていた。

「夢を見たのですか？」

「いいや、夢ではない。体が弱ってるんだ」

おれは現実と夢の境界をさまよっているのだ、と木村は思った。思い出したくない記憶が蘇ったときから木村の体調が崩れだしたのは確かだった。

木村は抗生物質を飲み、斉藤光子に汗を拭いてもらった。

「わたしは台所にいます。何かあったらお呼び下さい」

一人でいるのは不安だったが、これ以上、斉藤光子にあれこれ手伝ってもらうのもわずらわしかった。かといって斉藤光子を追い払うわけにもいかないのだ。

夕方、斉藤光子の作った卵うどんを食べ、風邪薬を飲み、ハイヤーに乗って赤坂の「ふじ」に赴いた。

出迎えた女将が、

「ずいぶんお疲れのようですね」

と木村を見て言った。

「風邪をこじらせている」

「あら、わたしにもうつったのかしら。今朝あたりから、なんだか寒気がします」

意味深長な言葉に木村は女将の張りのある腰を見た。

部屋に通された木村は自分には熱いお茶を、清水議員には酒と料理を用意するように伝えた。十分ほど遅れて清水議員が賀川秘書とやってきた。

上座に座り、

「あー、疲れた。国会は予算審議で大荒れだ。国会はあと二カ月しか残ってないのに、会期末までに七つの法案を通さなきゃならない」

忙しい中を時間をやりくりして都合をつけているという意味である。

「申しわけありません。ご足労をお掛けしまして」

木村は恐縮して礼を述べ、

「すみませんが、賀川さんはちょっと席をはずしてもらえませんか」

と言った。

これまで席をはずさせられたことのない賀川はむっとして清水議員の反応を確かめた。清水議員が頷くと、賀川は不満げに席を立って別の部屋へ移動した。

酒と料理が運ばれてきた。木村は人払いをして緊張した面もちで清水議員に酒をつぎながら口を開いた。

「じつは、博多のホテル『雅』の件で困っております」

「うまくいってないのか」

清水議員は酒を飲み、箸で料理をつまんで不審げな表情をした。

「それが、思わぬ事態になりまして……」

木村は風間組とのいきさつと風間組の山越組長の舎弟・轟康道が会社を訪れ、榎本博之の件はもとより、ダミー会社や自由党総裁選のとき国重首相に十億の裏資金が流れたことなどを持ち出され、二十億の金を要求され、恫喝されたことを洗いざらい述べた。

木村の話を聞いていた清水議員は腕組みをして、

「うむ……」

と唸った。

「風間組は全国制覇を狙う関西の山城組にも屈しなかった組だ。暴力団の世界では隠然たる力を誇示している。一筋縄ではいかない。山越組長とは二、三度会っているが、わたしが仲介に入ると、わたしの立場が危うくなるおそれがある」

昔から清水議員は暴力団とのつながりがあり、暴力団がらみの汚職にも手を染めていると噂されながら逮捕をまぬがれてきた。清水議員は暴力団とのつながりを背景に政界での発言力を強めてきたのである。

木村は懐から一枚の小切手を取り出して座卓の上に置いた。新星商事代表・草野規夫名義の一億円の小切手である。

「この小切手をY信用金庫の塚原理事長に直接渡して下さい」

清水議員は独酌で盃についだ酒を飲み干し、小切手を取ると懐に入れて、

「二、三日後に連絡する」

と言って立ち上がり部屋を出た。

「よろしくお願いします」

部屋を出て行く清水議員に木村は頭を下げた。

翌日、一億円の小切手は現金化されていた。それから二日後に清水議員から連絡があった。木村はふたたび「ふじ」で清水議員と待ち合わせた。先日は賀川秘書が席からはずされたので、この日は清水議員が一人で現れた。

風邪の症状が思わしくない木村は酒をひかえてお茶を飲み、清水議員は珍しくビールを注文した。

「ところで風邪はどうかね」

本題に入る前に清水議員は世間話でもするように木村の風邪の具合を訊いた。

「まだ治りません。長びきそうです」

と木村は答えた。

「それはいかんな。早いとこ治さないと」

「毎日、栄養剤の点滴を受け、抗生物質を服用してますが、なかなか治りません。風間組の件が一段落したら、ゆっくり休養したいと思ってます」

話の間を取って本題に入ろうとしない清水議員の老獪な手の内を知っている木村は、風邪の話を誘い水に仲介の件を切り出した。

「昨日、巽《たつみ》組《ぐみ》の島袋組長と駒形《こまがた》の料亭で会って話をした。巽組は関西の山城組に匹敵する関東最大の組織暴力団だ。島袋組長は風間組の先代・雉間《きじま》数巳《かずみ》とは兄弟分だ。巽組が睨みをきかせているので山城組は風間組に対して簡単に手を出せないのだ。その島袋組長が間に入れば風間組の山越組長もいやとは言えないだろう」

巽組の名は木村も知っている。清水議員が言うように巽組は関東最大の組織暴力団であると巷《ちまた》ではいわれていた。その巽組が仲介に入ることで問題は無事に解決するのか。その代償はいくらなのか。

「三十億ですべては決着する」

「三十億！」

木村は絶句した。清水議員に頼むのではなかったと後悔した。清水議員の貪欲《どんよく》な顔が醜怪に映った。

「それは無理です。無茶というものです。わたしは風間組に対して何一つ悪いことをしていません。風間組はわたしを恫喝しているのです。人の弱味につけ込んで途方もない金をせしめようとしているのです。三十億といえばホテル『雅』の買収額に近い額です。わたしはホテル『雅』の買収を断念しただけです。それなのに、なぜ三十億もの巨額の金を出さねばならないのですか。わたしも事業家の端くれです。こういう理不尽な話を受け入れるわけにはいきません。場合によっては警察に訴えます」

木村は暗に清水議員の理不尽さを非難した。

「そんなことができるのか。かりに君が警察に訴えても、単に恫喝されているというだけで証拠もないのに事件が成立するのかね。よくいわれることだが、警察は事件が発生しない限り動かないものだ。たとえ人が殺されるのがわかっていても推測だけで警察は動かない。ましてや民事と刑事の境目の出来事に警察は首を突っ込んだりはしない。そんなことをすればきりがないからだ。

それに警察に訴えれば風間組と巽組は黙っていない。連中はあらゆる手段を使って君を追い詰めるだろう。数台の街宣車が毎日、君の会社と家の前で拡声器のボリュームをあげ、あることないことをがなりたて、夜も眠れなくなる。それだけではない。君は二十四時間監視され、狙われる。轟康道は風間組の武闘派で知られている男だ」

なんのことはない、風間組との仲介を頼んだ清水議員から木村は恫喝されているのだった。

「わたしの立場はどうなる。巽組に仲介を頼んだわたしの面子はどうなる。わたしと島袋組長との関係がぎくしゃくしたものになる。そうなれば連中はわたしをも追い落とそうとするだろう。ここは君の決断にかかっている。連中との話し合いがうまくいけば、今後二度と君の前に姿を現さないだろう。他の組関係も君に手出しはできない。君は巽組と風間組に守られるのだ。これほど強い味方はない。警察や国税庁にも睨みがきく。わたしが収賄罪の嫌疑をかけられてマスコミが大騒ぎをしたとき、時の検事総長に島袋組長から電話で挨拶してもらったおかげでわたしは逮捕をまぬがれた。世の中はみんな持ちつ持たれつだ。君とは長いつき合いだ。君の不利益になるようなことをわたしはしない。本来なら、こういう仲介をわたしはしたくなかった。しかし、君の置かれている状況から判断して、わたしは仲介を引き受けたのだ」

清水議員の話を聞いていると、検事総長と巽組の島袋組長とは刎頸《ふんけい》の友人関係のようにとれるが、あり得ないようで、あり得る話でもある。要するにこの機会に仲介料として取れるだけの金を木村から絞り取ろうとしている清水議員の魂胆がありありとうかがえた。清水議員との長いつき合いの中で木村が莫大な利益を手にしてきたのは確かである。その見返りに木村は選挙のたびに清水議員に一億、二億の資金援助をしてきた。しかし、それだけではあき足りないのか、清水議員は木村に三十億を強要するのだった。

轟康道が提示した二十億で手を打っておけばよかったと後悔した木村は、

「二十億で手を打ちます」

と言った。

「駄目だ。二十億は轟康道が提示した額だが、巽組が仲介に入った以上、三十億を積まなければ話は流れる。ものは考えようだ。十億増えたが、巽組が入ったことで、これから何があろうと君は安全だ。たとえ殺人があっても巽組が身代りを出してくれる」

四十四年前、韓国の寒村、春川《チュンチョン》で起こった殺人事件を清水議員が知っているはずもなく、清水議員の話は譬《たと》え話にすぎないが、それでも木村は動揺した。もしかすると韓国の警察から日本の警察に連絡があり、捜査しているのではないか、と木村は強迫観念にかられた。あり得ないようであり得る話、あり得るようであり得ない話をないまぜにして、木村の心の暗闇をのぞき見している清水議員の術策に翻弄《ほんろう》されまいと木村は冷静さを装ったが、魑魅魍魎《ちみもうりょう》の政界を生き抜いてきた清水議員には通用しなかった。

「二、三日考えさせて下さい。三十億の金は、そう簡単には用意できません」

蒼《あお》ざめている木村を清水議員は冷酷な眼差《まなざし》で見つめて言った。

「いますぐとは言わない。しかし、三日後には返事をすることになっている。三日後、わたしに連絡してくれ」

猶予は三日しか与えられなかった。木村はまるで冤罪《えんざい》をこうむる被告人のような心境だった。卑劣すぎると思った。本性をむき出しにした清水議員の罪状の数々を世間に暴露して政治生命を葬りたいと思った。だが、清水議員の罪状を暴露することは、とりもなおさず自らの罪状をも暴露することになる。清水議員の行為は裏切りにほかならなかったが、木村自身も過去に取引相手を何度か裏切ったことがある。西麻布の千二百坪の土地のうち六百坪を取得する過程で木村は地域の住民たちを騙し、裏切って巨額の利益を得たのだった。

清水議員が帰ったあと、木村は部屋に残ってビールを飲みはじめた。

「顔色が悪いですよ。風邪はまだ治ってないんでしょ」

ビールをついでいた女将が冷ややかに言った。

「女将は人に裏切られたことがあるか」

愚痴《ぐち》をこぼしたことのない木村がやりきれなさそうに言った。

「二人の男に裏切られたわ。それから男を信じないことにしたの。女にも裏切られたわ。妹のように可愛がっていた女に旦那を寝取られたの。情けなかった。それから女も信じないことにしているの。信じられるのは自分だけ。でも歳とともに自分がわからなくなってきた。この先、どうなるのかしら。わたしは水商売の世界に入って三十年になるけど、もうそろそろ潮どきかもしれないと思ったりしてる。可笑《おか》しいでしょ。わたしがこんなこと考えてるなんて」

女将の口から引退したいと聞かされるのは驚きである。しかし、厚化粧の下に隠されているもう一つの顔は五十路を過ぎた女の疲れた顔だった。

「行き着くところまで行くしかない。自分の生きざまを見届けるために」

木村の言葉が何を意味しているのか知る由もない女将は、

「自分の生きざまを見届けられるかしら？　自分の生きざまを見届けた人なんか誰もいない

わ」

と寂しそうに言った。

有名な政財界人が出入りしている料亭の女将らしい言葉だった。木村がそっと女将の手を握ると女将は木村の手を軽く叩いて、

「病人は早く帰って休みなさい」

とたしなめた。

翌日の午前中、木村はT病院に赴いて点滴を受け、レストランで昼食をすませて近藤税理事務所へ行った。若い秘書の角川雪絵が笑顔で迎え、応接室に通した。そして事務所で仕事をしている近藤輝正と佐田良孝に木村の来訪を告げた。

応接室に入ってきた佐田が、

「少しやつれましたね」

と言った。

「そうですか。風邪をこじらせてるんですが、休む間がなくて……」

木村は自分でも……この三、四日で体重が一、二キロ減っているように感じた。

「風邪には休養が第一ですよ。社長はなんでも自分でやらないと気がすまない性格だから、疲れが溜まって抵抗力がなくなってるんですよ。風邪のウイルスは弱っている体を虎視《こし》眈々《たんたん》

と狙ってますから気をつけないといけません。風邪は万病の元ですから」

ありきたりのことを言って近藤は革製の椅子に座った。

「休みたいんですが、つぎからつぎへと問題が生じて休めないんです」

実際、木村は休養をとりたいのだが、風間組の理不尽な要求とさらに清水議員の途方もない要求に頭を悩ませ、休んでいられない状況を近藤と佐田に説明した。

木村の話を聞いていた佐田は、

「盗《ぬす》っ人《と》猛々《たけだけ》しいとはこのことだ。清水はいつか裏切ると思っていたが、暴力団と手を組んで三十億を要求してくるとは許せない。わたしが社長なら警察に告訴しますよ」

と怒りをあらわにした。

佐田は清水議員を嫌悪していた。国税局長を退職したとき、国税局ＯＢに推挙されて佐田は参議院選に出馬しようと決意した。しかし、自由党は運輸省出身の條崎重信を推したのである。その背景には清水議員の強い影響力が働いていたといわれている。

「清水に相談したのは失敗だった。この前の選挙のときに清水議員とは手を切るべきだった。奴は禿鷹《はげたか》だ」

だが、清水議員を告訴することは諸刃《もろは》の剣なのだ。

「告訴はできない。告訴すれば返り血を浴びる。清水先生は、そのことを計算済みだ」

近藤は苦々しく言った。

「もはや奴を先生と呼ぶべきではない。奴はヤクザだ。わたしの考えでは、風間組がわれわれについて詳しく知っているのは清水から事前に情報を得ていたからだと思う。これは清水と風間組と巽組が仕組んだ罠だ。そう考えるとつじつまが合う」

佐田の推理には整合性がある。しかし、もしそうだとすると、それは恐ろしいことだった。七十六歳にしてなお清水議員の権力に対する欲望は衰えを知らないのだ。

「期限の三日が過ぎると会社や家に数台の街宣車が押しよせてがなりたて、この事務所にも街宣車がくると思います。さまざまな脅迫状や脅迫電話も掛けてくるでしょう。それだけではなく殺害された榎本の件や五千万円を持って逃亡したフィリピン人のマリアという女の件もある。国税庁の調査が入るのは避けられない。マスコミが騒ぎだし、あることないことを書きたてられ、世論の餌食《えじき》になって会社の信用は地に落ち、開店休業の状態に追い込まれかねない。三十億以上の代償を支払うことになるかもしれないのです。わたしは清水先生の要求を呑むつもりです。その場合、経理上の不備がないように整理する必要があります。わたしはいったん木村不動産を閉じて、別の不動産会社を設立しようと考えてます」

木村の考えに近藤と佐田は一様に落胆したが、この際、過去を清算して新しく出直すのも一つの方法ではあった。

「三十億をどうやってつくるのですか？」

と近藤が訊いた。

「土地を処分するしかないでしょう」

選挙のときも清水議員を支援するために土地を処分している。清水議員から情報をもらい、安く土地を買って莫大な利益を上げている一方で清水議員に喰い物にされている。

「結局、あの老いぼれに利用されているだけだ」

政治家になれなかった佐田は政治家を憎んでいた。

木村は長年秘密にしている、父親の殺害といういまわしい出来事が、何かの拍子に暴かれるのをもっとも恐れていた。たとえ人を殺したとしても組関係の者が代りに出頭してくれる、という清水議員の言葉に木村は呪縛《じゆばく》され、その言葉の呪縛から早く逃れたいと思ったが、清水議員の皺《しわ》だらけの不気味な表情の裏を読み取ることはできないのだった。

「土地を処分すると所得税を取られる。三十億の金を捻出するためには五十億の土地を処分しなければ間に合わないでしょう。それよりホテル『雅』を買収して、半年後に経営が行き詰まり、破綻したことにして風間組に十億で譲渡した方が得策だと思います。もちろん物件に抵当権を設定している風間組の七億円は差し引いてもらいますが、それでもホテル『雅』は四十億で買収するのですから、風間組の七億を差し引いても三十三億残ることになります。

その方がお互いに得策ではないですかね」

近藤の計算では十億程度助かると言うのである。十億は大きい。しかし、木村は判断しかねた。はたして風間組が、その条件を受け入れるのか。半年の間に風間組は別の条件を出してこないとも限らないのだ。狡猾で暴力を背後に人の弱味につけ込んでくる風間組や巽組や、そして清水議員が何を企《たくら》むかわからない。事ここにいたっては、一日も早く過去を清算して身軽になりたかった。だが、彼らの要求を満たしたからといって、この先、なんの保証もないのである。

「近藤さんの言われるように十億程度の差額が出ると思いますが、半年の間に、連中は別の条件を突きつけてくる可能性があります。わたしはこの際、決着をつけたいと思います。売却した土地の代金は西麻布のビル建設費の一部に充当するという名目で税務当局と交渉して下さい。二百億のビル建設費から十億を捻出するのは難しくないと思います」

「しかし、手抜き工事をされると、あとで困りますよ」

ビル建設には手抜き工事がつきものである。設計士が監視していても手抜き工事は防げないことが多いのだ。ましてや十億を軽減することになれば手抜き工事は避けられないと佐田は危惧した。

「そこはわたしが建設会社とじっくり話し合います。手抜き工事をしていいところと、手抜き工事をしてはいけないところを厳密に分けるのです。全体的には将来にも影響がないように設計してもらいます」

「そんなことができるのですかね」

佐田は木村の方針に疑問を呈した。

「とにかくいまは風間組と決着をつけるのが先決です。ビル建設の件は後日考えましょう」

木村は話を切り上げ、持参している体温計で熱を計った。三十七度二分だった。自分では熱があるように思えなかったが、熱は体の中にこもっていた。喉がひりひりしている。角川雪絵秘書から水をもらい、木村は抗生物質を飲んだ。

「風邪のウイルスには薬も効かないけど、喉にからんでいる菌は抗生物質で撃退できます。下痢《げり》になりますが……」

木村は自己弁明でもするように言って席を立った。

「明日、会社にきて帳簿を整理して下さい」

近藤税理事務所を出た木村は公衆電話から貴子が宿泊している帝国ホテルにダイヤルした。貴子が、どうしているのか心配で電話を入れたのだ。

「もしもし、貴子か。いま四谷にいる。これからそっちに行こうと思ってる」

貴子はホテルの部屋にいた。木村は、タクシーを拾って帝国ホテルに向った。

帝国ホテルのロビーは結婚式でもないのにネクタイを締めたスーツ姿の男たちで混雑していた。何かの会合があったのかもしれない、木村はエレベーターで四階に上がり、貴子の部屋のドアをノックすると待っていた貴子がドアを開けた。拘置所から出たときより顔色がよくなっていた。しかし依然として陰鬱な目をしている。

部屋に入った木村は、

「少しは落ち着いたか」

と椅子に座りながら言った。

テーブルの上の灰皿には煙草の吸い殻が山のようになっている。

「ええ……」

貴子は生返事をしてベッドに腰を下ろし煙草に火を点けた。

「何か必要なものはないか」

鏡の前の机にもビールの空き缶が四個あった。朝から飲んでいるのだ。

「必要なものがあれば自分で買うわ」

と貴子は言った。

「いつまでもホテルで暮らすわけにはいかない。おまえが一人で住みたいと言うなら、青山あたりの2LDKのマンションを見つけておく」

木村は貴子の反応を確かめた。

「ありがとう。でも、あと一カ月ほどホテルにいたいの。ホテルは便利だし、銀座も近いし」

ホテル住まいを楽しんでいるようには見えなかったが、貴子はそう言った。

木村はできるだけ貴子の内面に立ち入らないよう気を遣っていたが、じつはこれまで二人の間に会話がなかったので何を話せばいいのかわからなかったのである。

「一度ゆっくり食事でもしたいのだが、わたしはいま忙しくて、そのうえ風邪を引いているので風邪が治ってからにしよう」

本当は今夜にでも一緒に食事をしたかったのだが、明後日には清水議員に連絡を取り、場合によっては会わねばならない。それを思うと娘と一緒に食事をとれる心境ではなかった。

「いいの、時間が空いたときで……」

貴子はひっきりなしに煙草をふかしている。

そのふかし方は何かを思い詰めている感じだった。

「あまり煙草を吸わない方がいい。煙草を吸いすぎだ」

木村は注意した。

すると貴子は吸い殻が山となった灰皿にふかしていた煙草を突っ込み、また煙草に火を点けた。木村は黙っていたが、いたたまれない気持だった。このままだと貴子を怒鳴りつけ、貴子に手をあげるかもしれないと思った木村は、

「また電話する」

と言って腰を上げた。

「お父さん、わたしは本名を名乗ろうと思うの」

貴子の唐突な言葉に木村はどういう意味なのか理解できなかった。

「本名を名乗る？　おまえの本名は木村貴子だ。それ以外にどんな本名がある」

貴子の目は木村に問いかけていた。わたしは誰なのか、と。木村は貴子の言葉の意味を知って驚いた。

「これからわたしはコウ・タカコと名乗るつもり。いままでのわたしは偽者《にせもの》だったのよ。拘置所でわたしはずっと考えてた。わたしは誰なのか。わたしは韓国人の父と日本人の母の間に生れたハーフだけど、どのみちわたしは韓国人とみなされるわ。世間はわたしを韓国人とみなすのよ。調書にも書いてあったし、拘置所でそのことがよくわかった。わたしは自分を取りもどすために本名を名乗るわ。お父さんのように自分を偽って、自分を隠して生きるのはいや」

激しい口調だった。母親と口論したあげく割れたクリスタルの花瓶の破片で母親を傷つけ

た貴子は、今度は父親に向って感情を爆発させた。

「おまえは日本人で本名は木村貴子だ。それ以外におまえの名前はない」

木村は貴子の考えを否定した。

「それは戸籍上の話よ。わたしの体には韓国人の血が半分流れてるのよ。日本人から差別され、おとしめられる汚らわしい血が流れてるのよ。そうでしょ。だからお父さんは自分を隠してるんでしょ。お母さんが言ってた。おまえはお父さんにそっくりだって。韓国人にそっくりだって意味よ。実の母親から嫌悪され差別される気持ってわかる？　お父さんにはわからないでしょ。お母さんはお父さんに利用されたって言っていた。お父さんが日本人になるために」

言ってはならない言葉を言ってしまった貴子はわれに返り、手で口をふさいだ。

木村は暗然とした。娘がこれほどまでに傷つき、もがき苦しみ、悩んでいたとは知らなかった。

「差別はどこの国にもある。しかし、わたしと喜代子は愛し合って一緒になったのだ。お母さんはわたしを差別したりはしなかった。お母さんがわたしを差別してたとは思いたくない。わたしが日本に帰化したのは別の理由がある」

「別の理由って何よ？」

手で口をふさいでいた貴子が父の弁解を聞きたくないといった調子で質した。

「いつかおまえにもわかるときがくる」

「いつかって、いつなの。都合のいいこと言わないで」

聞く耳を持たない貴子はライターを点火して煙草をふかそうとしたが、なかなか点火しないのでいらだち、

「帰ってよ！」

と言った。

「四、五日会えないと思う。おまえの住むマンションは探しておく」

娘の様子を見にきただけだったが、貴子のヒステリックなまでの言動に木村は退散することにした。

ホテルを出た木村は待機しているタクシーに乗った。

「どちらですか」

とタクシー運転手が行き先を訊いた。

「しばらくそのへんを走ってくれ」

と木村は虚ろな眼差で言った。

「そのへん？」

運転手は振り返って木村を見ると、何かを察したのかゆっくり走行した。国会議事堂前を通り、内堀通りを走って靖国通りから四谷を抜けて外苑《がいえん》通りから青山通りを走った。その間、木村は車窓から外の風景をぼんやり眺めていた。青山通りから渋谷にかけてかなり渋滞している。

貴子が自分の出自に対してあんなにこだわっているとは考えてもみなかった。婚約者であった宮内光彦から韓国人であることを理由に婚約を破棄されて一時、貴子は自暴自棄になっていた。それまで木村はいまどき韓国人だからといって結婚を拒否する日本人はあまりいないと思っていた。何かの雑誌で読んだことがあるが、いまの若者は国籍にあまりこだわらず、好き同士であれば結婚している。実際、木村の知人の中で息子が韓国人の娘と結婚している者もいる。貴子は日本国籍であり日本人である。それなのになぜ婚約を破棄されたのか、それが木村には解せなかった。世の中にはそういう差別的な人間もいるのだと思うほかなかった。だが、そのことが引き金となって貴子と母親がいさかいになり、思わぬ結果になったことを思うと、木村は自分の過去の罪業《ざいごう》による因果応報ではないかといまさらのように犯した罪に慄然《りつぜん》とするのだった。

二日後、木村は気持を持ち直して清水議員に電話した。

清水議員の低いかすれた声が聞こえた。

「もしもし、木村ですが……清水先生ですか……はい、そうです……七時に『ふじ』でお待ちしてます」

夕方、木村はタクシーで赤坂に向った。

料亭「ふじ」にはこのところ頻繁にきている。それも開店間際にきて、木村は別室で休ませてもらったり、お茶づけなどの簡単な食事をとったりしていた。今日も木村は六時頃にきたので待ち合わせ時間の七時までの間、女将に軽食を頼んで食した。

「社長はおうちでいつも何を食べてるんですか」

女将は木村の食生活をいぶかった。

「わたしは女房と別れる前から、いつも外食だ」

「お気の毒に。家庭料理の味を知らないのですか」

女将は皮肉っぽく言った。

「忙しくて家で食事をしている時間がなかった。それに女房は料理を作ったことがないので、まずくて食えたものじゃない」

「それは社長が悪いんですよ。男は女をしつけなくちゃ」

「それもそうだが、わたしは女のしつけ方がわからない。女将は男にしつけられたことがあるのかね」

「あります。男を信用しては駄目だってことをしつけられました」

「なるほど、それも一つのしつけ方かもしれない」

食事をすませた木村はお茶を飲みながら清水議員を待った。

七時過ぎ、清水議員は一人の男をともなって座敷にきた。五十代後半の見るからに兇々《まがまが》しい感じの男だった。清水議員は上座に座り、男は座卓の横に座った。清水議員一人でくるものと思っていた木村は座卓の横に座った男に圧迫感を覚えた。

「巽組の島袋組長だ」

と清水議員に紹介されて木村は緊張した。

「よろしく」

島袋組長は貫禄を示して名刺を差し出し、

「お見知りおきを」

と挨拶した。

まだイエスかノーか返事をしていない段階で島袋組長を同席させたのは木村に圧力を掛けるためなのだ。木村は清水議員の術策に陥るまいと警戒した。

「わたしは巽組とは先代からのつき合いでね。島袋組長は幹部になる前から知っている。島袋組長は義理人情に厚い男で、君の苦境を相談するとわたしの顔を立てて引き受けてくれた。

ただしかし、相手のいることだし、極道の世界では筋を通さなきゃならない。島袋組長が仲介に入ったからには、島袋組長の立場や顔も立てなければ他の極道に対してしめしがつかない。風間組とは兄弟分の仲だが、轟組を抑えるためには、それ相当の説得力がいる。全国制覇を狙っている山城組は、不満や齟齬のある組を手なずけたり、引き抜いたりしているが、今回の件でそういうことがあってはならない」

いったい何の話なのか。かつて山城組と風間組の抗争のときに巽組が風間組の後ろ盾になった話は聞いたことがあるが、今回の件で、なぜ極道の問題をからめてくるのか。極道同士の利権や縄張争いに無関係な木村を巻き込むことでぬきさしならない状況をつくりだそうとしているのかもしれないと木村は思った。

料理が運ばれてきて女将が三人にビールをつぐと気をきかせて部屋を出た。女将からつがれたビールをひと息で飲んだ島袋組長のグラスに木村がビールをつぐと、今度は島袋組長が木村のグラスにビールをついだ。

「ものは考えようだ。今度の件で木村君は過去を清算してすっきりする。島袋組長がすべてを呑み込んでくれる。今後、極道や右翼の連中が君に言いがかりをつけてきても島袋組長が守ってくれる。島袋組長は警察や検察庁関係にも太いパイプを持っている。君の商売がやり易《やす》くなるということだ」

抽象的だが何かを暗示するような言葉を並べて清水議員はこれから起こり得る事態に備えておくのが賢明であるとほのめかすのだった。これから起こり得る事態とは何か？　脱税の件なのか、極道や右翼のゆすりたかりなのか、それとも途方もない刑事事件なのか。木村の漠然とした不安を清水議員は巧妙に突いてくるのである。島袋組長はあくまで黙っていたが、島袋組長の沈黙は木村の不安をゆさぶり、不気味であった。

「先生に一つお訊きしたいことがあります」

木村は口を開いた。

「なんだ。なんなりと訊いてくれ」

清水議員は鷹揚に構えてビールを飲んだ。

「三十億を捻出するのは生やさしいことではありません。久我山の高台にある土地を処分しようと考えてますが、所得税を支払うと二十億にも満たないでしょう。その他、いろいろ方法を考えてますが、時間がかかります。いずれにしても、この際、ダミー会社は廃業しようと思ってます。つまり事業を縮小したいのです。先生のおっしゃるように過去を清算し、新しく出直したいのです。先日もいまも先生は言われましたが、この先、わたしを守ってくれるという保証はあるのでしょうか」

木村にしてみれば当然の要求であり、なんの保証もなしに三十億の大金を出すわけにはいかないのである。

「わたしが保証する。わたしの目の黒いうちは誰であろうと君に指一本触れさせない。わたしも政治家の端くれだ。君とわたしとは長いつき合いだし、お互いに持ちつ持たれつやってきた。この先も、そういう関係は続く。君がわたしを信用しないのであれば話は別だが」

木村がもっとも信用していない人間は政治家だった。政治家の言葉ほど信用できないものはない。だが、その政治家と組んで富を築いてきたのも事実である。いまさら清水議員を信用していないと言える立場ではなかった。そのことを知ったうえで、清水議員からあえて、君がわたしを信用しないのであれば話は別だが、と言われて木村は何も言えなかった。

不安と不信で心が揺れている木村に清水議員は言った。

「念書を書こう。わたしと島袋組長と君の名前を記した念書を三枚書いて、それぞれが保管しておくことにする。ただし他言は一切無用。われわれ三人は黄泉《よみ》の国まで念書を持って行く覚悟が必要だ」

念書がなんの役に立つというのか。念書に法的根拠はないに等しいのである。

清水議員の芝居がかった大げさな態度を木村はこれまでにも何度か見ている。木村の胸の底には、どう考えても理不尽すぎるという思いがあり、その思いが強い不信感につながっていた。島袋組長をともなってきて圧力をかけようとしている清水議員の意図がありありとうかがえる。風間組からの書状や轟康道が会社へ乗り込んできた筋書きも清水議員のさしがねではないかと疑いたくなるのだった。これははじめから清水議員が仕組んだ罠ではないのか。互いに裏の裏を知りつくした腐れ縁だが、清水議員ならやりかねないのだ。清水議員は相手を平気で裏切り、詭弁《きべん》を弄《ろう》して巧みに身をかわす術《すべ》をこころえていた。

木村が返事に窮していると、清水議員は手を叩いて女将を呼んだ。

障子を開けて入ってきた女将に、

「筆ペンとＡ４の用紙三枚と朱肉を持ってきなさい」

と清水議員は言った。

「はい……」

女将は深刻な表情をしている木村をちらと見て障子を閉めた。

「弁護士を立ち会わせたいのですが」

と木村が注文をつけた。

「弁護士？　あんたは清水先生とわたしを信用できないと言うのか」

それまで黙っていた島袋組長が太い声で言い木村を睨みつけた。

「しかし、やはり第三者の証人が必要だと思います」

「証人だと……われわれ三人が当事者であり証人だ。だから念書を書くと言ってるんだ。念書以外に何が必要なんだ。わたしが指を詰めれば気がすむのか」

島袋組長はいきりたって声をあげた。

「まあ、まあ、組長、そう声を荒だてないで、ここは冷静に対処して、木村君の意見も聞きましょう。木村君が不安がるのも無理はない。しかし木村君、弁護士を立ち会わせても意味はない。この場は法廷ではないのだ。いわば手打ち式のようなものだ。念書を交わし、お互いに諒解し合えば、あらためて手打ち式を行う。手打ち式は極道の世界では神聖な儀式だ。法律よりも厳しい掟に従って行われる。掟を破った者は、この世界では生きていけない。わかるかね、木村君。わたしはすべてを丸くおさめたいのだ」

いつしか問題の本質はすり変り、木村とはなんの関係もない極道の世界の出来事のようになっていた。裏の世界は秘密の世界であり、秘密の世界を表沙汰にすると、それは死を意味していた。われわれ三人は黄泉の国まで念書を持って行く覚悟が必要だ、と強調した清水議員の言葉に木村は強いしばりを掛けられたのだった。

女将が筆ペンとA４の用紙三枚と朱肉を持ってしずしずと入ってきて、それらをうやうやしく清水議員の前に置いた。女将が部屋から出て行くと清水議員はおもむろに筆ペンを取って念書をしたためた。

念　書

一、ホテル「雅」に関する株式会社木村不動産の木村秀雄社長と風間組の山越直志組長との齟齬にあたって巽組の島袋達也組長が仲裁に入り、清水義明が立会人となって、これを見届けた。

一、協議の結果、相互の立場を尊重し、厳粛なる精神にもとづき、一切の問題は解決したものとする。

一、これ以後、巽組の島袋達也組長の威信に於いて木村不動産と風間組を和解せしめ、よってここに念書をしたためるものである。

一九八七年三月二十日

木村不動産代表取締役　木村秀雄
巽組組長　島袋達也
立会人　清水義明

金額は記入されなかった。文面も抽象的でいったい何の念書なのか判然としない。無いよりはまし、という程度のものである。念書はむしろ木村の不安をつのらせた。なぜなら念書の行間に別の意図が見え隠れするからであった。しかしこれ以上、木村が異議をとなえられる雰囲気ではなかった。三人はそれぞれ三枚の念書に拇印《ぼいん》を押した。

「これでよし。すべては解決した。手打ち式は追って連絡する。金はできるだけ早く現金で用意するように。金の受け渡し日に手打ち式を行う。仲介をしたわたしも、これでひと安心した。それでは、これで失礼する」

用事がすむと清水議員はそっけないほどさっさと席を立った。

島袋組長も席を立ち、

「社長、これからも持ちつ持たれつ、仲良くやりましょう」

と不気味な微笑を浮べて木村の肩を軽く叩いた。その感触に木村はぞっとした。どういう意味だろう、これからも持ちつ持たれつ、仲良くやりましょう、とは？

いつものように玄関まで見送った木村は部屋に戻って座り込んだ。疲れがどっと出てきた。

あと片づけにきた女将が木村の顔色を見て、

「大丈夫ですか、社長」

と訊いた。

「大丈夫だ。ビールを頼む」

木村はビールを追加注文して考え込んだ。この際、清水議員や暴力団と手を切る方策はないのか。島袋組長のあの不気味な微笑は、この先も関係を保ちたいというシグナルである。

女将が入ってきて木村にビールをつぎながら座卓の上にある「念書」を素知らぬふりをしてちらと見た。木村は念書を折りたたんで懐にしまった。

「社長も大変ですね」

女将は同情するように言った。

「自業自得だ。清水先生とは腐れ縁だからな。仕方ない」

「潔いのですね。でも清水先生には気をつけた方がいいですよ。乃舞枝との寝物語で社長のことを、あいつは韓国人だ、と言ってたそうです。乃舞枝には口止めしておきましたけど」

「そんなことを言ってるのか」

清水議員は木村が韓国人であることを口外しないと約束しておきながら乃舞枝との寝物語で暴露しているのだから、たぶん周囲の者にも暴露しているにちがいなかった。これまで木村は日本に帰化していることを隠してきたが、本名を名乗ると言いだした娘の貴子の心情を考えると、いまさら帰化しているのを隠して周囲の目を気にしているのが馬鹿らしく思えてきた。あえて本貫《ほんがん》（出自）を名乗る必要はないにしても、周囲の者にわかったらわかったでいいではないか、と木村は自分に言い聞かせた。

「それで女将はどう思う」

「何を……？」

「わたしのことを」

「別に……。わたしは前から知っていました」

「前から知っていた……。本当に？……」

女将の意外な言葉に木村は驚いた。

「どうして知っていたんだ」

開き直ったつもりだったが木村は動揺した。

「賀川さんから聞きました。半年ほど前、賀川さんが一人でお見えになったとき、女将は木村とできてるんだろうと言われました。そしてあいつは韓国人だ、韓国人と寝るくらいなら、おれと寝ろとしつこく言い寄られたことがあります。賀川さんはかなり酔ってましたが」

隠しているつもりだったが、みんなは先刻知っていたのだ。みんなは知らないだろうとタカをくくっていたのは木村一人だけであった。これほど滑稽なことがあるだろうか。

「頭隠して尻隠さずとはこのことだ。おかげでせいせいしたよ。わたしの娘は本名を名乗ると言いだしている。いまどきの若者は何も考えていないと思っていたが、娘はわたしよりずっと真剣に自分と向き合い、自分は何者なのかを考えている。それに比べてわたしはこのていたらくだ。自分を隠しているつもりだったが、なんのことはない、みんなに知れわたっていたというわけだ。これが笑わずにいられるかね。これはわたしの人生そのものだ。わたしも本名を名乗りたいと思ったことがある。しかし、いまさら本名を名乗ったところでどうなるものでもない。わたしは木村秀雄という日本人なのだ」

木村は自嘲《じちよう》気味に言った。

「社長がそう思われるのなら、それでいいじゃないですか」

女将は木村の心情を察して同情するように言った。

「ありがとう。そう言ってくれるのは君だけだ。別れた妻は最後までわたしと距離を置いていた。その距離をわたしは縮めることができなかった。もちろん別れた原因はそれだけではない。多くの要因はわたしにある」

自戒を含めて木村は吐露した。

女将はこんなに弱気になっている木村を見るのははじめてだった。体調を崩していることもあるが、清水議員と巽組の島袋組長に難問を押しつけられて進退きわまっているのだろうと女将は思った。

「それでは帰る」

立ち上がり、覇気のない人間のように背中を丸めている木村は、

「社長、背中が丸くなってますよ」

と女将から注意されて、思わず背筋を伸ばして玄関を出た。

翌日から木村は精力的に行動した。まず久我山駅前の高台にある三百坪の土地を西麻布にビルを建設するための資金調達の名目で新星商事に売却し、今度は新星商事がその土地を欲しがっていた大手不動産会社に五割程度の高値で売った。続いて五年前に買収した二子玉川《ふたこたまがわ》にある五百坪の土地や大泉学園にある四百坪の土地を売却した。いずれも西麻布に建設するビルの資金調達の名目で売り、三十億円を用意した。さらに等々力の邸宅を五億で処分し、青山に娘が住むための2LDKのマンションと渋谷に木村が住むための2LDKのマンションを購入し、残りは離婚の慰謝料として喜代子に渡した。これで木村が所有している不動産はビル建設をめざしている西麻布の土地と杉並区と練馬区にある四、五百坪だけになったが、西麻布の千二百坪の土地は坪単価三千万円とも言われ、ビル建設費の二百億円を差し引いても莫大な資産が残っていることになる。そして向島の料亭で清水議員を立会人に、巽組、風間組、轟組と木村は秘かに手打ち式を行った。ところがそれから十日後、清水議員は料亭「ふじ」で乃舞枝としとねを共にしているときに脳溢血で倒れた。健康には気遣い頻繁に検査を受けていたが、それでも倒れたのだ。表向きは酒席で倒れたことにした。しかし、どこからともなく風評が流れてマスコミの知るところとなり、週刊誌はいっせいに取り上げた。清水議員の人物評や過去の財界との癒着や贈収賄事件や裏取引をスキャンダラスに論じられたが、幸いというか木村との関係は書かれていなかった。木村が見舞いに行ってみると清水議員は左の手脚が不自由になり言葉も喋れず、虚ろな目をしていた。あれほど権勢を誇っていた清水議員は一瞬にして老いさらばえた廃人になっていた。眼に涙を浮べ、意志を伝えられないもどかしさに口をもぐもぐさせて右手を差し伸べるのである。木村はその手をそっと握った。死人のような冷たい手だった。それでも震える右手で紙切れに「賀川にわたしの意見を伝える」と書くのだった。脳溢血で倒れ、廃人同様になったにもかかわらず、清水議員の欲望はとどまるところを知らないのである。木村はぞっとした。

近藤税理事務所で西麻布のビル建設の打ち合わせをしている席で佐田が皮肉をこめて言った。

「まったくだ。清水がもう少し早く倒れてくれれば十億は助かったはずだ」

清水議員が倒れたので、木村の頭上に重くのしかかっていた悪霊のようなものが払拭されたが、風間組と巽組の出方が心配だった。

近藤は苦々しく言った。

「念書の立会人だった清水が倒れたので、風間組と巽組が新たに難くせをつけてくるんじゃないか」

ビルの建設費の中から彼らに渡した三十億円を裏帳簿で捻出しようとしていることが風間

組や巽組にもれるのを近藤は恐れていた。

「帳簿は厳重に保管して下さい。それから工事も厳重に監視して下さい。手抜き工事をされたら大変なことになります」

木村は帳簿の保管と手抜き工事にもっとも神経をとがらせていた。

「大丈夫です。建設会社とは綿密に打ち合わせをしてますし、帳簿はそのつどコンピューターに入力しています。うちのコンピューターはパスワードを知っている者しか開けないようになってますから。国税局にはわたしの後輩がいるので、今回のビルに関しては申告どおりに受け入れてもらうように話してあります」

秋にはビル建設がはじまる。木村は毎日のように設計事務所に通い、現場を視察していた。ビルの表玄関には数本の樹木と噴水のある池と彫像を兼ねそなえた百坪ほどの贅沢な空間を造り、その空間の建設費から五億を浮かすことになっている。その他にも建設費の一部から少しずつ数百万円を捻出し、十年で三十億が帳簿上の整合性を保つよう配慮した。久我山駅前の高台の土地や二子玉川、大泉学園の土地を売って三十億円を捻出したが、その三十億を十年かけて取りもどそうという計画である。

そして新会社の名目上の代表取締役には近藤輝正になってもらい、木村は四九パーセントの株を保有した。こうして木村は風間組と巽組との関係を遮断しようとしたのである。しかし、外見上は大株主ではあっても木村が実質的なオーナーであることに変りはなかった。

7

青山三丁目の交差点から西麻布へ百メートルほど行ったところにある雑居ビルと雑居ビルの間の狭い通路を抜けると、三軒のこぢんまりしたバーがある。その中の一軒のバー「キャプテン」にマリアは勤めていた。だが、マリアの顔はまったく変っていた。両親や友人が見てもおそらくマリアとは気がつかないだろう。二重瞼を一重瞼にして高かった鼻梁を少し低くし、頬骨をけずって日本人女性と区別がつかない顔になっていた。あれほど美しかったマリアの顔が平凡な顔になっていた。

どしゃぶりの雨の高速道路を疾走していた車の中で成島とその手下を殺害し、横転した衝撃で開いたドアから外へ放り出されたマリアは肋骨や手首などを骨折しただけで奇跡的に助かり、一カ月ほど入院したあとホテル住まいをしていたが、先のことを考えるといつまでもホテル住まいをしているわけにはいかなかった。かといって外国人登録証を持っていないマリアはマンションやアパートを借りるのも難しかった。実際、不動産屋を訪れてマンションやアパートを借りようとしたがほとんどの場合門前払いされた。中には貸してくれそうな不動産屋もあったが、保証人と外国人登録証所持の要件を満たさなければ借りることができなかった。問題は五千万円近い現金である。いつまでもボストンバッグに入れて持ち歩くのは危険だった。銀行に預金したかったが、銀行口座を開くためには住所と本人である証明書が必要なのだ。ここでも法の壁がマリアの前に立ちはだかっていた。

マリアはホテルから三軒茶屋にあるウイークリー・マンションに移動した。長期滞在を申し込むと身分証明書のようなものを提示させられるおそれがあったので、とりあえず一週間の宿泊客を装い、しだいに宿泊期間を延長していた。マリアのような人間にとってウイークリー・マンションは便利であった。ホテルと違って、出入りの際、いちいち管理者に鍵を預ける必要もなく自由だった。ただウイークリー・マンションを住所として特定することはできなかったからマリアは依然として住所不定の外国人に変りはなかった。したがってマリアは外出中、警官に尋問されるのを極度に恐れた。警官を見ると咄嗟に方向転換したり、物陰に隠れたりした。それがかえって怪しまれると思いながらもマリアは条件反射的に警官を避けようとする。外出はひかえるようにしていたが、できるだけ東京の街を見聞しておく必要があった。マリアが勤めていた上野と新宿は避け、渋谷、青山、赤坂、六本木、銀座、そして山手線を中心に各私鉄を利用して広範な地域を見て回った。しかし、マリアが働けそうな場所はあまりなかった。どの地域にも地元の暴力団がおり、狭い地域ほど目立つように思われた。

マリアは洗顔のときと入浴のとき、いつも鏡の前で自分の顔をまじまじと見つめた。フィリピンにいた頃から美人といわれ、ミス・フィリピンになれるかもしれないとおだてられたりもした。マリアは自分でも美人だと思っていた。もしミス・フィリピンになれれば女として最高の栄誉であり、上流階級への足がかりになる。マリアは秘かにミス・フィリピンに憧れ、夢みていたこともあった。それがある日、突然、地獄の底へ突き落とされ、暗黒の世界をさまよっていた。周囲から美人といわれていたその美しさが、いまとなってはあだとなっていた。何をやるにしても、まずこの美しい顔を目立たないように変えなければならない。生き延びるためには顔を変えて誰にもわからないようにしなければならない。マリアという存在を自ら抹消しなければならないのだ。親からさずかった顔を変えることにマリアは抵抗があった。しかし、いつどこで暴力団や警察に捕まるかわからない不安と恐怖から逃れるために顔を変えなければならない、とマリアは鏡と向き合うたびに思うのだった。

そしてマリアは新橋にある美容整形外科に通った。はじめに二重瞼を一重瞼にしてほしいと頼んだとき、医師は怪訝な表情をした。マリアの眼はどこから見ても美しく理想的だった。

「あなたの眼は完璧です」

一般的には一重瞼を二重瞼にしてほしいと頼まれるものだが、二重瞼を一重瞼にしてほしいという依頼は珍しかった。

「完璧なのがいやなんです。鏡を見ているうちに、だんだんいやになってきたんです」

マリアのいう理屈はわからないでもないが、それでも医師はマリアの気持を測りかねて首をかしげた。しかし、マリアの強い要望で医師はマリアの二重瞼を一重瞼にした。一重瞼になったマリアは鏡を見て愕然とした。何かを拒否しているような苦渋に満ちた眼が鏡の中のマリアを射抜くように見つめていた。

「どうですか？」

医師はマリアの内面の動揺を察するように言った。

「これでいいです」

自ら望んで二重瞼を一重瞼にしてほしいと頼んだ手前、マリアは不満を口にすることはできなかった。マリアの胸に不安と後悔の念がひろがり、できれば元の二重瞼にもどしてもらいたいと思ったが、続けてマリアは鼻梁を少し低くしてもらう手術を受けた。顔のバランスが崩れ、悲しそうな寂しそうな奇妙な顔が鏡に映っていた。もう自分が誰なのかわからなくなっていた。恐ろしくもあり、無残でもあった。だが、マリアはここで妥協してはならないと思った。たとえ醜い顔になろうと暴力団や警察に捕まるよりはましだと思った。マリアは頬骨を少しけずってもらった。

まったく見知らぬ人間が鏡の中にいた。虚構と現実が入れ替ったような錯覚に陥った。マリアは鏡の中に元の自分の顔を探そうとしたが見つからなかった。手で顔を触りながら、自分の顔でない顔を確かめたが、他人の顔を触っているようだった。感触はあるが実感がないのである。

「少し時間はかかりますが、そのうち馴染んできます。これであなたは親に見られても友達に見られても、あなたということはわからないでしょう」

医師は美しいマリアがなぜこれほどまでに顔の整形にこだわるのか、その理由を知っているかのように言った。

仮面をかぶっているようだった。できれば仮面を剝《は》ぎ取ってしまいたかった。

『可哀そうなおまえ』

マリアは内心、鏡の中の顔にそう呟《つぶや》いた。

整形した顔に馴染むのは難しかった。他人の顔がへばりついているようで違和感に悩まされ、鏡を見るのが怖かった。その反面、マリアは一日に何度も鏡をのぞいて元の自分の面影を探すのだった。かろうじて残っている部分といえば黒い瞳と白い歯ぐらいだろう。その黒い瞳と白い歯も変形した顔の表情によって変るのだった。笑うと頬骨をけずった顔の筋肉が引きつり、一重瞼にした目は笑っていなかった。

五千万円の現金に手をつけているマリアは生活費を切り詰めていた。入院費、ホテル代、ウイークリー・マンションの賃借料、それに整形にかかった費用や食費など、もろもろの経費ですでに二百万弱を使っている。このまま何もせずに時を過ごせば金は目減りする一方である。この五千万円は榎本が命と引き替えに手に入れた金であり、将来マリアが自立するための担保でもある。その金が目減りしていくのでマリアは危機感をつのらせた。働かなければと思いながら身分証明書もなく住所不定のマリアはうかつに勤められなかった。上野や新宿で勤めていた頃は偽造パスポートを容易に入手できたが、裏の世界で指名手配されているいまのマリアが偽造パスポートや偽造外国人登録証を入手するのは困難であった。それに偽造パスポートや偽造外国人登録証はいつか見破られるおそれがある。

思いあまったマリアはあることを実行しようと考えた。それは区役所などに赴き、同じ年頃の女性の住民票を閲覧してコピーを交付してもらうことである。これは不法就労者がよく使う手口であった。

マリアは東京、埼玉、栃木、茨城、千葉の街を歩き、それとなく家の表札の名前と住所を手帳にひかえて市役所へ行き、住民票を閲覧し、マリアと同じ年頃の娘を探した。そして埼玉県蕨市《わらびし》に阿部圭子という二十二歳になる女性を見つけ、住民票のコピーを三枚交付してもらった。どうなることかと決死の覚悟で実行したが、市役所の対応はきわめて親切だった。それでもマリアは心の緊張が解けなかった。

マリアは三軒茶屋近辺の不動産屋を訪ねた。

五十歳くらいの女が愛想のいい態度で物件のコピーを見せながら、

「茶沢《ちゃざわ》通りと下馬に１ＤＫのマンションがあります。見に行きますか」

と訊いた。

「ええ、お願いします」

店主は出払っているのか、店内に一人しかいない女は店の鍵を掛けて路上駐車している軽自動車にマリアを乗せ最初は茶沢通りのマンションに連れて行き、つぎに下馬のマンションに向った。どちらも似たような部屋だったが、茶沢通りの部屋は三階で下馬の部屋は一階だった。交通の便と、一階より三階の方が安全だろうと考え、茶沢通りのマンションに決めた。

そして翌日、保証金と契約書を整えてふたたび不動産屋に赴いた。このときは女の夫と思われる六十歳くらいの男がいたが事務的な手続きは女にまかせていた。

書類には現住所を宿泊しているウイークリー・マンションにし、勤め先は渋谷のブティック関係の出鱈目な会社名を書き込み、保証人として住民票の世帯主の名前を記入した。

書類を見ていた女は住民票と照合し、

「保証人はお父さんですか」

と訊いた。

「はい、そうです」

マリアは明るい声で答えた。

「家主さんからお父さんに確認の電話が入るかもしれませんので、その旨をお父さんに伝えておいて下さい」

たぶん不動産屋は形式的にいつもこう言うのだろうが、もし確認されたらどうしようと不安になった。

保証金と先家賃を支払い、部屋の鍵をもらったマリアは明日にでも引越せるようになったが落ち着かなかった。ウイークリー・マンションの部屋に帰ったマリアはまんじりともせずに不動産屋からの電話を待った。もし家主が保証人に電話を入れて確認すれば嘘が発覚して不動産屋から電話が掛かってくるはずであった。そのときは逃げようと考えた。だが、電話は掛かってこなかった。

翌日、マリアは午前中に引越し、三軒茶屋のスーパーで布団、洗面用具、バス用品、カーテン、折りたたみ式の座卓、そして十四インチのテレビを購入した。忙しい一日だったが夜は缶ビールを飲みながらテレビを観て過ごした。

寝つかれなかった。整形して他人の顔になったが不安はつのるばかりであった。自分はどこにいるのか、なぜこんなところに一人でいるのか、これから先どうすればいいのか。過去の影に怯える生活がいつまで続くのだろう。フィリピンのマニラにいる家族はどうしているのか。連絡を取りたかったが、家族と連絡を取ると自分の居場所が暴力団にわかるような気がして連絡できないのだった。仕送りをして貧しい家計を助けたいと思ったが、それもできない。マリアは以前にもましてまったく孤立していた。

マリアは裁縫用具とベッドを買った。そしてマットの縫い目をほどき、四千七百万円の札束を平面に並べ、ふたたびマットを縫ってベッドパッドを敷いた。それからベッドに横になってみたが、まったく違和感はなかった。

つぎの日、マリアは不動産屋を通して家主に、女の一人暮らしは無用心だからという理由でドアの鍵を自費で取り換えたいと申し入れると諒承された。さっそくマリアは錠前屋を呼んでドアの鍵を取り換え、二重ロックにした。ついでに小さなベランダの窓にも外部から開けにくい鍵を取りつけた。それでもマリアは不安だった。

マリアは毎日、新聞を買ってきて求人広告を見ていた。勤勉で努力家のマリアは、独学で日本語を学び、新聞をある程度読めるようになっていた。日本語もほとんど訛りのない日本語を使っている。日本人になるためではなく、外国人とみなされないよう細心の注意を払っているのだ。外国人にみなされること、それは命取りになりかねないからである。

　新聞の求人広告にはマリアが就職できそうな職種はあまりなかった。榎本と暮らしていたとき、マリアは品川のそば屋に時給八百円で勤めていたが、夜の世界を生きてきたマリアにとって時給八百円は少なすぎた。榎本と暮らしていれば時給八百円でも不足はなかったが、榎本のいない生活ではベッドに隠している現金を取り崩すおそれがあった。一年か二年後に店を持ちたいと考えるようになったマリアは、やはり水商売の経験を積んでおく必要があった。何よりも客を確保しなければならないのだ。この世界で新しい店を立ち上げる場合、以前働いていた店の客を引き抜いていくのが常識だった。客のいないホステスは自立できないのである。

　夜の世界で生きるのは危険がともなう。なぜなら、ほとんどの店に暴力団関係の人間が出入りしているからだ。マリアが整形して別人になったのもそのためである。誰からも見破られない顔になっているマリアは、火中に飛び込み、自らを試してみたいという思いにとらわれていた。

　そんなとき新聞で南青山のバー「キャプテン」の求人広告を見た。マリアはさっそく応募した。白のブラウスに紺のパンツをはき、薄化粧をした清楚《せいそ》な容姿で面接を受けた。四十代半ばのママは整形したマリアのどこかアンバランスな表情の襞に隠されている過去の陰影を読み取ろうとするかのように、いくつかの質問をしながらマリアを観察していた。

「東京へきて何年になりますか？」

「三年半になります」

マリアはフィリピンから東京へきた年を逆算して答えた。

「ということは十八歳のとき出てきたのですね」

「はい、高校を卒業して東京の専門学校に通っていました」

「専門学校？　何を勉強していたのです」

「コンピューターの学校です」

「コンピューター、コンピューターが好きなのね」

意外な業種にママは驚いた。

「別に好きなわけではなくて、就職に有利かもしれないと思って通ったのですが、一年でやめました。頭が悪いんです」

マリアは謙遜してみせた。

「もったいないことをしたわね。通っていれば、いま頃、会社に勤めていたかもしれないのに……。それで水商売の経験はあるの？」

　ママは鋭い目で核心に迫ってきた。

「はい、学校を辞めたあと喫茶店に半年ほど勤めていましたが、生活が維持できないので昼は喫茶店、夜はスナックで働きました。でも体が続かなくなり、スナックだけにしました」

「そう、実家からの仕送りはなかったの？」

「父はわたしが東京へくるのを反対していましたから、仕送りを頼める立場ではなかったのです。ときどき母には無心してましたけど」

「スナックの時給はいくらだったの？」

「千二百円でした」

　高からず低からず、適当な時給である。

　ママはそれ以上の質問はしなかった。ママがマリアの話をどこまで信用したのかマリアにはわからなかったが、

「店は月曜日から金曜まで、勤務時間は午後六時から午後十一時半まで。時給は千八百円。お客さまがいるときは午前一時とか二時頃になることもあります。そういうときは残業手当とタクシー代を出します」

　と言った。

　新聞広告には時給千八百円以上と書いてあったが、とりあえず時給千八百円から出発して、

勤務状態や年数に従って時給を考えるのだろう。

「あの、採用されるんでしょうか？」

面接の雰囲気では採用されそうだったのでマリアは訊いてみた。

「そうね、四人面接したけど、あなたを採用することに決めたわ」

マリアの人柄と均整のとれたプロポーションが気に入ったのかもしれない。

「明日からきてちょうだい。三十分ほど早めにね。あなた以外に三人の女の子とマネージャーがいるから顔合わせをしておきます。この店のお客さまは企業の部課長クラスが多いの。みなさんいい人よ」

着物姿のママはこれから美容院へ行くらしく急いでいた。

ママと一緒に外へ出ると外苑西通りは青山三丁目交差点から渋滞している。

「それじゃ明日から頼むわね」

ママはそう言い残してマリアとは反対方向へ歩いて行った。

マリアはタクシーで渋谷に出てデパートに入った。明日から店に出るための衣装を探そうと思ったのである。有名なブランド店が並んでいる特選コーナーを見て回り、それとなく値段を調べたが、上から下までそろえると十五、六万円から二十万円はする。マリアはブランド品を諦めて普通の衣装を二着買った。それから茶沢通りのマンションに帰り、途中スーパーで買ってでき合いの鶏の唐揚げとご飯で夕食をすませた。榎本と暮らしていたときはフィリピン料理を作り、その料理を榎本はおいしいと言って食べてくれたが、一人になってからは自分で料理を作ったことがない。一人分の料理を作るのが空しく面倒臭いのだった。たまにはフィリピン料理店で食べたいと思ったが、そこもマリアにとって危険な場所だった。あらゆる場所がマリアには危険に思えた。店に入るときも雑踏を歩いているときも電車に乗っているときも成島が所属していた組関係の人間と偶然出くわさないとも限らない。マリアはたえず人の顔や視線に気を配り、自分自身の表情の変化にも気を配っていた。自分自身の表情の変化が他者の目に留まり、注視されるおそれがあるからである。夜は夜で浅い眠りから覚め、あたりの気配に耳を澄ましてまた暗い深い闇の底へ落ちて夢の中をさまようのだった。アーッと叫ぶ自分の声に驚いて目覚め、胸にあてていた両の拳を解きほぐすことができずにしばらく金縛り状態のまま夢の続きに怯えたりした。

翌日、起床したマリアは昨日スーパーで買ったパンを食べ、入浴した。鏡の中の血色の悪い顔が老女のように見えた。外食ばかりして食欲がない。整形した顔がいまにも崩れるのではないかと恐ろしく、元の自分の顔がどういう顔だったのかわからなくなっていた。マリアは化粧をしながら元の顔を復元しようと試みるが、元の顔になってはいけないという意識が働き化粧がうまくできないのだった。口紅で鏡を塗り潰し、洗顔して化粧を落とすとまた化粧をやり直すのだが、何度やってもうまくいかなかった。仕方なくマリアは肌の手入れをして口紅を薄く引くだけにとどめた。

店に着いたのは五時二十分である。約束の時間より十分早かった。ドアを開けて店に入ると三十過ぎのオールバックにした額の狭い男がカウンターの中で仕込みをしていた。

店に入ってきたマリアに、

「君が阿部圭子さん？」

と男が訊いた。

「はい、そうです。今日からこちらの店で働くことになりました。よろしくお願いします」

マリアはお辞儀をして言った。

「ママから聞いている。ぼくはマネージャーの足立喜也。ちょっと待ってね。すぐ食事をすませるから」

マネージャーの足立喜也はカウンターの隅であり合わせのおかずで食事をした。その間マリアはとまり木に座って食事をしているマネージャーを見ないようにしていた。

食事を終えたマネージャーは、

「悪いけど掃除をしてくれないか」

と言って箒《ほうき》とちり取りと布巾を手渡した。

マリアが椅子をテーブルの上に載せ、箒で店の隅々をきれいに掃除し、布巾でテーブルと椅子を拭いているところへ二十五、六といった感じの静香が入ってきた。脚線を強調した赤いタイトスカートをはき、グリーンのセーターに黒のジャケットを着ている。まるで女子ゴルファーのような恰好である。

拭き掃除をしているマリアを見て、

「あら、女の子に掃除させてるの。掃除はマネージャーの仕事でしょ」

と文句を言った。

「忙しいから、ちょっと手伝ってもらったんだ」

仕込みをしているマネージャーはいかにも忙しそうに手を動かしながら弁明した。

「掃除なんかしなくていいのよ。わたしたちはお客さまの接待だけをしていればいいんだから」

静香はマリアをかばうように言って、

「わたし静香」

と自己紹介した。

「阿部圭子です。よろしくお願いします」

マリアも自己紹介して掃除を続けた。

　掃除が終った頃、真由美、涼子、そしてママが出勤してきた。マネージャーはまだ忙しそうに仕込みをしている。二十六歳になる真由美は髪を茶色く染め、青と白が縦縞《たてじま》になっているレースのついたワンピースを着てティーンエイジャーのような恰好をしている。それが真由美の売りなのだ。二十三歳の涼子は見るからにホステスといった感じの紺と赤の混じったスーツを着ていた。ママはカツラをかぶったような髪型にして着物を着ている。

「みんなちょっと集まってちょうだい」

　白地に金と銀の花模様をあしらった着物とベージュの帯に紫の帯締めを結んでいるママは、

「今日から働いてくれる阿部圭子さん」

　とみんなに紹介した。

「彼女は真由美、彼女は涼子、彼女は静香、そしてカウンターの中にいる人が足立マネージャー、みんな仲良くやっていきましょう。お客さまの席には二、三十分の割合で交替していきますけど、忙しいときは十分間隔になります。わたしかマネージャーが指示しますので、その指示に従って下さい」

　店のきまりがわからないマリアに言っているのだが、他のホステスにも注意をうながしているようだった。

　それから真由美と涼子はカウンターのとまり木に座り、マリアと静香はソファに座って客の来店を待った。ママは入口の横の更衣室に入って伝票を整理している。仕込みの終ったマネージャーは布巾で磨いたグラスを照明にかざして透明度を確かめていた。

五十過ぎの男がのっそり入ってきた。薄くなっている頭髪を丁寧に手入れし、金縁のメガネをかけ、顎髭を少したくわえている。紺のジャケットにグレーのズボンをはき、ネクタイをしめている。顔つきはどこか貧相だったが、おしゃれで、いかにも金持ちの雰囲気は漂わせていた。

「いらっしゃい」

真由美がすぐに立って男の腕を取り、奥のソファに案内した。

マネージャーが用意した水と氷とボトルを涼子が男の席へ運ぶとすぐにもどってきた。更衣室に入っていたママが出てきて、

「いらっしゃい。今日はお早いですね」

笑みを浮べて挨拶した。

「明日早いんですって。北海道に出張なんですって。わたしも連れて行ってほしいわ。北海道で蟹《かに》を思いっきり食べてみたいのよ」

真由美は男にもたれて甘えるように言った。

「このつぎ連れて行ってやるよ」

男はレースのついたワンピースの上から真由美の太ももを撫でていた。

「いいわね。わたしも思いっきり蟹を食べてみたいわ」

真由美にあやかりたいといった調子でママが言った。

「北海道から蟹を送ってやるよ」

男の手が太ももからしだいに奥の方へ伸びていく。

ママは男の水割りを作ると、

「それではごゆっくり」

と席を立って更衣室に入った。

「機械設計事務所の社長なの。レースのついたふりふりのワンピースが好きで、真由美が着てるワンピースも社長が買ってきたのよ。ロリータ好きの変態おやじなのよ」

手前のソファに座っている静香がマリアに耳打ちした。

だが、マリアに興味はなかった。上野と新宿のクラブやバーに勤めていた頃のマリアはいろいろな変態男を見ている。ホテルでマリアのおしっこを飲ませてくれとせがまれたこともある。カッターで胸や腕を傷つけてほしいと頼まれたこともある。自分はセックスをやらず、マリアと他の男とのセックスを見て楽しんでいる老人もいた。マリアはおぞましい過去を思い出したくなかった。しかし、それはたえず蘇ってくるのだった。

四人の客が入ってきた。四十代から五十代のサラリーマンである。店はいっきに活気をおびてきた。

マリアと静香のいたソファに陣取り、三人のホステスが接客した。水割りを作ると四人のサラリーマンの中の一人が、

「部長昇進、おめでとうございます。乾杯！」

とグラスをかかげて乾杯の音頭をとると他の三人も「乾杯！」とグラスをかかげた。

「乾杯するほどのことでもないがね。わたしは定年退職まであと二年だ」

遅すぎた昇進に部長は渋い表情をした。

更衣室から出てきたママは、

「部長に昇進なさったんですか。本当におめでとうございます。長瀬さんはわたしが銀座に勤めていた頃からのおつき合いですから、かれこれ二十年になりますわね」

と感慨深げに言った。

ひかえめに水割りを作っているマリアを四十代のサラリーマンが、

「この子ははじめて見る顔だな」

と言った。

マリアは恥じらうようにほほえみながら、

「圭子です。よろしくお願いします」

と挨拶した。

「今日から店に出てるんです。ごひいきにしてやって下さい」

ママが娘でも紹介するように言った。

「ちょっと立ってよ」

別の四十代のサラリーマンがマリアを立たせた。

マリアがすっくと立つと、

「なかなかいい体をしてる。若い女の体は男の欲望をそそるよな」

と品定めでもするような目つきで見つめた。

「あら、わたしだって若いわよ」

張り合うように静香も立って腰をひねってみせた。

「おまえは男の経験が多すぎるから若いのに熟しすぎてんだ」

「わたしは一人しか経験してません」

「嘘つけ。この前は四人とか言ってたじゃないか」

「そんなこと言ってません」

静香はむきになっていた。

マリアは自分のことを言われているような気がしていたたまれなかった。今日まで寝てきた男の数は百人だろうか、二百人だろうか。その数だけこころの傷は深くなり、自分を見失っているのだろうか。マリアは笑みを保ちながら話題が自分に振り向けられるのを恐れた。

「誰かに似てるな」

マリアを立たせた男が興味を示した。

「誰だっけな。タレントの誰かに似てる」

上野や新宿に勤めていたときも誰かに似ていると言われたことがある。整形をしたあとの顔が誰に似ているというのか。整形前と整形後とではまったくちがうはずだったが、誰かに似ていると言われてマリアは顔をそむけたくなった。

「そういえばタレントの篠原夏美に似てるよ」

静香と口論していた男が言った。

「そう、そう、篠原夏美に似てる」

興味を示していた男が重要なことを発見したかのようにあらためてマリアの顔の変化を見逃すまいと注視した。

「そお？　似てないわよ。それより島田文恵に似てると思う」

静香は篠原夏美には似てないと否定した。整形をしたあとも誰かに似ていると言われて、マリアはいずれにしても人間は誰かに似ているのだと思った。

「誰にも似てないわよ。似ているようで似てないのよ。世の中にはそっくりさんが三人いるというでしょう。でもこころは似てないのよ。こころが似てないってことは顔も似てないってことよ。だってこころまで似るわけないでしょ。こころの中は秘密なの。秘密は誰にでもあるから。そうでしょ」

昇進したばかりの部長が、

「さすがはママだ。心理学者みたいなことを言うな」

と感心した。

「だけど似てる。ぼくは篠原夏美のようなタイプが好きなんだ」

男は好みのタイプに重ねていた。

「篠原夏美って、まだ十七歳よ。いまどきの四十代のおやじってロリコン趣味なのよね」

それまで黙っていた涼子が言った。そして奥のソファで真由美の太ももから股ぐらをまさぐろうとしている社長を振り返って涼子は口をつぐんだ。社長は他人の目をはばかることもなく真由美の耳に何かを囁《ささや》きながら卑猥な手つきで太ももを愛撫《あいぶ》している。真由美がくすくす笑っている。

マリアは氷と水をもらうために席を立ってカウンターに向った。そのとき五人の客が入ってきた。若い女が一人いる。奥のソファにいた社長が騒がしくなる前に帰ろうと思ったのか席を立った。

「ありがとうございます」

週に二、三度来店してくれる社長にママは何度も礼を述べホステス全員が玄関まで送った。

「北海道から蟹送ってね。待ってます」

真由美が茶目っ気たっぷりに期待をこめて言った。

マリアと真由美はタクシーの拾える大通りまで社長を見送り、戻ってみると、店にきたばかりの五人の中の一人がカラオケを歌っていた。音声が店内に響き渡り、会話が聞きとりにくく、客とホステスたちはお互いに耳元に口を近づけ、大声で喋っている。マイクを持って歌っている三十代の男はフリをつけて歌手そのものになっていた。一曲が終ると別の男が歌う。交替でつぎつぎと歌い、そのうち女の子が男たちから半強制的に歌わされた。新入社員と思われる女の子はマイクを持って恥じらいながらソファとカウンターの間の狭いフロアに立ち、おもむろにピンク・レディーの「ペッパー警部」を歌いだしたが、歌いだすと自然に体がリズムに乗ってピンク・レディーの振り付けそっくりに手足を動かし、男たちからやんやの喝采《かっさい》を浴びた。そして同じグループの中の一人がネクタイでねじり鉢巻きをし、上衣の前と後ろを反対に着てひょっとこのような恰好で、腰を振っている女の子を背後から抱きしめ、同じようにリズムに合わせて腰を振り、セックスの擬態を演じた。はじめは恥かしがっていた女の子もしだいに大胆になり、背後から抱きしめられている男の動きに合わせて擬似セックスの真似をするのだった。

「やれ、やれ！」

と仲間たちから声があがる。

それを見ていた隣の席の四十代のサラリーマンが興奮してフロアに飛び出し、上衣とズボンを脱ぎ、さらにパンツまで脱いで下半身を晒して女の子にこれ見よがしにグロテスクなペニスと睾丸《こうがん》を蠕動運動させた。すると歌っていた女の子が持っていたマイクでサラリーマンの睾丸を叩いた。たまらず四十代のサラリーマンは睾丸を両手でふさいで前のめりにしゃがみ込んだ。爆笑が沸き起こり、

「もっとやれ！　もっとやれ！　チンポコ叩き潰せ！」

という声が飛び交った。

「中井さん、駄目よ。女の子の前で、そんなはしたないことしては」

爆笑していたママが中井というサラリーマンを軽くたしなめた。

二組の客たちが帰ったあとも入れ替り立ち替り何組かの客がきて、店が終ったのは午前二時だった。初日から接客に追われて午前二時まで働いたマリアはぐったりした。電車がなく

なったのでママはホステスたちにタクシー代を渡した。

「タクシーの領収書をもらってちょうだい」

ママはマリアにタクシー代を渡しながら言った。

「わかりました」

タクシー代をもらったホステスたちはさっさと帰った。マリアも彼女たちのあとを追うように店を出た。空腹だった。起床してパンを一個食べただけだった。マリアはタクシーの中で吐きそうになった。ウーロン割りを飲みすぎたのだ。マンションの近くのコンビニの前で降りたマリアは弁当二つとポテトチップを買って部屋に帰った。そしてテレビを観ながら弁当を食べ、眠りにつくまでポテトチップをかじっていた。

眠れそうもない夜。果てしない夜。一人で過ごす夜は孤独と不安に満ちている。マリアの体の中を通り過ぎていった数知れぬ男たちの匂いや吐息、ときには口汚く罵倒《ばとう》され、四つん這いにされて凌辱《りょうじょく》され、道端に捨てられて腐り果てた死体のようなもう一人のマリアが嬰児《えいじ》のように子宮の中にいつまでも澱《よど》んでいた。遠い昔に孕んだ子供が遠い未来で生れるかもしれないという希望を託しながら、マリアの未来はついにやってこない過去進行形であった。マリアが愛した男は榎本一人である。榎本の面影だけがマリアの胸の中で生きていた。マリアは瞼を閉じ、腕を伸ばしていつしかヴァギナを愛撫していた。榎本が愛撫してくれたように、榎本の腕に抱かれ、熱い唇と舌のもつれ合う甘美な幻想にたゆたいながら、マリアはしだいに昇りつめていき、つき上げてくる快楽と哀しみに嗚咽のような呻き声をもらした。誰かに愛されたいと思った。誰かを愛したいと思った。だが、いまのマリアにはそんな人間は一人もいなかった。

バー「キャプテン」にくる客は中高年のサラリーマンが多かったが、ときにはあまり名前の売れていない歌手やタレントもくることがある。広告会社の部長やら小金持ちのタニマチが歌手やタレントを連れてきて横柄な態度で飲んでいた。そして店が終るとたいがい食事に誘われた。ママが一緒のときは安心だったが、一人だけ誘われたときは、

「食事だけにしておきなさい」

とママは母親のように忠告するのだった。

だが、食事だけで終らない場合が多い。食事のあと別の店に誘われたり、ときにはホテルに誘われたりする。そんなときマリアはホステスたちの常套句《じょうとうく》である「母と一緒に暮らしています」とか「妹と一緒に暮らしています」とかの口実を使ってすり抜けた。名前が売れていなかったり落ち目になっていても歌手やタレントが誘うと女はついてくると思っているのだ。そんな人間に限って尊大な態度をとるのである。

一カ月もすると店の様子がおおよそわかってきた。ママは三年前に離婚して母親と一緒に

暮らしている。気《き》っ風《ぷ》がよくてホステスからも慕われ、客からも一目置かれていた。わがまま で傲慢《ごうまん》な客に対してママははっきりものを言って、場合によっては出入り禁止にすることもあった。

真由美は週に四日通ってくる五十四歳の柳瀬三郎の女だった。機械設計事務所の社長だが、ロリコン趣味があり、そのときどきに流行っている十代の女の子が着るような服を買ってきて真由美に着せるのだった。真由美はいやがっていたが柳瀬三郎から月々三十万円もらっている手前、断れなかった。ところがその服装がいつしか真由美の売りになり、他の客の間でも評判になって、いまでは真由美自身が積極的に女子中学生や女子高校生の間に流行っている服装をもらったり、買い漁ったりする始末であった。

さらに一月が過ぎた頃、店が終ったあとにマリアは真由美から食事に誘われた。その日は暇だったので珍しく十一時半に閉店した。

マリアと真由美は西麻布交差点近くにある沖縄料理店に行った。表通りから狭い道を百メートルほど入った店だが、落ち着いた雰囲気のある店だった。

「この店はアグー（沖縄豚）を使っているので、すごくおいしいの」

運ばれてきた串焼きのアグーをひと口ほおばり、

「おいしい！」

と真由美は言った。

マリアもひと口食べてみたが、確かに美味なる豚肉であった。

「この店の焼酎もおいしいのよ」

バー「キャプテン」で飲んでいるのに、アルコールに強い真由美は焼酎の水割りをぐいぐい飲むのである。そして酔ってきた真由美は悩みを打ち明けるのだった。

「社長はさ、インポなのよ」

「インポ……？」

日本語をかなり知っているつもりだったが、はじめて聞く言葉だった。

「インポって知らないの。勃起しないってことよ」

「知ってる」

マリアはカマトトぶってみせた。

「社長は奥さんと十年近くセックスしてないんだって。だから奥さんは浮気してるのよ。それも一人や二人じゃなくて何人もの男と浮気をしてるんだって。社長も私と浮気してるわけだけど、一度もセックスしたことないの。わたしの部屋の中でセーラー服を着せられ、スカートをのぞかれパンティを下ろされ、あそこを眺めたり触ったり舐《な》めたりされて、今度はわたしが社長のペニスを舐めるのよ」

あからさまな表現にさすがのマリアも赤面した。

「たまにはわたしもやりたいわよ。でも、わたしがどんなに社長のペニスを愛撫しても駄目なの。社長は週に四日くらい店にくるでしょ。欲求不満のわたしが奥さんのように浮気するんじゃないかと監視してるのよ。開店時間にきたり、閉店時間の間際にきたり、そうかと思うと九時や十時頃きたりして、わたしの様子を見張ってるのよ。たまんないわ。月々三十万円のお手当をもらってるから我慢してるけど、それに店にとっても上客だし、社長の機嫌をそこねないよう気を遣ってるけど、もう限界だわ。わたしは普通の男が欲しいの。結婚したいのよ。わかる、わたしの気持？」

マリアを見つめる真由美の目が据わっていた。

「わかるわ」

マリアは真由美に同調した。

「わたしは店を辞めるつもり。ママには内緒よ。時期がくればわたしから言うつもり。そして結婚するの」

「結婚……。誰とですか」

話が飛躍しすぎるが、結婚するとしたら店にくる客の誰かだろうとマリアは思った。

「マネージャーと」

「えっ、マネージャーと結婚するんですか?」

意外な相手にマリアは驚いた。店の中で真由美とマネージャーは、そんな様子をおくびにも出さなかった。真由美はむしろマネージャーをからかったり馬鹿にしたり無視したりしていた。そうした態度でカムフラージュしていたのだろう。

「マネージャーも辞めるんですか」

二人が同時に辞めると店が困るのは明らかであった。

「いいのよ、ママはやり手だから、なんとかするわよ。じつはわたしたち六本木に店を出そうと思ってるの。それでさ、店を出したら圭子にきてほしいんだけど、考えてくれる?」

真由美に難問を突きつけられてマリアは困惑した。ママに義理はないとはいえ勤めて二カ月で辞めるのは、やはり義理を欠くような気がした。

「時給はいまの五割増し出すけど、どお? 後悔させないから」

真由美の眼に野心が燃えている。

「悪いけど、わたしにはできない。勤めてまだ二カ月しかたってないし」

この際、曖昧な態度をとるとかえって真由美に期待を持たせることになり、気まずくなると思ってマリアは断った。

「まだ勤めて日が浅いから辞められるのよ。圭子なら客がつくと思う。人気があるもの」

「人気なんかないわ」

マリアは真由美の見解を否定した。

「圭子は水商売の経験があるんでしょ。わたしにはわかる。圭子はわたしよりこの世界を知ってると思う。圭子の身のこなしや目線の使い方は他の子とちがうもの。マネージャーが言ってた。圭子には男心をそそる魅力があるって」

どういう意味だろう、男心をそそる魅力とは？　多くの男を知っているという意味だろうか。それとも日本人ではないという意味だろうか。マリアは自分の表情がこわばり、整形した皮膚が剝がれて顔が崩れていくような気がした。

「とにかく、辞めるのは無理だと思う」

店ではティーンエイジャーの恰好をしておどけたり、茶目っ気たっぷりに客を笑わせている真由美の顔が険悪になった。

「そう、わたしの頼みを聞いてくれないのね。圭子を信用して打ち明けたのに。圭子に裏切られるとは思わなかった」

裏切られた？　一方的に誘われて店を辞めるよう求められ、断ると裏切られたと言われて
マリアは慄然とした。

「裏切りじゃないわ。断っただけよ」

ここで弱気になれば真由美に何を言われるかわからない。この世界で弱気は禁物だった。そのことをマリアは骨身にしみて知っている。

「あんたは普通の女じゃない。その目が男を虜《とりこ》にするのよ」

マリアの正体を暴こうとするかのように真由美は言った。酔っているのか酔っていないのか、ほの暗い照明の中の真由美の顔が蒼ざめているようだった。真由美と別れて帰宅したマリアは真由美から報復されるのではないかと恐れた。真由美の顔にはそういう兇々しさが宿っていたのだ。

翌日、出勤してみるとすでにママがきていた。カウンターの中に入って洗い物をしている。

「わたしがやります」

マリアがカウンターの中に入ろうとすると、

「いいのよ、もうすぐ終るから」

とママは洗い物を続けた。

マリアはすぐに店内の掃除にとりかかり、

「マネージャーは休みですか?」

と訊いた。

「辞めたのよ。真由美としめし合わせて。静香も辞めたわ。六本木で店を開くらしいけど、いつまで続くかしら」

昨日の今日である。一週間は店にいると思っていたが、いきなり辞めるとは考えてもいなかった。

「圭子も誘われたんじゃないの」

洗い物をしているママがなにげなく訊いた。

「ええ……昨日、店が終ってから真由美と食事に行ったときに誘われました。でも断りました。断ると裏切り者呼ばわりされました」

「凄い言い方ね。真由美はああ見えて気の強い女だからマネージャーも強引に引きずられたと思うの。柳瀬社長が資金を出したそうよ」

「本当ですか。真由美は柳瀬社長と別れてマネージャーと結婚すると言ってましたけど」

「真由美とマネージャーは結婚するけど、柳瀬社長との関係も続けるらしいわね」

あれほど柳瀬社長との関係を嫌がっていたのにマネージャーと結婚してからも柳瀬社長との関係を続けるというのは金のためだけなのか。

「マネージャーはどう思ってるんですか」

「さあね、どう思ってるんでしょうね。わたしにはわからないわ。男と女の複雑な関係はもうこりごり」

ママの言葉には実感がこもっていた。

涼子が出勤してきた。

ママがカウンターに入っていたので、

「二人はもう辞めたの⁉」

と驚いていた。

「あなたも誘われたの」

とマリアが訊いた。

「誘われるわけないでしょ。わたしは真由美にマネージャーを奪《と》られたのよ。真由美ものの好きな女ね。あんな男、のしをつけてくれてやるよ。なんだかせいせいしたわ」

涼子は更衣室に入ってセーターを脱いで出てくると、とまり木に座って化粧を直しながら、

「今日からカウンターには誰が入るんですか？」

とママに訊いた。

「とりあえずわたしが入るけど、交替交替で入りましょう。マネージャーと女の子は広告を出してあるから、一週間以内に雇うつもり。その間、みんなで頑張りましょ」

ママは顔には出さないが、真由美と静香とマネージャーが辞めたことで打撃を受けるのは必至だった。そしてママが懸念していたように来客はいつもの三分の一以下であった。この

世界では新しい店を起《た》ち上げた元ホステスに客を根こそぎ奪われていくといわれているが、マリアはその現実をまざまざと見せつけられた。

　新聞広告を出したが、四、五日たっても応募者はこなかった。そこでふたたび新聞広告を出し、ようやく二人のホステスとマネージャーを雇った。

　ママは若いマネージャーを避け、五十過ぎの温厚そうなマネージャーを雇った。ホステスはできるだけ若い子を雇うつもりだったが、若い子は思うように集まらず、結局三十代の女を二人雇った。それでも新しい顔ぶれがそろうと店は活気を呈してきた。

　ある夜、閉店間際に一人の客がのっそり入ってきた。マリアは閉店時間ですのでと、断ろうと思って客を見ると柳瀬社長だったので驚いた。

「一杯飲ませてくれるか」

　貧相な顔がさらに貧相になってしょぼくれていた。

「ママ、柳瀬社長がみえてますけど」

　更衣室にいたママにマリアは声を掛けた。

「柳瀬社長……」

　ママは信じられないらしく眉をひそめて奥のソファに座っている人物を見た。

「何しにきたのかしら。恥知らずが」

真由美の黒幕である柳瀬が閉店間際にきたので追い返したい気持だったが、ママは涼しい顔をして、

「あら、お久しぶり。もう閉店時間なのよ。もう少し早めにきて下さればいいのに」

とつくり笑いを浮べて柳瀬社長に挨拶した。

「すまん、こんな時間にきて。じつはママに相談があってね……」

柳瀬社長はバツの悪そうな表情で語尾を濁した。

「相談ですって？　どんな相談かしら」

ママは急に冷たい声になって煙草に火を点け柳瀬社長に面と向った。

「真由美が店を閉めてマネージャーと行方をくらませたんだ」

柳瀬社長の声は憤りに満ちていた。

「あらそう。それとわたしとどういう関係があるんですか」

普通、新規開店した場合は、すくなくとも三カ月は持続するものだが、一カ月たらずで閉店するのは珍しい。ママは内心驚くと同時に、それみたことかと思った。ホステスが自分の店を開くとき、勤めていた店からホステスや客を引き抜いていくのはこの世界にありがちなことだが、真由美はあまりにも露骨であった。その真由美の黒幕だった柳瀬社長がのこのこと店に現れた神経を疑った。その反面、どんな相談だろうと好奇心がつのった。

「店の権利はわたし名義になってるが、真由美はわたしの印鑑を使って街の金融業者から二千万円を借りて姿を消したんだ。警察に訴えたんだが、詐欺の立証は難しいと言って取りあってくれない。わたしはいったん金を返済するつもりだが、店が空いたままでは店の借り手がつかない。あの店は権利金や内装費を合わせて五千万円かかっている。しかし空いたままでは二千万円でも借り手がいない。そこで相談だが、あの店を借り手がつくまでやってくれないか。もしママが気に入って続けるのなら、それでもかまわない。この店の二倍の広さはある。ママならやっていけると思う。権利金は三千万円だがとりあえず二千万円でいい。じつは女房の定期預金を勝手に解約して二千万円を金融業者に返済したんだ。女房にばれると離婚されるかもしれない。そうなると会社も倒産するおそれがある。なんとか力を貸してくれないか。真由美の口車に乗せられて店をやらせたのはわたしの責任だ。わたしが馬鹿だった。ママには大変迷惑を掛けておきながら、こんなことを言えた義理ではないが、恥を忍んでお願いする」

虫のいい話である。変態男の無様な姿にママは笑うに笑えなかった。

「本当はあんたを蹴飛ばしてやりたいくらいよ。そんな話をよくもわたしに持ってくるわね。自業自得でしょ。泣きごとを言わずに、男らしく諦めなさいよ」

ママは顔を見るのもむかつくといった様子で席を立った。

「頼む。考え直してくれ。二千万円でいい。女房の定期預金に早くもどさないと大変なことになるんだ」

柳瀬社長は恥も外聞も捨ててホステスやマネージャーのいる前で土下座せんばかりに泣きついた。

「しつこいわね。わたしにそんな大金ないわよ」

ママは更衣室に入ってドアを閉めた。

柳瀬社長は落胆してうなだれ、いまにも泣きそうな顔で店を出た。そのあとをマリアが追って、

「社長」

と呼び止めた。

振り返った柳瀬社長が、

「なんだ」

と虚ろな声で返事した。

「いまのお話、もう少し詳しく聞かせて下さい」

「いまの話？　話を聞いてどうする」

「もしかすると協力できるかもしれません」

「協力できる？　おまえがか……」

「いいえ、わたしの知ってる人です」

「おまえの知ってる人？　どんな人だ。会わせてくれるのか」

「会わせることはできませんが、わたしが間に入って話を聞きます」

「会うことはできない……」

会うことはできないが協力できると言うマリアの言葉に、

「わかった。これから店に行って話そう」

と柳瀬社長は言った。

「西麻布の交差点で待ってて下さい。わたしもすぐに行きますから」

そう言ってマリアは店にもどった。

時刻は午前零時前だったので今夜は電車で帰ることになる。

店を出たマリアは青山通りで他のホステスたちと別れ、反対車線に渡ってタクシーを拾って西麻布に向った。西麻布交差点に少し頭髪の薄くなっている小柄な柳瀬社長が佇んでいた。

柳瀬社長の目の前でタクシーから降りたマリアは、

「お待たせしました」

と言った。

柳瀬社長は黙って六本木方面に歩きだした。

「おまえが店を気に入れば、その人は金を出してくれるのか」

「ええ、たぶん」

「その人はおまえの何なんだ。これか」

柳瀬社長は親指を上げた。

「それ以上、聞かないで下さい」

まだ二十一、二歳の若い一介のホステスが二、三千万円の大金を貯《た》め込んでいるとは思えないし、マリアにパトロンがいるようにも思えない。しかし柳瀬社長は自分を振り返ってみて、世の中に自分のような人間がもう一人いたとしても不思議ではないと思い直した。

六本木交差点を右折してロアビルを過ぎた辻をまた右折し、四、五十メートル入ったところにある五階建てのビルの前にきた。ビルの一階と二階には何軒かの飲食店が入っている。

「このビルの三階だ」

柳瀬社長が言ったので、マリアはビルを見上げた。三階には灯りが点いていなかった。

エレベーターに乗って三階に着くと店はエレベーターの真向いであった。壁の小さな看板とドアに「クラブ真由美」と出ている。

柳瀬社長はドアの鍵を開けて中に入り、灯りを点けた。入口の左に更衣室と厨房《ちゅうぼう》があり、右に会計カウンターがある。そして三十坪ほどのフロアに十二脚のテーブルが配置されていた。白い壁と天井から吊されている二つのシャンデリアと青とピンクの照明の光が交錯して洒落《しゃれ》た雰囲気を演出している。

マリアは内心いい店だと思いながら不満そうな表情をした。

「どうかね、なかなかいい店だと思うが」

柳瀬社長は気に入っているようだった。

「カウンターが欲しいわ」

「カウンター？　カウンターを作れば、テーブルの数が減る」

「でも豪華なカウンターがあればもっと雰囲気が出ると思う」

「おまえはこの店が気に入らないのか」

「ええ、人通りが少なく立地条件もよくないし、店も手を加えなければ……」

「立地条件は最高だ。人通りが多いから立地条件がいいってもんじゃない。人通りの多い場所から少し離れているが、こういう場所がクラブにはうってつけなんだ」

「じゃあ、どうして真由美は一カ月もしないうちに店をやめたんですか？」

強弁していた柳瀬社長は言葉に詰まった。

「真由美ははじめから金目当てだったんだ。マネージャーとしめし合わせて、わたしから金をふんだくるのが目的だったんだ。店なんかやる気なかったんだ。わたしは騙されたんだ」

柳瀬社長はまたしても感情を高ぶらせて泣きごとを並べた。

「この場所で、この店でやっていくのは大変です。真由美は女の子を何人集めたんですか」

「八人だ」

「たった八人ですか。この店には十二のテーブルがあるのよ。平均七割が埋まらないと店は採算が取れない。七割の客を接待するためには二十人前後の女の子が必要です。それにマネージャー、チーフ、ウエイター、厨房などを入れると二十五、六人になるわね。それだけの人を集めるのは大変。真由美は開店してみて、これではやっていけないということがわかって放棄したんじゃないですか。わたしにはそう思えます」

マリアの合理的な計算に柳瀬社長は自身の経営者としての資質を問われているような気がした。そして値ぶみされていると思った。

「おまえの知り合いの人に話してくれるのか。店の改装費はいい。とりあえず権利金三千万円のうち二千万円を用立ててもらい、残りの一千万円は半年分割なり半年据え置きでいい。安い買い物だと思うが……」

確かに安い買い物ではある。しかし、開店するまでに人を集めたり、店をもっと使い易いように改装するために最低二カ月は要するだろう。その間、月額九十万円の家賃を支払わなければならないし、人集めに一千万円以上の支度金も用意しなければならない。さらに運転資金をも加算していくとマリアが隠し持っている四千七百万円の現金を使い果たすことになる。そして経営に失敗したときのことを考えるとマリアはぞっとした。

しかし、このチャンスを逃がしたくはなかった。女に騙され、そのあげくに妻の定期預金を勝手に使い込み、離婚されるかもしれないという馬鹿な男と出会えたのは偶然だろうか？これこそ神のおぼしめしではないだろうか。

「二千万円なら話してみます。残りの一千万円は諦めて下さい」

マリアは冷淡に柳瀬社長を突き放した。

「わたしは五千万円投資しているんだ。それが二千万円だけなのか。二千万円なら誰でも話に乗ってくる。わたしの足元を見て値ぶみするつもりか」

柳瀬社長は煙草に火を点け、いらだった。

「失敗した店は新しく起ち上げる店より難しいのよ。店に前科がついてるから、簡単には話に乗ってこないわ。それに店を開けるまで二カ月はかかります。その間、家賃を払い、人集めの支度金として千五百万円は必要です。その他、改装費や運転資金を入れるとすくなくとも四千五百万円は必要です。社長は簡単に言いますけど、水商売に明日はないんです」

水商売に明日はない、この言葉はマリアの偽らざる心境だった。

「帰ります。二千万円なら明日にでも用意します。電話を下さい。ただし『キャプテン』のママには当分内緒にして下さい」

話し合いを続けようとする柳瀬社長を振り切ってマリアは店を出た。

午前一時の六本木はまだ宵の口だった。

8

勝算はあるのか。不法滞在者であり、殺人犯であり、公正証書原本不実記載の罪を犯しており、警察と暴力団から追われ、まったく孤立無援のマリアが六本木で三十坪以上もあるクラブを開店するのは無謀であると思えた。だが、胸の奥でくろぐろと燃えている情念がマリアをかりたてるのである。顔を変えて過去から逃れようとしても重層している過去の記憶をこころの中から消し去ることはできないのだ。マリアに残された道は、現実から逃避することではなく現実に挑戦することであった。袋小路に追い詰められる前に自らの人生を生きることで未来へ脱出するのである。周到な計画と細心の注意と、そして大胆さが求められる。

柳瀬社長は電話を掛けてくるだろうと確信していた。そのときは柳瀬社長と不動産会社へ行き、弁護士立ち会いのもとで法的に不備のない書類を作成し、名実ともにマリア名義にしようと考えた。

マリアは起床するとゆっくり入浴して身支度を整え、電話帳を調べて適当な弁護士事務所に電話を入れた。そして事情を説明し、不動産の権利書作成に立ち会ってほしいと頼んだ。柳瀬社長から電話はまだ掛かってこなかったが、マリアは必ず掛かってくると想定して事前に弁護士に依頼したのである。それからマリアはマットの縫い目をほどいて二千万円を取り出し、ふたたびマットを縫った。

正午過ぎにマリアが予測していた通り柳瀬社長から電話が掛かってきた。二千万円で手を打つ。ただし今日中に二千万円を現金で欲しいと言った。電話を切ったマリアは大きく呼吸して、賽《さい》は投げられたと思った。柳瀬社長とは赤坂の不動産会社で落ち合うことにしたが、その前にマリアは赤坂の喫茶店で弁護士と会い、細かい打ち合わせをしてから不動産会社に行った。不動産会社にはすでに柳瀬社長がきていた。落ち着きのない様子で待合室の長椅子に座って煙草をふかしている。

「遅いじゃないか」

柳瀬社長は腕時計を見て言った。

「約束の時間どおりでしょ」

約束の二時きっかりだった。柳瀬社長は三時に閉店する銀行の時間を気にしているらしかった。

権利金は柳瀬社長の言うとおり三千万円だった。一般的に家賃の六カ月分だが、六本木はその五倍以上する。マリアはその場で柳瀬社長に二千万円を手渡し、不動産会社と新しく売買契約を交わし、弁護士立ち会いのもとで阿部圭子に名義変更した。そして不動産会社に三パーセントの手数料を支払い、立ち会い人の弁護士に二十万円の謝礼を支払った。

不動産会社の社員が柳瀬社長から店の鍵を取り上げると、

「今日中に店の鍵を取り換えておきます」

と言った。

「よろしくお願いします」

マリアは思わず笑みがこぼれた。

不動産会社を出た柳瀬社長は憮然としていた。

「その歳で、おまえはしたたかな女だ。わたしはおまえに三千万円取られた」

「わたしのせいじゃないわ。あなたが真由美に入れ揚げたからじゃない。わたしはあなたを助けたのよ。あなたは昨日、『キャプテン』のママに、助けてくれと頼んだでしょ。そのことを忘れないで」

マリアは柳瀬社長の思いちがいを厳しく指摘した。錯覚も甚だしいと思った。

自業自得とはいえ、あまりにも高い代償を支払わされた柳瀬社長の表情に後悔の念がにじんでいた。マリアは走ってきたタクシーを停めてさっと乗り、その場を去った。

胸がどきどきしている。もどることのできない危険な橋を渡り、あとは何があろうと前に進むしかないと思った。だが人集めも店の経営も何もわからないマリアは果てしない広野に一人ぽつんと佇んでいる感じだった。この機会を逃してはならないと直感して行動したが、冷静に考えると早まったのではないかという気もした。柳瀬社長は金の必要に迫られて三千万円を棒に振ったが、マリアには店をやらなければならない差し迫った事情はない。借りたい相手が見つかるまで店を一、二カ月不動産会社に預けるのも一つの方法であった。もし三千万円で借り手が見つかれば一千万円の利鞘《りざや》を稼ぐことができる。あるいは、また貸しをして月々の家賃から二、三十万円の差額を得ることも可能だろう。

夕方、マリアは何くわぬ顔で出勤した。開店と同時に入ってきた二人の常連客の席に涼子と新しく入った亜矢子が着いた。マリアはとまり木に座ってカウンターに肘をつき、もの思いにふけっていた。

「ねえ、何悩んでるの?」

隣に座っていた幸子がマリアに訊ねた。

「別に……ちょっと睡眠不足かも」

マリアはほほえんでみせた。

「今日さ、パンツを買おうと思って新宿の伊勢丹に寄ったの。そしたら男と一緒にいる真由美と会ったの」

マリアはどきっとした。柳瀬社長の話によれば真由美は二千万円をかっさらってどこかへ雲隠れしているはずであった。その真由美が新宿の伊勢丹界隈をうろついているとは予想外のことである。

「本当に？……幸子さんはどうして真由美さんを知っているの」

幸子と亜矢子は真由美が辞めたあとに応募してきて採用されたのだから真由美を知っているはずがなかった。

「三年前、六本木のある店で一緒に働いてたことがあるのよ。それで声を掛けたら知らんふりして人混みの中に消えてしまったわ。柳瀬社長は真由美に騙されたんでしょ。一緒に働いてた頃から柳瀬社長は通ってた。柳瀬社長は変なおやじだった。ブルマを買ってきて、わたしにはかせようとしたけど、わたしが断ると真由美にはかせたの。それから柳瀬社長は週に三、四日通って、いつも真由美を指名してた。真由美と一緒に辞めた足立マネージャーは、同じ店でウエイターをやってたわよ。その頃から三角関係だったのね。真由美は別の男ともつき合ってたけど、結局柳瀬社長がカモにされたってわけね。わたしの勘では裏で足立マネージャーが真由美を操作していたと思う」

世間は広いようで狭いが、水商売の世界はさらに狭い。誰がどこの店にいて、どこの店に移動したのかが人づてにわかるのである。マリアが柳瀬社長の店の権利を買った噂も早晩ひろがるだろう。マリアは噂がひろがる前にママに打ち明けようと思った。

七時過ぎにママが出勤してきた。

そしてマリアをみるなり、

「圭子、店が終ったあとちょっと話があるの。つき合ってちょうだい」

といつもとはちがう陰にこもった声で言った。

「わかりました」

返事をしたもののマリアは内心動揺した。店を買い取った件がすでにママの耳に入っているのは明らかだった。

ママが更衣室に入ると、

「わたしが今日、伊勢丹で真由美と会ったことは内緒よ」

と幸子は小さな声で口止めして客席に赴いた。

店は忙しかった。閉店したのは午前一時半だった。他のホステスたちはそそくさと帰り、新しく入った五十歳になる千田マネージャーもあと片づけをして帰って行った。

ママは別の店に行くのかと思っていたらそうではなく、みんなが帰ったあと二人きりになるのを待っていた。二人きりになるとママはカウンターに入ってビールを取り出し、栓を開けてグラスについでマリアに渡し、自分も飲んでひと息ついて煙草に火を点け、おもむろに言った。

「店へくる前、わたしに柳瀬社長から電話があったわよ。圭子は柳瀬社長の店を二千万円で買ったんですって。驚いた。そんな大金どこにあったの」

飼い犬に手を嚙まれたというような言い方だった。おとなしい性格だとばかり思っていたマリアがじつはあなどれない相手に映ったのだろう。ライバル意識をあらわにしてママはマリアを睨んでいた。

「今日ママにお話ししようと思ってました。本当は事前に相談しようと思ったのですが、つい気後れして……ごめんなさい」

マリアはうなだれ、小声で謝った。

「柳瀬社長の話では圭子のバックにパトロンがいるとか言ってたけど」

「柳瀬社長にはそう言いましたけど、パトロンはいません。わたしは一度結婚しています。でも結婚して一年目に夫が交通事故で亡くなり、その保険金が入ったのです」

嘘に嘘が重なり、マリアの中で嘘と真実の境界線は融合して見分け難くなっていくのだった。

「そう、結婚してたの。圭子は水商売の経験があると言ってるけど、六本木で三十坪以上もある店を経営していくのは大変よ。この店は十五坪程度だけど、それでも大変。もし病気にでもなって一週間も寝込むと店はたちまち暇になって四苦八苦。わたしはこの道に入って二十年になるけど、圭子のように大胆なことはできない。この店の二倍以上もある店だと従業員は二十人くらい必要になるわよ。それだけの人を集められるの？　店がうまくいかなくなると借金がかさみ、無一文になるかもしれないのよ。真由美みたいに騙す相手がいれば話は別だけど、店は途中でやめられないのよ。わたしも途中で何度か店を閉めようかと思った。でも閉められなかった。他に方法がなかったからよ。いまならまだ間に合う。店をやるのは諦めなさい。いい男を見つけて、結婚して、子供を産んで平凡な生活を送るのよ。平凡な生活が一番。わたしは平凡な生活を望んだけどできなかった。あなたはまだ若いわ。別の選択肢があると思うの。六本木で店をやるのは危険すぎる」

ママは老婆心からマリアの無謀とも思える行動を自制するよう忠告した。

ママの言葉はマリアに痛いほど伝わった。できれば平凡な生活を営みたかった。マリアは榎本との平凡な生活を切望していたのだ。だが、榎本の無残な死はマリアの人生を一転させたのである。フィリピンから日本へきたときからマリアの運命は決定づけられていたような気がするのだった。いまのマリアに平凡な生活は望むべくもなかった。

「わたしには平凡な生活などありません」

マリアの瞳に強い意志がみなぎっている。その強い意志がこめられている瞳を見て他人には言えない深い事情があるのだろうとママは察知した。

「どうしてもやるつもりなのね。いつ頃開店するの？」

引き止められないと知ったママは開店時期を訊いた。

「二カ月後くらいになると思います」

「二カ月……それまでに準備できるかしら」

ママは今度は二カ月後に開店できるかどうかを心配した。

「全力をつくします」

うつむいていたマリアは顔を上げてママに対し宣誓するように言った。

それからマリアは、

「一つお願いがあります。六本木の店を見ていただけないでしょうか」

と言った。

マリアはママの助言を求めた。

「そうね、どんな店か一度見てみたいわね。でも、やめておく。わたしが見ても何も協力できないと思う。あなたは自分で決めたのだから、好きなようにやって後悔しないことよ」

まるで予言でもするようにママはマリアの要請を断った。そしてマリアの代りが見つかるまでマリアはひき続き「キャプテン」で勤めることになった。

一週間後にマリアは「キャプテン」を辞めた。しかし、何一つ手つかずの状態である。一日に一度、六本木の店に行き、広い店内で一人考えあぐねていたが、何もかも漠然としていた。新聞広告を出してマネージャーやホステスを募集しても、はたして応募してくるかどうかは不明であった。客を持っているホステスを引き抜くためには、この世界で腕ききのマネージャーと組まなければ無理である。引き抜き専門の人物もいるにはいるが、法外な支度金を要求されたり、金だけむしられるおそれがあった。とにかく、信頼できる人物と組まなければならない。誠実で忠実な右腕になってくれる人物を探すことにした。水商売の経験を積んでいる人物よりも、むしろ素人の方がいいと考えた。素人を仕込んでいくことで信頼関係をつくり、右腕に育て上げ、マリアに服従させるのだ。上野や新宿で苛酷な世界を生き抜いてきた体験は必ず生かされるだろうとマリアは確信していた。だからこそ柳瀬社長の話を聞いたとき、マリアは直感的に店を買ったのである。

失うものは何もない。マリアにとって生と死はコインの裏表なのだ。めくるめく夜の世界は死に場所にふさわしいかもしれないとマリアは思った。誰もいない店内でマリアは死を夢みた。できることなら、いますぐ死にたいとさえ思った。

マリアは新聞にマネージャー募集の広告を出した。応募してきたマネージャー候補に喫茶店で会い、一、二時間話し込みながら相手の言葉に注意深く耳を傾け、人物を観察したが、これといった相手に出会えなかった。年齢もまちまちでマリアがイメージしている人物像と一致しないのである。ほとんどが水商売の経験者で、中には現役の人間も何人かいた。十人、二十人のホステスを集める自信があるとか、銀座のクラブに数年勤めていたとか、店の運営について得々と喋り、明日にでも開店できそうな話をする者もいた。素人も二人応募してきたが、マリアが探しているような人間ではなかった。マリアが求めているのは内面の厳しさだった。どんな状況でもめげずにマリアを側面から支えてくれる存在である。それはマリアの過去が発覚したとき、どう支えてくれるかという問題でもあった。しかし、その条件にかなう候補はいない。十日もすると疲れ、これまで応募してきた中から選び直そうかと考えていたとき、一人の女が現れた。

入倉今日子、二十八歳。宮崎出身。十二歳のときに義父にレイプされ、四年後に耐えかねて家出をし、上京した。年齢をごまかしてスナックでアルバイトをしながらテレビの下請け会社の裏方として三年勤めたが、会社は倒産。思いきってソープに二年勤めて金を蓄え、好きな男と結婚したがソープに勤めていたことが発覚して離婚した。その後、銀座、新宿、池袋のバーやクラブに勤め、男に貢いでは裏切られ、ふたたびソープに勤め現在にいたっている。入倉今日子は修羅場を何度もくぐってきた女である。

入倉今日子をひと目見たとき、ものおじしない思いきりのよさにマリアは惚れ込んだ。経歴を率直に語り、自分の人生にはあとがないと言った。女だがマネージャーという仕事に興味があり、自分の性格は裏方に徹することで生かされるとも言った。

マリアは男のマネージャーをイメージしていたが、そしてほとんどの店は男のマネージャーを使っているが、女のマネージャーも悪くないと考えた。むしろ発想を転換して女のマネージャーの方が気持が通じるのではないかと思った。それに入倉今日子とマリアには共通点がいくつかある。見栄を張る男の虚栄心より女の率直さの方に可能性があると判断したのである。

「あなたはどんなときでも、わたしを補佐してくれる？　わたしの味方になってくれる？」

マリアがもっとも確かめたいことであった。

「マネージャーの経験はないけど、ママの意思に従うのがマネージャーの仕事だと思います」

「あなたからもいろいろ教えてほしいの」

「わたしの経験で生かせることがあれば、なんでもお手伝いします」

マリアより六歳年上だが、入倉今日子は自分の立場をこころえていた。

人は何を考えているのか、人のこころの奥を知ることはできない。だが、相手を信頼することでお互いを理解していくしか方法はないのである。人間関係とはお互いの内面をあぶり出す関係でもある。マリアと入倉今日子にはいくつかの共通点があるが性格は別である。化粧をほとんどせずジーパンに革ジャン姿の入倉今日子はどこか男っぽいところがあり、性格的にマリアとは反対のように思われた。しかし、信頼すればそれに応えてくれそうだった。

マリアはさっそく入倉今日子を店に連れて行った。

店内を見た今日子は、

「広いですね。場所もいいと思います」

と早くもやる気を出していた。

マリアは店内をゆっくり一周してソファに座り、

「内装はどう？　手を加えた方がいいかしら」

と今日子に訊いた。

「店の方針にもよります。どういうお店を考えておられるのですか」

店の方針が決まらない以上、店の改装も決められない。今日子は改装したばかりの新しい店をさらに改装する必要はないのではないかと思った。

「向うの壁にL字形のカウンターを作りたいの。マホガニー材を使った重厚なカウンターを作って、一人でも気軽に飲めるようにしたいし、トイレの洗面所も大理石を使って豪華な雰囲気を出したいの。照明は青やピンクではなく普通の電球を使い、壁に大きな絵を二点掛けようと思う。もちろん本物ではなくコピーだけど、百号くらいがいいわね。床に厚い絨毯《じゅうたん》を敷き、フロアの中央に大きな台座を置いて花を飾りたいわ。店内に花の香りが漂うくらい」

マリアの瞳が夢で輝いていた。

「いいですね。落ち着きのある店になると思います」

マリアの夢を共有しながら今日子も改装した店の雰囲気をイメージした。

「明日から新聞広告でホステスとウエイターとチーフを募集するわ。店の改装もはじめます。何かいい店の名前はないかしら。わたしもいろいろ考えてみたけど、これといった名前が思い浮かばないのよ」

マリアは店を買ったときから店名を考えていたが、ありふれた名前しか浮かばなかった。

「『夢幻』という名前はどうかしら」

今日子が即座に答えた。

「むげん？　どういう字を書くの？」

「夢《ゆめ》・幻《まぼろし》と書きます」

今日子はバッグから手帳とボールペンを取り出して「夢幻」と書いた。

「夢と幻……わたしにぴったりだわ。この名前にしましょう。ありがとう」

マリアが過ごしてきた時の流れは一瞬の夢・幻のようだった。不安と恐怖は夢の中で再現され、現実は幻のように空しかった。いまこうしている間にもマリアは別のことを考えていた。榎本が憧れていたカナダにいつか行ってみたい。絵ハガキで見たカナダの雄大なロッキー山脈のふもとで自然にいだかれて、このいまわしい現実に訣別したいと思った。その日はくるのだろうか……。

マリアはふとわれに返り、今日子と新聞広告の打ち合わせをした。今日子は手帳に新聞広告の下書きをしたためた。

「ホステス、ウエイター、チーフ大募集。勤務時間―早番・六時～十一時迄。時給三千円～八千円。遅番・八時～午前二時迄。時給三千五百円～一万円迄。遅番はタクシー代支給。但し、二千円迄。指名制あり。支度金相談。ウエイター・早番時給千五百円。遅番時給千八百円。厨房一人・時給二千円通し。チーフ時給三千円。但し早番・遅番通し。チーフはボーナス有り」

今日子は手帳に記入して音読した。待遇は銀座の一流クラブに劣らないかなりの高額である。はたしてこれだけの人件費を支払ってやっていけるのか。客の一人あたり単価は四、五万円になるだろう。そのシステムづくりが重要だった。

その日二人は飯倉《いいくら》のフレンチ・レストランで食事をしながら三時間以上店のシステムづく

りについて話し合った。二人とも店は未経験である。しかし話はつきなかった。あとは実行あるのみであった。

翌日からマリアと今日子は精力的に行動した。大久保に住んでいる今日子は昼過ぎに六本木の店でマリアと待ち合わせ、その日の計画を練って行動した。店の改装は十二日で完了し、約千二百万円かかったが、改装した店をあらためて見渡すとマリアがイメージしていた以上の店に変っていた。

「素晴しいわ」

今日子は感動していた。

フロアの中央の台座の上には直径五十センチもある鉄色をした素焼きの壺を置き、華道の師匠にきてもらって色とりどりの造花や枯木を大胆にいけてもらった。素焼きの壺は今日子が電話帳を調べて探し、青山で買い求めたものである。そして天井の三方向からライトを照らすと薄暗い空間に複雑な形でからんでいる造花が浮遊しているような幻想的な世界を創《つく》り出していた。「夢幻」という店名にふさわしい装飾だった。豪奢《ごうしゃ》なカウンターも店に奥行きのある空間を創造し、壁の二面に百号の抽象画を掛け、額縁の下からライトを照らすことで異空間を演出している。全体として個性的で見事なハーモニーによって格調高い店に仕上がっていた。マリアは満足した。

　面接は店で行った。落ち着いた格調高い店にきた応募者たちは、その雰囲気に呑まれて緊張した。一カ月で応募者は九十人に達し、その中からホステス二十人、チーフ一人、厨房一人、ウエイター二人、さらにバニーガール二人を採用した。バニーガールの採用は今日子の提案で急に決めたのである。応募者たちにはそれぞれ事情があり、支度金は一千万円に達した。マリアの手元に残っている運転資金は二百万円程度で薄氷を踏む思いだったが、マリアは悠然と構えてできることはすべてやり遂げようとした。

　開店一週間前、従業員全員を集めて、今日子が店の方針とシステムを細部にわたって説明した。髪を短く刈り上げ、黒のスーツに黒の蝶ネクタイを結び、男装している。面接のときはジーパンに革ジャンだった今日子が男装しているので従業員たちは一様に驚いた。男装している今日子の姿に厳しさが宿っていた。

「開店日はいよいよ一週間後に迫りました。ママとわたしは一カ月をかけて百三十人の中からあなたたちを選びました。店にとってあなたたちはえりすぐりの兵士のようなものです」

　今日子は応募人数をオーバーに言って従業員たちの意識を高めようとした。

「これから店の方針とシステムについて説明します。店のシステムですが、広告で提示したようにホステスの基本時給は三千円です。厨房とウエイターの時給は勤務年数によって上乗せされますが、ホステスの場合はお客さまの人数によって変動します。つまり同伴の人数で時給も決まってきます。いまのところ三千円の方が十二人、五千円の方が五人、八千円の方が一人、一万円の方が二人いますが、これらの時給は当然変動します。時給一万円の方はこの先、一万五千円、二万円に増えることも可能ですし、逆に下がることもあります。またホステスには一カ月三人の同伴が義務づけられます。猶予期間は二カ月。二カ月たっても同伴できないときはペナルティとして時給が五百円下がります」

ホステスの間からざわめきが起こった。

今日子はざわめきを抑制して、

「これはどこの店でも行われています。うちの店だけではありません。そのかわり、お客さまを同伴した場合、同伴料として三千円、指名料として三千円、計六千円があなた方に払いもどされます」

と同伴がいかに収入増になるかを強調した。飴《あめ》と鞭《むち》の論理である。ホステスたちの表情が真剣になっている。

「月収百万円は難しくありません。あなた方の努力次第です。努力せずに高い収入を得ることはできないのです。努力せずに高い収入が得られるのなら、誰も努力しません。それから、お客さまの料金システムですが、九十分三万円です。そして九十分を三十分オーバーするごとに一万五千円加算されます。ボトルはカミュ一本三万円、同伴料は加算されませんが指名料は加算されます。九十分になると一応、お客さまに料金が追加されることをうながして下さい。追加料金を知らずに二時間、三時間いて料金の高さに驚かれるお客さまもいますので、そのへんは注意して下さい。高い料金に見合うようなサービスをお客さまに提供しなければなりません。お客さまにとって『夢幻』はステータスであり、会社の接待や社交の場として一流であるという意識をあなた方自身が持つようにして下さい。『夢幻』は超一流をめざします」

「夢幻」は一流のクラブであるという自負心を従業員たちに持たせる必要があった。そのためには厳格なシステムと信頼関係を築かなければならない。

毅然とした態度で店の方針とシステムを述べている今日子をマリアは冷静に観察していた。そして今日子をマネージャーに採用したのは正しかったと思った。

「それでは明日から開店日までの日程を言います。さやかと弓子はわたしと会社訪問をします。もちろん飛び込みです。田崎チーフと尚子も会社訪問をして下さい。麻果とウエイターの関谷君は新橋でチラシを配って下さい。厨房担当の柏木チーフと真紀は六本木交差点でチラシを配って下さい。その他の方も二人一組になって新宿・渋谷・赤坂でチラシを配って下さい。一日二時間、昼食時間が狙い目です。時給四千円支給します。名刺ができていますので、これから名前を呼びます。チラシは店で渡しますので、明日午前十時にはいったん店に集まって下さい」

今日子は従業員たちの名前を呼び名刺を渡していった。厳しいノルマを課せられて従業員たちの中には戸惑っている者もいた。しかし今日子の強い意志に引きずられるように従業員たちは従った。解散したあとマリアと今日子と田崎チーフは残り、開店までの計画を綿密に話し合った。

翌日マリアは六本木にあるK銀行に普通預金口座を開設した。そして毎日の売上げ金の集金を依頼した。

今日子はかつてテレビの制作会社に勤めていたときに出入りしたことのあるテレビ局や芸能プロダクションを精力的に訪問して回った。田崎チーフも若くて美人の尚子と優をともなって飛び込みで会社を訪問した。その他の従業員たちも街角でチラシを配り、店にもどってきて、その日の状況を報告した。はたして客はくるのかこないのか、開店してみなければわからない。できることはすべてやりつくし、マリアは開店の日を待った。

開店の日は全員午後五時出勤を命じられていた。集合した従業員を前に今日子はこまごまとした指示を与え、最後にマリアが挨拶した。

「みなさん本当にご苦労さまでした。みなさんの努力が実ることを信じています。これまでは前哨戦《ぜんしょうせん》にすぎません。今日から長い闘いがはじまるのです。わたしは身の引きしまる思いです。クラブ『夢幻』が成功するのか失敗に終るのかは、今後二、三カ月にかかっています。六本木は激戦区です。その中で生き残るためにはみなさんの努力と協力が不可欠です。わたしは若輩者ですが、ママとして経営者として全力をつくし、みなさんが誇りを持てる店にしたいと思っています。クラブ『夢幻』はわたしの夢であり、みなさんの夢です。みなさんが『夢幻』から大きくはばたいていくことを願っています」

淡々とした挨拶だったが、マリアの思いがこもっていた。

玄関には開店祝いの花が飾られ、塩が盛られた。ホステスたちは十八歳から二十五歳までの美人がそろっていた。二人のバニーガールは背が高く網タイツが似合っていた。チーフは黒のスーツにワイン色の蝶ネクタイを結んでいたが、二人のウエイターは白いドレスシャツに襟なしのグレーのジャケットを着て黒のズボンをはいている。役割を明確にするためである。厨房を担当している柏木チーフは乾き物以外に一口料理を工夫していた。

六時に開店してから八時まで客は一人もこなかった。今日子の顔に焦りと疲労の色が浮かんでいた。与えられた位置についている従業員たちにも不安がひろがっている。田崎チーフは待ちきれず様子を見るために二、三回外へ出てはもどってきて口をへの字に曲げて空《くう》を睨んでいた。

「そんな顔をしていたら、お客さまが逃げてしまいますよ。もっとリラックスしてお客さまを迎えましょ」

とマリアが言った。

店内には有線のジャズが小さな音で流れているが不安と緊張感で異様な静けさに包まれているかのようだった。

八時三十分頃、三人の客が入ってきた。待機していたホステスたちがいっせいに、

「いらっしゃいませ!」

と黄色い声で客を迎えた。

続いて四人の客が入ってきた。店内はいっきに活気づいた。開店一週間はボトル一本が無料になっている。ボトルをキープさせてつぎにつなげようという作戦である。そして十時半には満席に近い状態になっていた。

午前零時過ぎにバー「キャプテン」のママが二人の客をともなって店にきた。

「きてくれると思ってました」

マリアは声をはずませた。

「凄いわね。満席じゃない」

豪華で格調高いひろびろとした店の造りに目を見張り、

「素晴しいお店ね」

と感嘆の声をあげた。

「ありがとうございます。苦心したかいがありました」

マリアは何よりもその言葉が嬉しかった。

マネージャーの今日子を紹介すると一分の隙もない男装の今日子のもてなしにママは感心して、

「いいスタッフがそろってるわね。あなたはたいしたものよ」

とマリアを褒めたたえた。二十二歳の若さで人を見抜く力を持っているマリアの慧眼《けいがん》に、ただ者ではないとママは思った。

「六本木にこれだけのお店は二、三店しかないわね。これからが大変だと思うわ。お客さんも女の子も気まぐれだから」

「キャプテン」のママは自分の体験を振り返って言った。

この世界で生き残るためには強力なパトロンが必要だった。「キャプテン」のママはマリアの背後に強力なパトロンがついていると思っているらしかった。そうでなければ、二十二歳の若さで数千万円の資金をつぎ込み、店を維持できるわけがないのだ。

「いい店だ。女の子も若くて美人で、きびきびしてる。またきたくなる」

「キャプテン」のママと一緒にきていた客の一人が通り過ぎて行くバニーガールの網タイツ

の脚線に目を奪われていた。

「あら、わたしの店にはきてくれないの？」

「キャプテン」のママは嫉妬でもするように言った。

「そうひがむな。おれたちがこれるのは年に一度か二度だよ。おれたちには『キャプテン』が手頃だ」

もう一人の客が「キャプテン」のママを安堵《あんど》させるように言った。

満席に近い店に一人の小柄な男が入ってきた。ざわめきと笑い声と紫煙にけむっている賑かな雰囲気に圧倒されて立ちすくんでいる。

「お一人さまでしょうか」

マネージャーの今日子が訊いた。

「そうだ」

男装のマネージャーに男はひるんでいた。

柳瀬社長だった。

「少しお待ち下さい。席をつくります」

マネージャーの今日子は店内を見渡し、

「奥の席になりますが、いいでしょうか」

と訊いた。

柳瀬社長が頷くとマネージャーは奥のテーブルで飲んでいる客に少し座席を詰めてもらい、そこに柳瀬社長を座らせて、すぐに女の子をつけた。

「柳瀬というものだ。ママを呼んでほしい」

と柳瀬社長が言った。

「かしこまりました」

マネージャーの今日子は一礼して引き下がり、「キャプテン」のママの席にいるマリアに柳瀬社長がきていると耳打ちした。マリアの顔色が変った。開店日に柳瀬社長が様子を見にくるのではないかと思っていたが、やはり店の閉店時間近くになって現れたのだ。マリアの表情の変化に気付いた「キャプテン」のママは、その視線の先にホステスから水割りを作ってもらっている柳瀬社長のどこか落ちぶれて委縮している姿を見て、

「きたのね、あの馬鹿が」

と嘲弄《ちょうろう》するように言った。

「ちょっと行ってきます」

マリアが席を立とうとすると、

「甘い顔を見せては駄目よ。どうせろくな話じゃないんだから」

と「キャプテン」のママは言った。

「わかってます」

「キャプテン」のママの援護が心強かった。柳瀬社長の席に行くとホステスが席を譲って立った。その譲られた席に座って、

「いらっしゃいませ」

とマリアは落ち着きのある声で挨拶した。

「満席じゃないか。たいしたもんだ。この中にパトロンはいるのか」

悪意にも似た言葉だった。

「いいえ、そんな人はいません」

マリアは冷静に答えて、

「おかげさまで、やっと開店にこぎつけました」

と微笑した。

「君に頼みがある。あと一千万円貸してくれ」

満席の店の中で藪《やぶ》から棒に、繁盛しているのを妬《ねた》むように、そして深刻そうな表情で言った。

「そんなお金はありません」

マリアは姿勢を正して断った。

「金がない？　これだけの店を開店しているのに一千万円の金がないと言うのか」

「開店資金にすべてのお金を使いました。かりにお金があったとしても、社長にお金を貸すいわれはありません」

「なんだと、誰のおかげでこの店が出せたと思うんだ。人の弱みにつけ込みタダ同然でわたしからこの店を奪ったくせに、えらそうな口をきくんじゃない。わたしはあと一千万円もらう権利がある。一千万円出せないなら、すぐにこの店から出て行け！」

柳瀬社長は店の客の耳目を集めるように声を荒だてた。

「帰って下さい！」

マリアは立ち上がった。

「おまえこそ帰れ、この店はわたしの店だ！」

突然の騒動に客たちが動揺している。

見かねた「キャプテン」のママがきて、

「どういうつもりか知らないけど、お店の中で声を荒だてるのはやめなさい」

と厳しい口調で言った。

「おまえはひっ込んでろ。関係ない」

と柳瀬社長が言った。

「関係あるわよ。わたしはお金を払って飲んでいるこの店の客の一人なのよ。あんたのような無粋な客には黙ってられない。帰りなさい！」

「キャプテン」のママは入口のドアを指差して命令調で言った。

「何をぬかすか、この売女！」

「なんですって、このロリコンおやじが！」

怒り心頭に発した「キャプテン」のママはテーブルの上のデカンタに入った水を柳瀬社長の頭に浴びせた。ずぶ濡れになった柳瀬社長が「キャプテン」のママに摑みかかろうと立ち上がったとき、隣の席にいた客が柳瀬社長を押さえ込んだ。マネージャーとチーフ、二人のウエイターが素っ飛んできて柳瀬社長の両脇をかかえて外へ連れ出した。

「覚えておれ。裁判に訴えてやる」

店の従業員や客からはじき出された柳瀬社長は悔しまぎれに言った。

「どうぞ、ご勝手に。いつでも受けて立ちます。もう二度と店にはこないで下さい。このつぎは家宅侵入罪で警察に訴えます」

男装の今日子は柳瀬社長の前に立ちはだかった。チーフと二人のウエイターも守りを固めて柳瀬社長のつぎなる行動をはばもうと構えていた。勝目がないと思ったのか、柳瀬社長はすごすごとエレベーターに乗って帰った。

「お騒がせして申しわけありません。お詫びに、今夜のお代金は、店のおごりにさせていただきます」

マリアは深々と頭を下げて言った。

「よお！　ママ！　恰好いいぞ！」

客の中から掛け声があがった。

「太っ腹ね」

「キャプテン」のママは憎らしいほどの演出に感心して、

「これであなたのファンが増えるわね」

と言った。

「これも開店祝いのサービスですから」

思わぬ出来事を逆手に取って、マリアは赤字を覚悟でサービスしたのである。だが、柳瀬社長が明日また店にくるかもしれないと思うと安心していられなかった。逆恨みとはこのことだろう。店の権利はすでに阿部圭子名義になっており、柳瀬社長が異議をとなえることはできないはずだった。それを知りながら店にきて無理難題をふっかけたのは、よほど金策に窮しているのだろう。会社の金を使い込んでいるにちがいないのだ。あるいはマリアから受取った金を会社で使い込んだ金の穴埋めにして妻の定期預金を返済していないのかもしれない。いずれにしてもマリアとは関係のない話であった。

店が終ったのは午前二時であった。この日に備えて地道に準備してきた努力が一定の効果をもたらしたと思われた。しかし、あと二日間は従業員たちが外回りや街頭でチラシを配り、客の勧誘を続けることになっている。開店日の緊張感もあって従業員は疲れていたが、マネージャーの今日子は、

「あと二日、みんなで外回りとチラシ配り、お客さまの勧誘に努めて下さい。今日はハプニングがありましたが、こういうトラブルは今後もあると思います。この世界でトラブルはつきものです。お客さまはみな酒を飲んでいるのですから、ちょっとしたことで機嫌をそこねたりすることもあります。店としては厳格にお客さまを選別していきますが、みなさんはあくまで愛想よく振る舞って下さい。それがプロですから。それでは明日五時からミーティングがありますから、よろしくお願いします」

と総括した。

マネージャーの総括が終ると、田崎チーフが従業員たちにタクシー代を渡した。タクシー代をもらったホステスたちはあわただしく帰って行った。ホステスたちが帰ったあとマリアと今日子と田崎チーフが残って売上げ金を計算した。柳瀬社長の闖入《ちんにゅう》があって、お詫びの印

にそのあとの飲食代を店が持つことにしたので赤字になるだろうと覚悟していたが、計算してみると二百万円をこしていた。人件費・家賃・光熱費・その他の雑費などの必要経費は一日に百万円程度である。

「大成功ね」

マリアは満面の笑みを浮べた。

「とにかく一日百五十万の売上げを堅持できれば、この店に投資した資金は半年で回収できます」

マネージャーの今日子は希望に胸を大きくふくらませた。

「三カ月もあれば客は入れ替ってきます。新しい客をいかに開拓するかです。そのためには店に特徴が必要です」

田崎チーフは二十八歳の若さだが、この道十年のキャリアを持っている。

「特徴？」

マリアは田崎の意見に注目した。

「会員制です。玄関ドアに会員制の標識をかかげるのではなく、ホステスが会員制の特典を説明して会員になってもらうのです。もちろんお客さま各位に会員制の説明書を送りますし、会員になっていただいたお客さまには会員カードを発行します。たとえば会員は二割引きにするとか、会員を増やしたホステスには一人につき二万円加算するとか、その他、好みのブランデーやウイスキーやバーボンも指定できるようにします。八人以上の団体や午後三時から五時までのパーティも可能です。店をめいっぱい使い、回転数を増やすのです」

アイディアとしては悪くないが、それは実質的な値下げになるのではないかと今日子は懸念した。

「表向きはいまの値段ですから高級クラブのイメージは保てます。そして会員であるということがお客さまにとってステータスにもなり、安く飲めてきやすくなると思います。また店が混んでくるとお客さまをカウンターで待たせたり、あるいはカウンターで飲みたいお客さまもいますから、ソファにいるお客さまより安くすれば不公平感がなくなります。カウンターのお客さまはホステスの接待時間も短く、場合によってはホステスがつかないこともあります」

大胆な提案である。だが、検討してみる価値はあった。

「そうね……悪くないアイディアだとは思うけど、複雑になるわね」

マリアは考え込んだ。

「その分、一人か二人、人が必要になるわ。経費もかさむし、当分はいまの状態でいきましょ。二、三カ月様子を見て、もし売上げが落ちるようだったら、対策を考えましょう。すべり出しはいいのですから、システムはまだあまりいじらない方がいいと思う」

田崎チーフのアイディアを評価しながら今日子は時期尚早であると判断した。

つぎの日、マリアは午後四時に出勤した。K銀行が集金にくるからであった。

昨日の売上げ金の二百万円を渡すと、

「凄いですね」

と三十代の行員が驚いていた。

「あつかましいお願いですが、店の従業員の方々の預金も、わたしどもの銀行とお取引願えればありがたいのですが……」

一緒にきていた上司の行員がマリアの顔色をうかがった。

「わたしからは言えません。一度飲みにいらして、彼女たちにお訊きになってみてはいかがですか」

マリアは間接的に来店をすすめた。お互いが取引先になろうというわけである。

「いやあ、こちらのような高級クラブに、わたしどものような一介のサラリーマンは無理です」

上司の行員は逃げ腰になった。

「お得意さまのご接待に、ぜひご利用下さい」

マリアは商売気たっぷりに言った。

藪蛇《やぶへび》になった二人の行員は売上げ金を受取って早々に引き揚げた。

開店日から店の売上げは順調だった。マネージャーの今日子と田崎チーフはマリアをしっかりガードし、客の要求に敏感に反応し、ホステスたちの接客態度を注意深く見ていた。マリアもママとしての威厳と思いやりをできる限り体現しようと努めた。だがマリアの不安が払拭される日はなかった。

9

　帝国ホテルの一室に宿泊している貴子は毎日、無為に過ごしていた。食事はホテルのレストランや銀座で外食していた。毎晩、深夜までテレビを観ながら部屋の小さな冷蔵庫に入っている缶ビールを飲み、足りないときは小瓶のウイスキーやバーボンを飲んでいた。深夜の二時、三時、ときには明け方までテレビを観ているせいもあるが、ほとんど毎日、二日酔い状態であった。ベッドの上で目覚めた貴子はカーテンを閉めきった薄暗い部屋の天井をぼんやり眺めながら、今日は何日の何曜日なのかわからなくなっていた。今日が何日の何曜日なのかを知る必要などなかったのである。一日は二十四時間で昼と夜に分かれているが、貴子にとって一日が二十四時間である必要もなく、昼と夜を分けて考える必要もなかった。時間はサイドテーブルの上に置いてある時計の針が回転している三百六十度の範囲からはみ出すことはないのである。ぐるぐる回転している時計の針は時間を刻んでいるのではなく、同じところを回っているにすぎないのだ。

拘置所を出てから二カ月近くになるが、貴子は自分のなすべきことについて考えれば考えるほど頭が混乱してくるのだった。いまさら本名を名乗ったところでなんになるだろう。本名を名乗ることは母親に対する反抗であり、父親に対する抵抗である。だが、韓国人の父と日本人の母の間に生れたことに変りはなく、本名を名乗ることで、そのことを否定はできないのであった。

問題はこの社会が、世間の目が貴子を日本人とみなさず、韓国人として差別することである。いまどき韓国人と日本人の間に生れたハーフを差別する者などいないというのは嘘なのだ。そう言う人間に限って心のどこかで無意識に差別しているのだ。

いま振り返ってみると、貴子がまだ自分がハーフであることを知らないとき、友達が会話の中で韓国人を嘲笑《あざわら》い、軽蔑していたのを思い出す。そして自分も友達と一緒に嘲笑《ちょうしょう》していたのだった。それは自分で自分を嘲笑っているのと同じであった。ハーフであることを知らなかったとはいえ、人間の心の奥にひそんでいる差別の恐ろしさを思い知らされる。貴子がハーフであることを知ったとたんに、手のひらを返すように婚約を破棄した宮内光彦は例外だろうか。宮内光彦が貴子を愛していなかったといえばそれまでだが、すくなくとも貴子は宮内光彦を愛していると思っていた。体を許し、愛をわかち合っていたはずの男が豹変《ひょうへん》するのはよくある話である。しかし、そうした一般論で割り切れるものではなかった。無知だった貴子は差別という歴史の巨大な暗渠《あんきょ》をのぞき込んでわけもわからず慄然としている自分の姿が滑稽に思えた。

確かなものは何もない。わたしがわたしであることが、どうしてこんなにも苦しいのか。誰でもないわたしはいったい誰なのか。貴子は拘置所にいる間も、そして拘置所を出てホテル住まいをするようになってからも、ずっと問い続けてきたが、わかったのは答えがないということだった。答えのない問いほど空しいものはない。試しに通りすがりの人にわたしは誰でしょうかと訊いてみようか。たぶん笑われるにちがいない。

宮内光彦に婚約を破棄され、自分がハーフとわかったとき、貴子は自暴自棄になって六本木のディスコで手当り次第に男を漁っていた。ホテルはむろんのこと、車の中やベランダや建物の陰やトイレの中でセックスをしていた。三、四人に輪姦されたこともある。噂は噂を呼び、いつしか貴子は周囲の者から「共同便所」と呼ばれるようになっていた。破滅してしまいたいという衝動が貴子をセックスにかりたてていた。だが破滅するためにはさらに大きなエネルギーがいるのだった。貴子にとってセックスは一過性の快楽でしかなく、貴子の孤独を癒《いや》してくれはしなかった。

部屋の中には衝動買いしたブランドもののバッグや靴や洋服が袋に入ったまま放置されて溢れていた。一度も使っていないのである。買っても買っても何一つ満たされないのだ。

仕事に追われてくることができなかった木村が一カ月ぶりに貴子の部屋を訪れた。来訪の理由はカードの請求金額が二千万円を超えていたからである。毎日ホテルの清掃員が掃除をしているはずだが、その部屋が足の踏み場もないほど買い物袋で埋まっていた。

「なんだ、これは」

部屋の異様な光景に木村は言葉が続かなかった。袋はシールで閉じられたまま開封された形跡がない。その豪華なデザイン袋に印されているメーカー名を見ると一流のブランド品ばかりであった。

「使いもしない品物をこんなに買ってどうするつもりだ」

机の上には高級腕時計やダイヤのネックレスが五、六個、無造作に置かれている。

「買いたかったから買ったの」

貴子は悪びれる様子もなく言った。

「買いたかったから買った？　それだけか」

「そうよ。買いたかったの」

「なんのために買ったんだ。二カ月足らずで二千万円も使ってる。異常とは思わないのか」

「お父さんにはハシタ金でしょ」

「なんだと……」

「お母さんはヨーロッパを旅行しながら五百万、一千万の物を買い漁っていたけど、お父さんは何も言わなかったじゃない」

「それでおまえもお母さんの真似をするつもりなのか」

木村は愕然とした。妻の喜代子が高価な骨董《こっとう》品を買い漁っていたのは事実である。中にはピカソの贋作《がんさく》を七千万円で摑まされたこともある。それでも木村は文句を言わなかった。妻との間にいさかいを起こしたくなかったからである。それが裏目に出て離婚にいたったのだった。どんなに高価な買い物をしても妻の孤独は癒されなかったのだ。そして娘の貴子も母親と同じことをくり返そうとしている。

木村はドアを開けてブランド品の入っている袋をつぎつぎと外へ投げ出した。

「投げ出すがいいわ。みんな捨てたあと、わたしが屋上から飛び降りてやる！」

貴子は狂ったような目をして笑っていた。

「死にたいのか。死にたければ死ぬがいい。おまえの命だ。おまえは誰を苦しめたいのか知らないが、わたしは今日まで充分苦しんできた。このうえおまえのために苦しみたくない。おまえが死んでも悲しんでくれる者は誰もいない。おまえのことを覚えている者は誰もいない。おまえのことを覚えているのはおまえだけだ。苦しんだり悲しんだりできるのも生きている間だけだ。死ねば肉の塊りだ。殺された豚や牛と同じだ」

木村は貴子に酷薄な言葉を浴びせた。ベッドで煙草をふかしながらブランド品を投げている木村を見ていた貴子が、

「死んでやる！」

と叫んで窓の方へ走ろうとした。

「わたしのいないところで死ね」

と言って木村は貴子を抱きかかえて引きもどした。引き止められた貴子はベッドに海老のように背中を丸めて横たわり爪を噛んだ。

「おまえのようなわがままな人間には誰も同情してくれない」

「同情なんかいらないわ」

貴子は爪を噛みながら一点を凝視していた。

「だったら泣きごとを言うな。ブランド品を山のように買って、自分に言いわけするんじゃない。世の中には餓死する人間も大勢いる。飢えがどれほどつらいか。飢えがどれほど恐ろしいか。私が子供の頃、吹雪の日、二歳になる妹は母の背中で餓死した。隣村へ食べ物をもらいに行ったが断られて帰る途中だった」

米櫃《こめびつ》が底を突き、食べるものがなくなり、草や木の実を食べながら飢えをしのいでいたが、雪が降りだし、三日で一メートル以上積もった。母は決死の覚悟で隣村に住んでいる男を訪

ねることにしたのである。父は仕事を探しに行くと言って家族を置きざりにしたまま二、三年行方知れずになり、突然帰ってくると、今度は昼から酒びたりで、何かにつけて母と秀雄に暴力を振っていた。その後も父は仕事を探しに行くといって家を出たっきり一年以上帰ってこなかった。そんなとき隣村の男が米やじゃがいもを持って家に訪れ、いつしか母と男女の関係になったのである。男が持参してくるわずかな米やじゃがいもがいわば家族の命綱だった。

五日間、飢えを耐えしのんでいた母は意を決して隣村の男の家を訪ねることにした。吹雪の中を五キロ以上歩き、男の家にたどり着いた母は息子の秀雄に様子を見に行かせ、食べ物をめぐんでもらうよう因果を含めた。妻子のいる男に母は直接会って頼めなかったのだ。母は木陰から様子を見ていたが、哀願する秀雄は表に出てきた男から足蹴《あしげ》にされて追い返された。その帰り道、二歳の妹は母の背中で餓死したのだった。

わがままいっぱいに育った貴子に飢えがどれほどつらいか、どれほど恐ろしいかを説明しても、わかるはずもなかった。人間の不幸は過去の経験を伝えられないことである。木村は『おまえの罪はわたしの罪です』と言った母の言葉を思い出した。そうだとすれば貴子の不幸はわたしの責任だろうか。

帰るに帰れない木村は椅子に座って貴子の様子を見ていた。いま帰ると貴子は屋上から飛び降り自殺をしかねないのだった。

ノックの音が聞こえた。木村がドアを開けてみると、ホテルのアシスタント・マネージャー以下、二人の客室担当者と清掃担当者がブランド品の袋をいくつも持っていた。

「これはお客さまの物ではないでしょうか。清掃の者がこの部屋にあった袋だと言っています」

清掃担当の女が部屋の中をのぞいている。

「欲しい人がいればあげます。持っていって下さい」

木村はこともなげに言った。

「そのようなわけにはまいりません」

アシスタント・マネージャーは驚いて木村とベッドに寝そべっている貴子をしげしげと見つめた。

「娘には不要な物です。どうぞご遠慮なさらず持っていって下さい」

ブランド品の入った袋は三十点以上ある。中には一点百万円以上するドレスも入っていた。

「これも差しあげます。どうぞみなさんで分けて下さい」

木村はテーブルの上にあった高級腕時計やダイヤのネックレスを鷲掴みしてアシスタン

ト・マネージャーに手渡した。

アシスタント・マネージャーはどうしていいのか困惑していた。客室担当者たちも木村の気がしれず、狐につまれたような表情をしていた。

ベッドに寝そべっていた貴子がげらげら笑いだした。

「このつぎは、わたしの死体を引き取ってよ」

「死体を……？」

困りはてていたアシスタント・マネージャーが今度は顔をこわばらせた。

アシスタント・マネージャーは不可解な出来事を案じてブランド品の入った袋は当分保管しておくと言った。

木村がドアを閉めた。

「よくやるわね。せっかく集めたブランド品を」

笑っていた貴子は起き上がって煙草に火を点け、木村に向って煙を吐いた。

「このつぎは自分で稼いだ金で買うんだな」

「ソープで働けばいくらでも稼げるわ」

「なるほど。てっとり早い考えだ。死ぬよりはましだろう」

父子《おやこ》とは思えない会話だった。父子の間で、なぜこんな会話を交わしているのか。木村はわれながら情けないと自戒の念にかられた。

日本人が日本人であることを疑ったりはしない。貴子も自分が日本人であることに一点の疑いも持っていなかったのだ。それがある日、日本人ではないと否定されてショックを受けたのも無理はなかった。いわば自分の存在を否定されたのである。その貴子に父親として何ができるのか。

木村は椅子に座って脚を組み、煙草をふかしながら窓の外の風景を眺めていた。妻との口論ではいつも途中で仕事を口実にして逃げていたが、娘との口論で父親が逃げるわけにはいかなかった。いまここで逃げると貴子はますます暴走するにちがいない。窓から飛び降りようとしたが、目を離すと実際に飛び降りかねないのだ。かといって木村がいつまでも貴子を見張っているわけにもいかない。仕事に追われているが、木村は貴子が落ち着くのを待った。

「おまえは韓国人が嫌いか」

木村はなにげなく言った。

「嫌い。日本人も嫌い」

「しかし、おまえには韓国人と日本人の血が流れている。考えようによっては、おまえの知らない世界が見られるかもしれない」

「知らない世界って何よ。どうせろくな世界じゃないわ」

貴子は聞く耳を持たなかった。

「自分と向き合って正直に生きるのだ。わたしはこれまで自分と向き合って生きてこなかった。いつも自分を隠して生きてきた。わたしが生きてきた時代は、いまとはちがう。もちろんいまでも差別はあるが、その差別をはね返す時代の力がある。昔の在日韓国人は銀行取引をしても事業の拡張のための金を貸してもらえなかった。わたしの知っているある在日韓国人は理髪店の椅子を製造していて日本で三位を誇っていたが、売上げを伸ばすためにローンのシステムを導入したのだ。そのシステムが好評を得て売上げは伸びたが、銀行は資金を提供してくれなかった。結局、売上げが伸びれば伸びるほど資金繰りに行き詰まり黒字倒産した。本来ならその会社は大きく発展していたはずなのに、黒字倒産するとはあまりにも理不尽な話だ。

日本政府は一九七九年に国際人権規約を、一九八一年に難民条約を批准した。それまで日本政府はかたくななまでに人権規約と難民条約を拒み続けていたが、先進国からの強い圧力でしぶしぶ批准したのだ。人権規約と難民条約が批准される前は、在日外国人は公団へも、国民健康保険へも、国民年金へも入れなかったし、家のローンも組めなかった。『日本人に限る』という条件がついていたからだ。人権規約と難民条約が批准されてから、それらの条件は撤廃された。いま問題になっている指紋押捺《おうなつ》問題もそうだ。しかし、わたしはそれらを横目で見ながらやり過ごしてきたのだ。わたしは日本国籍だから、そうした問題とは関係ないと思っていた。しかし、そうではない。わたしは今日まで、ひたすら金儲けにだけ明け暮れていたが、おまえが苦しむのを見てから、わたしは間違っていたことに気づいた。わたしはもっと早く目覚めるべきだった。子供の頃からおまえに真実を伝えるべきだった。何人であれ人間としての誇りを持つよう教えるべきだった。

おまえが本名を名乗りたいと言ったとき、わたしは正直言って驚いた。しかし、おまえがそう望むなら、そうすればいい。本名を名乗ることで自分が取りもどせるなら、それがおまえの進む道かもしれない」

かなり飛躍した論理を使いながら、木村は在日韓国・朝鮮人の置かれている状況と日本国籍ではあるがハーフの貴子の立場を重ね合わせ、いまある自分の姿を見つめ直すよう訴えた。貴子には木村の言っていることが理解できなかった。人権規約とか難民条約という言葉は唐突であり、はじめて聞く言葉である。ただ父の木村が訴えようとしている熱意のようなものは伝わってきた。だが、貴子は、本名を名乗ることで自分を取りもどせるとは思っていなかった。本名を名乗ると言ったのは両親に対する反抗であり、離反していった友人を見返してやりたいという短絡的な発想であった。本名を名乗ったからといって友人を見返すことにはならないのだが、友人とのちがいをはっきりさせたいという思いがあった。

貴子はまだ何をしたいのかわからなかった。結婚して子供を産んで幸せな家庭を築きたいと思っていた。何不自由なく暮らしてきた貴子にとって宮内光彦からの婚約破棄は屈辱であるばかりでなく、人生を根底から崩される出来事であった。そのうえ両親の突然の離婚によって長年連れそってきた夫婦という絆のもろさを見せつけられた。結婚に対して幻滅はしないまでも、夢が遠のいたのは確かであった。

両親と一緒に暮らしていたときはほとんど話し合う機会もなく、あえて話す気にもならなかったが、いまこうして面と向って口論していると、父が身近に感じられた。父の妹が吹雪の中で餓死したという話を聞いたのははじめてである。たぶん母にも話していないことだった。しかし、貴子は餓死という言葉に反発を覚えた。そんなものは、これまで聞いたこともなければ見たこともない。餓死した人間が、この世に存在するとは思えなかった。何一つ自分から求めようとせずに贅沢な暮らしに明け暮れている貴子をいさめるための作り話にちがいないと思った。

椅子に座っていつまでも動こうとしない木村にいらだった貴子は、

「出掛けるわ」

とベッドから起きた。

「どこへ行く？」

木村は貴子の言動を見守った。

「ついてくる気？　誰かにわたしを監視させれば？」

父の木村を翻弄するように言った。

「今月中に港区のどこかにマンションを探しておく。いつまでもホテル暮らしはよくない。掃除・洗濯は自分でした方が生活に張りがある」

と木村が言った。

「残念でした。わたしは掃除・洗濯が大嫌いなの。でもマンションには移るわ」

木村の意見にことごとく反発しながらマンションに移ることには同意した。ホテル暮らしは便利だが、部屋を自分の趣味に合わせて使えないのが不満だった。好きな家具や装飾品に囲まれて暮らしていた貴子にとって、きまりきったホテルの部屋の構造は窮屈だったのである。

いましがた窓から飛び降りようとした態度とは打って変って、貴子は本来のわがままな姿にもどり、ショルダーバッグを肩に掛けて部屋を出た。木村は娘に振り回されて溜息《ためいき》をついた。

ホテルを出た貴子はいつものようにあてもなく銀座をぶらついていた。ブランドショップを見て回ったが買う気はなかった。高価なブランド品をドアの外へ投げ出す父の姿が何かしら哀れだった。そしてショーウィンドーに映っている自分の姿がみじめだったのだ。街はあわただしく暮れていく。通行人たちの足どりがせわしなく先を急いでいる。みんなはどこへ行くのだろう……？　それが貴子には不思議だった。車が渋滞している銀座界隈は、排気ガスの熱でいまにも爆発しそうであった。

貴子は喫茶店に入ってコーヒーとサンドイッチを注文した。暮れていく街の中を何組もの恋人たちが腕を組み、手をつないで楽しそうに歩いている。貴子も半年ほど前までは宮内光彦と腕を組んで銀座や原宿や青山界隈を歩いていたのだ。第三者から見れば幸せそうなカップルに映っただろう。だが、いまになって思うと宮内光彦を愛していると思ったのは幻想だった。婚約を破棄されたからではなく、人を愛することがどういうことなのか理解していなかったのだ。恋は盲目というが貴子は盲目になっていたわけではない。ただ結婚に憧れていたにすぎない。結婚すれば周囲の人々に祝福され、幸せになれると思っていたのだ。男と女の距離はなんと遠いのだろう。本当に愛し合える相手と出会うのは不可能に思えた。その気になれば明日にでも相手はいるだろう。男が女に求めるもの、それは性の一過性なのだ。貴子は相手かまわずセックスをした自分に吐き気がした。あの一瞬の快楽のあとの投げ出された肉体が味わう嫌悪と屈辱は深い穴に落ちていく感覚に似ている。

貴子はコーヒーを飲み、サンドイッチを食べて店を出た。薄暗くなった街には灯りがともっていた。貴子はタクシーに乗って狸穴《まみあな》坂上のソ連大使館の近くにあるスナック「テキサス」の前で降りた。スナック「テキサス」にくるのはほぼ半年ぶりだった。それまでは週に二、三回きていたが、宮内光彦から婚約を破棄され、友人たちの間に韓国人という噂がひろがって足が遠のいたのである。

店の看板に灯りが点いている。貴子は店のドアをゆっくり開けた。カウンターの中で四十歳になるマスターの樽井《たるい》達也が布巾でワイングラスを磨いていた。役者志望の紺野章は拭き掃除をしている。二十八歳になるアルバイトの紺野章は年に一度何かの芝居に出る程度だった。

店に入ってきた貴子に二人の視線は同時に動いた。

「貴子、久しぶりだな」

マスターはワイングラスを磨いていた手を止めてグレーのセーターにジーパンとスニーカーをはいている素顔の貴子を見て言った。

「お久しぶり」

貴子はほんの少し唇を歪めてほほえんだ。

長い髪をゴムで後ろに束ね、化粧をしていない貴子を見るのははじめてだったので、マスターは別人に間違えるところだった。

「少しやつれたようだな」

マスターはグラスとビールを出しながら言った。貴子は病みあがりのような血色のよくない顔をしていた。

「ええ、いろいろあって。マスターも噂は聞いてるでしょ」

マスターにつがれたビールをひと口飲んで貴子は言った。

「まあね。しかし噂ってやつは無責任だから、気にすることはない。酒のつまみにしてるだけさ」

「そうね、わたしも以前はいろんな噂をしてた。酒のつまみに」

カントリー&ウエスタンの音楽が流れ、壁には模造の拳銃やウインチェスター銃やベルト、テンガロンハット、拍車のついた長靴、そして馬の鞍《くら》が飾ってある。マスターの樽井達也は二十歳のときカウボーイに憧れて単身アメリカのテキサスに渡り、三年間カウボーイの見習いのようなことをした経験がある。その後、アメリカ各地を放浪して三十歳で日本に帰ってきて親の遺産を相続し、スナック「テキサス」を開店したのだ。一度結婚したが四年前に離婚している。

貴子はつがれたビールを飲み、煙草に火を点けて脚を組むと拭き掃除をしている紺野に、

「芝居はやっているの？」

と訊いた。

「いや、どこからも声が掛からない」

紺野は屈託のない微笑を浮べた。

「貴子さんは少し変ったね。化粧してないせいかな」

と紺野が言った。

「わたし、変った？」

貴子は自分の顔を想像した。

「前より大人になった感じがする」

マスターが言った。

「そうかしら。化粧をしてないせいだわ。このところ顔の手入れをしてないので肌が荒れて老けて見られるのよ。化粧するのが面倒なの」

自分では前より大人になったとは思えなかった。むしろいじけて内向的になっているところが大人になったような印象を与えるのだろう。しかし、以前とはちがう世界をかい間見たのも確かだった。人の心の奥をのぞくと同時に自分の心の奥をも暴かれたような気がする。

「麗子はくるの？」

　貴子と麗子は大学時代からの親友である。二人はいつも一緒にショッピングをしたり、食事をしたりしていたが、貴子が自分の素性を告白してから一度も会っていなかった。麗子は貴子を避けているとしか思えないのだった。

「麗子はデザインの勉強をしたいと言って一カ月前、ニューヨークに行ったよ」

　マスターが寂しそうに言った。

「そう……思いきりがいいわね。麗子ならきっと立派なデザイナーになれると思うわ」

　貴子は羨《うらや》ましそうに言った。

「さあ、どうだか。麗子は目移りする性格だから、半年もすると帰ってくるんじゃないかな」

　マスターと麗子は恋人関係だった。その関係を断ち切って麗子はニューヨークへ行ったのだ。『思いきりがいいわね』と言ったのには、そのことも含まれていた。

「マスターにお願いがあるんだけど」

　貴子は遠慮がちに言った。

「なに？」

「わたしを店で使ってくれないかしら」

「君を……冗談だろう。君のようなお嬢さんが、どうしてこんな店で働きたいんだ」

貴子の気まぐれな性格を知っているマスターの樽井は軽い冗談のように受取った。

「一人で暮らすことになるから働きたいんです。いままでは親に頼ってきたけど、いつまでも親に頼っていられないし、といって私のような世間知らずが知らないところで働いても、たぶん勤まらないと思うんです。それで多少気ごころのしれたマスターのもとでなら、そのうち働くことにも慣れてくるのではないかと思って……」

真顔で言う貴子の意外な言葉にマスターも考え込んだ。貴子の噂を聞いているだけに精神的なつながりを求めているのだろうと思った。

「人手は必要なことは必要なんだが……」

とマスターは言葉を濁した。

「駄目かしら」

貴子は断られるのを不安がった。

「わかった」

マスターは快諾してくれた。

「ありがとう。明日から働きます」

貴子はほっとした表情になった。

「女の子がいるといないとでは店の雰囲気がちがうんだよな。男二人だと、なんとなくむさ苦しくて」

明日から貴子が働いてくれると、その分楽になるので紺野は喜んでいた。

貴子は働くことになったが、疎遠になっている友達が飲みにきたとき、できるだけ自然に振る舞おうと考えた。彼らはたぶん驚くにちがいないが、別の自分を見てほしいと思った。

三人の客が入ってきた。貴子も何度か会ったことのある常連客である。

「いらっしゃい」

とマスターが言った。

三人の客は右端のテーブルに着いた。

マスターがキープしているウイスキーとグラスと水と氷を用意した。それを紺野がテーブルに運び一人ひとりに水割りを作って差し出した。

続いて女性二人と男性二人の客が入ってきた。四人の客は左端のテーブルに着いた。たて続けに七人の客が入ってきたのでマスターと紺野は対応に追われた。カウンターの隅にいた貴子はトレーにビール二本とグラス四つを載せて四人のテーブルに運んだ。この店に馴染んでいる貴子の動きはまるで以前から勤めているかのように自然だった。

マスターがカウンターから出て客席に行くと紺野がカウンターに入った。客の相手をするのは主にマスターの役割だったが、別に役割分担が決まっているわけではない。そのときの店の状態でマスターも紺野もカウンターを出たり入ったりしている。少し混んでくるとマスターと紺野の二人だけではかなり無理があった。貴子は積極的に手伝った。

顔見知りの客から、

「店を手伝ってるの？」

と聞かれて、

「ええ、今日から手伝ってます」

と貴子は答えた。

貴子は客の視線や言葉にこだわっていたが、客の中で貴子の噂を気にしている者はいなかった。一人で飲みにきている客はカウンターのとまり木に座って飲んでいたが、

「やあ、久しぶり」

と言って以前と同じように貴子に挨拶し話しかけてきた。

店が終ってみると午前二時だった。その間、貴子はほとんど立ちっぱなしだった。これまで働いたことのない貴子はさすがに疲れてとまり木に腰を下ろし、煙草を吸った。

「ご苦労さん。手伝ってくれて助かったよ」

マスターは貴子をねぎらった。

「いつもは暇なんだけど、今日は忙しかった。煙草を吸う時間もなかったよ」

洗い物をしていた紺野が腰を伸ばし、濡れている手をタオルで拭くと煙草に火を点けて一服した。

「明日から午後五時に出勤してくれ。テーブルの拭き掃除とかトイレの掃除があるから」

とマスターが言った。

「トイレ掃除もするんですか？」

貴子は眉をひそめた。

「当り前だよ。トイレは清潔にしておかないと。君も汚いトイレには入りたくないだろう」

それはそうだが、まさか自分がトイレ掃除をさせられるとは思っていなかったのだ。

店の二階はマスターの部屋になっている。以前、貴子は店で酔い潰れてマスターの部屋に泊めてもらったことがある。マスターは貴子を抱こうと思えば抱けたはずだが、酔い潰れた女を抱くのは、おれの趣味ではないと言った。麗子と恋人関係だったマスターは貴子を抱いて三角関係になるのを避けたのかもしれない。コーヒーとハムエッグをご馳走になって昼過ぎにマスターの部屋を出た貴子と入れちがいに麗子がやってきたのである。危うく鉢合わせするところだった。しかし、麗子はデザインの勉強のためにニューヨークへ行ったという。マスターは捨てられたのだ。

ホテルに帰った貴子は後悔した。働くことがこんなに疲れるとは思わなかった。立ちっぱなしだった足がむくみ、ほてっている。しかし、いまさら辞めたいとは言えない。一日で音をあげたら、みんなの笑いものにされるだろう。辞めるにしても数カ月は勤めて認められる必要があった。

本名を名乗りたいと宣言したのは、とりもなおさず自立を意味していた。その自立の意志が早くもくじけそうになっている。あまりにも脆弱な自分に貴子は生きていても仕方がないように思えた。自分のような人間はこの世に存在しようがしまいがなんの関係もないのだと思った。死にたくはないが、生きたくもなかった。誰も自分に気付かないし、認めてくれない以上、存在しないも同然だった。自分の存在を明らかにするために本名を名乗りたいと考えたが、本名を名乗ることで自分の存在が認められるだろうか。むしろ、新たな差別に晒されるだけではないのか。それが怖かった。よくよく考えてみると、韓国人の父と日本人の母から生れたからといって本名を名乗る必然性がどこにあるのか。

寝つかれない夜を過ごした貴子は、翌日、渋谷からバスに乗り、漫然とした気持で世田谷区役所を訪ねた。広い区役所内を見回し、氏《うじ》の変更をあつかっている係を探した。しかし、どの係なのか見当がつかなかった。住所変更、婚姻届、戸籍謄本、住民票などの係を見て回ったが、氏の変更をあつかっているのかどうかわからない。そして外国人登録という標識を見て貴子はなぜかどきっとした。区役所に外国人登録係があるとは知らなかったのだ。いったい何をする係だろう。

　外国人登録係の前では数人の男女が書類手続きをしている。見た目にはほとんど日本人と変らないが、外国人登録係の前にいるだけで日本人とちがうように見えるのだった。父の木村は外見上、日本人とまったく変らないし、日本語にも訛りがない。だが、韓国人の血が流れているのだ。そして貴子の体にも韓国人の血が半分流れている。貴子は外国人登録係に近づくのを避けた。何か危険な感じがした。目に見えない巨大な壁が立ちはだかっているようだった。貴子は逃げるように区役所を出た。太陽の光にくらくらして鼓動が高鳴っていた。本名を名乗ろうと決心したものの、貴子は早くも挫折感を味わっていた。

　夕方、貴子はスナック「テキサス」に出勤して生れてはじめてトイレ掃除をした。それほど汚れているわけではなかったが、しゃがみ込んで便器を拭いているとき吐き気がした。トイレは汚いものと思い込んでいる意識が貴子の生理的な不潔感を刺激し、吐きそうになったのである。貴子は唇の端に唾液の糸を引きながら呼吸を整えて水を流した。そうだ、わたしがトイレを不潔なものと思っているように、日本人も韓国人を不潔な存在と思っているのだ。長い間、貴子自身もそう思っていたのだった。誰かに教わったわけでもないのに、在日コリアンの問題がメディアで報道されると友達の間で在日コリアンを軽蔑するような会話が続いた。貴子もその中の一人だった。そして自分がハーフであることを知ったとき、そうした意識は音をたてて崩れた。

「いまどき差別なんかないわよ」

悩んだ末、親友の麗子に出自を告白すると、麗子は一笑に付した。しかし、その後、麗子から電話は掛かってこなかった。

人間の存在ほどもろいものはない。誰かを、何かを信じたかったが、信じるに足るものは何もなかった。世の中についてあまりにも無知だった自分を悔やんだが、それにもまして無力感に打ちひしがれ一歩も動けないのだった。区役所の外国人登録係とはいったいなんだろう？　もし本名を名乗るようになれば自分も外国人になるのだろうか？

その日、店が終ってあと片づけをしたあと、貴子はカウンターでビールを飲みながらもの思いにふけっていた。

「じゃあ、お先に……」

紺野は先に帰ったが、貴子は残っていた。

「どうしたんだ？　今日は元気がないな」

マスターが隣に座って自分もビールを飲みながら、いつもとはちがう貴子の様子を気にして訊いた。

「マスターに弁護士の知り合いはいないかしら」

貴子は真剣な表情で訊いた。

「弁護士？　いることはいる。最近、あまり顔を見せないが、以前は月に一、二度きていた重田という弁護士がいる。貴子も会ってるはずだ」

「わたしが？……覚えてないわ」

「会えば思い出すと思う。四十五、六になる重田隆夫という男だ。いつも一人できてカウンターの隅で飲んでいた」

貴子は思い出そうとしたが思い出せなかった。その頃の貴子は三、四人の友達ときて、賑かに飲んでいたので、カウンターの隅で飲んでいる客など覚えていなかった。

「探せば名刺があると思うが、何を頼みたいんだ」

貴子は言いにくそうに口をつぐんだ。どうやら迷っているらしかった。

貴子が言いだす。

「わたし、本名を名乗りたいと考えているんです」

「本名を……？」

「ええ……今日の昼、区役所へ行ってみたんだけど、どの係に行って何をどう話せばいいのかわからなくて。区役所には生れてはじめて行ったんです。自分が情けなくて……」

貴子はうつむきかげんになって煙草をふかした。

「貴子は神経質になりすぎている。日本人だろうと韓国人だろうと、何人だっていいじゃないか。自分は自分だ。おれは自分以外の何者でもない。貴子は貴子以外の何者でもないんだよ」

「わたしはマスターのように割り切れないの。自分がわからないのよ。自分に正直に生きようと思っても正直に生きられない。自分に納得できないから」

人間はこんなに変るものだろうか、とマスターは思った。半年前の貴子といまの貴子は別人のようだった。無邪気で華やかだった貴子が、陰気で神経質な女になっていた。肌の艶《つや》があせ、ぎすぎすしている。

「ちょっと待ってろ。名刺を探してくる」

マスターはいったん店を出て、横の階段を上がって部屋に行った。そして十分ほどでもどってきた。

「この名刺だ。事務所は神田にある。たぶん移転していないと思う」

マスターから見せられた重田隆夫弁護士の事務所の住所と電話番号を貴子は手帳にひかえた。

「世の中には偽名を使ってる人間がいくらでもいる。以前、店にきていた男が詐欺罪で逮捕されたことがあった。この店で逮捕されたんだ。いつも一人できて飲んでいた。川上と言っていたが、逮捕にきた刑事は矢城と呼んでいた。彼は矢城という名前を否定して、自分は守屋音二と主張していた。あとでおれも警察に呼ばれて刑事から聞かされたが、彼は子供の頃、実父の川上姓を名乗り、数年後、離婚した母親が再婚したので、再婚相手の矢城姓を名乗り、母親が急死したあと伯母に引き取られて今度は守屋と名乗っていた。それ以外にも十二、三の偽名を使っていたので、いつしか自分の本当の名前がわからなくなっていたそうだ。彼には名前など、どうでもよかったんだと思う。自分は自分であるということだけが真実だったんだ。だからといって貴子が本名を名乗りたいって気持を軽んじてるわけじゃない。名前にはその人間の人生が刻まれている。親や兄弟姉妹や親戚の歴史がある。つまり家系があるってわけだ。その家系を自慢する奴もいるが、たいがいはどこの馬の骨だかわからんさ。おれは両親の墓参りを一度もしたことがない。おれには子供がいないし、樽井家はおれの代で断絶だよ。名前は結局、そういうもんだ」

マスターは本名にこだわっている貴子のかたくなな気持を解きほぐすように言った。

「わたしは名前にこだわってるんじゃない。わたし自身にこだわってるの」

貴子は敵意にも似た目でマスターを見た。

「まあ、好きにすればいいさ」

思い詰めている貴子に、これ以上何を言っても無駄だと思ったマスターは表の灯りを消した。

翌日の午前中、貴子は重田隆夫弁護士に電話を入れた。

「はい、重田弁護士事務所です」

女性秘書と思われる。

「木村貴子と申します。重田先生にぜひご相談したいことがありまして……」

「木村貴子さま……？　どのようなご相談でしょうか」

貴子はちょっと言葉に詰まった。どう説明すればいいのかわからなかったのだ。

「あの……わたし名前を変えたいのです」

民事にもいろいろあるが氏名変更の相談はあまりない。

女性秘書はためらいがちに、

「氏名変更ですか、それは……」

と言いかけて、

「ちょっと待って下さい」

と女性秘書は重田弁護士と電話を代った。

「もしもし、電話を代りました。重田ですが」

落ち着いた声である。

「突然、すみません。スナック『テキサス』のマスターから紹介されて電話を掛けました」

突然の電話だが、紹介者がいることを強調した。

「『テキサス』……ああ、狸穴にある店ですね。最近、行ってないものだから。それで名前を変更したいとか」

「はい、わたしは日本人ですが、韓国名を名乗りたいのです」

日本人が日本の名前を別の日本名に変えるのではなく、韓国名に変えたいというのは複雑であった。

「うーむ、氏の変更ですね。とりあえずお会いして話をうかがいましょう」

この種の話には内面的な問題が複雑にからみ合い、屈折しているので、依頼人と直接会ってみなければ即答できないのである。

電話の感じでは渋っているように思えたが、貴子は弁護士事務所に行くことにした。ホテルの前に待機しているタクシーに乗って貴子は神田に向った。神田神保町交差点からすずらん通りへ入り、さらに狭い道路を二、三回曲った古い三階建てのビルの三階に重田弁護士事務所はあった。古びていることもあるが、ビル全体が薄暗く、あちこちの壁が剝げ落ちている。エレベーターがない。貴子は三階まで階段を昇った。

ドアをノックし、

「失礼します」

と事務所に入ると、メガネを掛けた四十歳くらいの女性秘書が、

「木村貴子さんですか」

と訊いた。

「はい、木村です」

貴子は遠慮がちに事務所の中を見回した。

机の上はむろんのこと、床にも書類や資料が山積みにされて空いている場所がなかった。かろうじて重田弁護士の机の前に来客用の椅子が一脚置いてあった。立派な書棚や重厚な机や豪華なソファがあり、秘書室は別にあると思っていたが、イメージとあまりにもちがいすぎるので貴子は弁護士の選択を間違えたと思った。

「どうぞお掛け下さい」

書類や資料に埋もれている感じの重田弁護士は柔和な表情で貴子に椅子をすすめた。貴子は折りたたみ式の椅子に腰を下ろし、早く切り上げたいと思っていた。

秘書がお茶をいれて机の上に置いた。

「あなたは『テキサス』にはよく行かれるのですか？」

大柄な重田弁護士は懐しむように訊いた。

「ええ、半年ほど前までは週に二、三回行ってました」

「わたしも以前は『テキサス』へ月に一、二度行ってましたが、もしかすると『テキサス』であなたと会ってるかもしれませんね」

「マスターにもそう言われましたが、わたしは憶えていませんでした」

「わたしはあなたと一、二度会ったような気がします」

会話の間、重田弁護士は貴子を観察していた。貴子はどことなく落ち着きのない虚ろな目をしている。

「ところであなたは日本名から韓国名に変更したいということですが、あなたの国籍はどちらですか？」

「日本国籍です」

「帰化したのですか」

「いいえ、韓国人だった父が母と一緒になるとき日本国籍を取得して母方の日本名を名乗るようになりました」

「なるほど、あなたは生れたときから日本国籍ですね」

「そうです」

「どうして日本名から韓国名に変更したいのか、そのへんの事情を聞かせてくれませんか」

書類の整理をしている秘書が聞き耳を立てている。

貴子は尋問されているような気がした。

どうして日本名から韓国名に変更しようと考えるようになったのか、それを説明するのはきわめて困難に思われた。言葉では説明できない感情の流露をどう説明すればいいのか。日本名からあえて韓国名に変更しなければならない必然性があるのかと問われると答えられる自信がないのだった。貴子は無意識にバッグから煙草を取り出しライターで火を点けた。重田弁護士は自分の灰皿を貴子の前に差し出した。

貴子は何から話せばいいのか、最初の言葉を探しあぐねていたが、ぽつり、ぽつりと語りだした。語っていくうちに貴子は混乱してきた。宮内光彦から婚約を破棄されたあと自暴自棄になって遊び回り、行きずりの男たちとセックスをくり返してきたふしだらな生活は日本名を韓国名に変更する理由にはならないだろう。けれども、それまで経験したことのない差別の眼差が貴子の内面を蝕《むしば》んだのも事実である。自らを暴くことが差別の本質を暴くことにつながるのだが、目に見えない差別を暴くことができるだろうか。貴子はまるで精神科医に過去のトラウマを吐露するような脈絡のない話をながながと続けた。話が前後し、両親との関係、友人との関係、衝動買いやセックスや趣味にいたるまで語った。

重田弁護士は黙って聞いていた。おどおどしながらも自分の内面を洗いざらい吐露してしまいたいという貴子の精神状態を理解しようとした。人間のこころの奥を理解するのは至難であるが、一人で悩み、迷路から抜け出せなくなることは危険だった。貴子はこころの奥深く迷い込み、抜け出せなくなっていた。

語り終えた貴子は自分が何を喋ったのかわからなくなっていた。支離滅裂なことを喋っていたのではないかと不安をつのらせていた。

「あなたと同じような悩みを持っている人は何人もいます。まったく同じではありませんが、共通点が一つあります。それは自分を取りもどしたいということです。わたしに言わせれば国籍は二義的な問題ですが、あなたにとって国籍は第一義的な問題になっています。日本国籍なのになぜ日本人から差別されるのかということですが、この問題は簡単ではありません。現在、あなたと似たような問題で裁判闘争をしている人が三人います。一人はダブルで小学校の教師をしている三十五歳の女性です。彼女は韓国人の父と日本人の母との間に生れましたが、父は死ぬまで本名を名乗らずに生きたのです。彼女は母の籍に入って日本人として育てられてきたのですが、韓国人の血が半分混じっていることがわかると周囲の日本人から差別されるのを恐れて韓国人であることを隠してきたのです。しかし、実際は母方の親戚から、ことあるごとに差別され、父方の親戚とはつき合うなと言われ、父方の親戚からも『あんたは日本人やからええねえ』と嫌味を言われていました。結局、彼女の父は韓国人であることを隠し続け、隠され続け、亡くなったとき、母方の親戚は誰一人出席しなかったのです。そのことが彼女に強いショックをもたらしました。なぜ父は本名を名乗れなかったのか。名乗ろうとしなかったのか。父の存在はなんだったのか。そして自分もまた父のように自分を隠し、隠されて生きていくしかないのか。そのことに大きな疑問を持ったのです。彼女が日本名から韓国名に変更しようと決意したのも、父の存在を明らかにし、自分の存在をも明らかにしようと思ったからです。そして彼女は自ら『呉恵子《オウヘジャ》』と名乗るようになったのです」

重田弁護士の話は貴子とほとんど重なっていた。世の中には自分と同じ境遇の人間がいるのだと思った。

貴子はしだいに重田弁護士の話を真剣な眼差で傾聴していた。

「彼女の戸籍、免許証、住民票、健康保険証などは日本名ですが、『呉恵子』という名前は彼女の周辺で認知されています。裁判ではここが重要なポイントになります。つまり日常生活の中で韓国名を使い、周囲の人たちに認知してもらうのです」

日常生活の中で韓国名を名乗れるだろうか。ただでさえ差別されているのに韓国名を名乗ると誰も相手にしてくれないのではないか。貴子は韓国名を名乗ったときの自分をイメージしてみた。だがイメージできなかった。

「李静男さんは九年前に結婚したとき、相手の日本人女性の要望で宮本静男という通名に変えました。その後、男の子が生まれ、小学校へ行くことになったとき、やはり子供には韓国名を名乗らせ民族の誇りを持たせるべきだと思い、家庭裁判所に『氏の変更』を申し立てました。しかし家裁の審判では、民族意識、民族感情は『やむを得ない事由』に該当しないとして却下されたのです」

民族意識もなければ社会への関心もない自分は何に該当するのだろう。差別されているという意識だけでは「氏の変更」の理由に該当しないのだろうか。法的な知識や社会的な知識のない貴子は重田弁護士の話を聞くにつれて「氏の変更」は無理であるように思えてきた。

「金哲夫さんは在日韓国人三世ですが、大学受験をする兄が韓国名では不利になるのではないかと思い、一家が日本に帰化したのです。しかし、その後、金哲夫さんは高校三年生のときに朝鮮の歴史を学び、民族意識に目覚めて『朝鮮人として生きることが、自分に自信を持って生きる唯一の方法だ』と考え、朝鮮大学に進学して金哲夫を名乗るようになったのです。そして家裁に『氏の変更』の申し立てをしたのですが、李静男さんと同じ理由で却下されました。しかし、三人は諦めていません。自分を取りもどすという権利は人間の基本的人権の一つだからです」

三人の「氏の変更」は五年以上の長きにわたって裁判闘争を続けているのだった。彼らの忍耐と意志の強さは貴子にはないものであった。何が彼らを五年以上の裁判闘争にかりたてているのか。

「わたしにはその人たちのように五年も闘う気力はありません」

弁護士に依頼すれば「氏の変更」は簡単にできると思っていたが、こんなにも困難をきわめる作業だとは考えていなかった。

「いったん作られた法律は時代が変っても簡単には変えられないのです。一つには法律家の意識が時代に遅れていることもありますが、国は法律を変えたくないと思っているのです。特に日本人が、たとえどういう理由があるにせよ、外国人の姓名を名乗ることを容認すれば国の根幹がゆらぐことにもなりかねないのです。だから時代遅れの古い法律でも変えようとしないのです。もし変えると戸籍法や夫婦別姓にまで問題はおよび、それまでの制度を見直さなければならなくなります。といってこのまま放置しておくわけにもいきません。国際社会はつねに動いています。その国際社会の動きに順応していかなければ、日本はとり残されてしまいます。それは経済の発展にも影響しかねないのですから」

重田弁護士の話は国際社会にまでひろがり、貴子には理解できかねた。

「確かに裁判は忍耐がいります。しかし、三人の権利が認められる日は、そう遠くないでしょう。彼らが権利を勝ち取れば、あなたの『氏の変更』も難しくありません。要はあなた次第です。彼らのあとに続くのか、それとも諦めるのか。一つだけ言えるのは、一人で悩んでいては何も解決しないということです」

　貴子は自分の判断が甘かったと思った。

「どうすればいいのでしょう？」

　戸惑いながら貴子は訊いた。

「まず、周囲の者に韓国名を名乗ることです。勇気がいりますが、一度口に出してしまえば気が楽になります。周囲の者は違和感を覚えて怪訝な顔をするかもしれませんが、あなた自身が自分の本名に慣れることです。自分を紹介するとき、あるいは紹介されるとき、本名が自然に言えるようになることです。時間はかかると思いますが、先ほどお話しした三人も韓国名を名乗ることからはじめました」

　重田弁護士は貴子の表情の変化を見守った。明らかに動揺している。

「いまここで、韓国名を言ってみませんか」

　重田弁護士は暗示でもかけるように言った。

「いまここで、ですか」

　貴子の顔がこわばっている。一点を凝視して苦しそうにためらっていた。父に対しては言えたのに他人に対しては言えないのだった。

「気持を楽にして言ってみて下さい」

重田弁護士は静かな声で、しかし励ますようにうながした。

「コウ・タカコ、です」

貴子の額に汗がうっすらとにじんでいる。

不自然な発語に貴子はどこか屈辱を覚えた。

「韓国語の発音では、コウ・キジャです」

重田弁護士はなめらかな発音で言った。

貴子は唇を嚙みしめ、

「わたしには無理です」

と言った。

「いまは無理かもしれないけど、自分を取りもどす方法は、これしかないのです。三人のこれまでの裁判記録や新聞記事があります。それらを一度読んでみて下さい。そしてもし気持の整理がついたら、またわたしに電話して下さい。そのとき、家裁に申し立てをするかやめるかを決めて下さい」

貴子がここで諦めることのないように、重田弁護士は貴子の決心を先延ばしにした。

秘書が大きな封筒に入れた資料を持ってきた。重田弁護士はそれを貴子に渡し、

「とにかく一度、読んでみて下さい」

と念を押した。

重田弁護士は料金を取らなかった。貴子が裁判所に申し立てすることを決めれば弁護士費用を請求すると言った。そのためにも貴子は資料を読まなければならなかった。

重田弁護士事務所を出た貴子は重い足どりで靖国通りに出て古本屋街をぶらついた。こんなに古本屋が軒を並べているとは知らなかった。大学時代を含めて貴子は読書に馴染んだことがない。ときおり友達にすすめられて超ベストセラーを読んだくらいである。物珍しさもあってなにげなく一軒の古本屋に入ってみたが、古本の湿《しけ》った紙の匂いが鼻を突き、貴子はすぐにそこを出た。

かかえている資料が重かった。どこかに捨ててしまいたいと思った。コウ・キジャ……貴子は口の中で呟いてみた。同じ貴子という字だが、まったく聞き慣れない名前であった。他人にコウ・キジャと言えるだろうか。たぶん口ごもって発語できないかもしれない。自分が二つの人格に分裂していくような気がして畏《おそ》れた。

タクシーでホテルの部屋に帰った貴子は資料をテーブルの上に投げ出し、ベッドに倒れた。足枷をはめられて身動きとれないような不快感にとらわれていた。自由になりたい……。なぜ自由になれないのだろう。周りの者はみんな自由だというのに自分一人が自由を奪われているように思えた。ハーフであることを知らなかった頃は自由だった。誰も貴子の自由を拘束したりはしなかったし、自由は空気と同じだった。それがいまの自分は酸素を切らして苦しみもがいているのだ。

10

重田弁護士事務所を訪ねて数日が過ぎても貴子は電話を入れなかった。億劫だったこともあるが、怖かったのである。韓国名を晒して差別されるより、隠している方がましだという気持になっていた。

だが、隠しておどおどしている自分がみじめであった。他人の目や言葉を気にして生きている自分が情けなかった。これから先、生涯隠しきれるだろうか。どんなに隠しても誰かに必ず暴かれるのだ。暴こうとする人間がいる限り、隠しきれるものではない。人間のこころの奥にひそんでいる悪意は、ほんのわずかな出来事に対しても憎しみを増幅させて攻撃してくる。

仕事から部屋にもどってきた貴子は、いつも明け方まで飲んでいた。眠れない貴子は店で飲んでいるうえ、部屋にもどっても飲んでいたので起床するのは午後三時、四時頃になる。それから入浴し、ドライヤーで濡れた髪を乾かし、食事もとらずに出勤していた。

そんなある日、午後三時頃に目を覚ました貴子は寝起きの煙草をふかしながら、なにげなくテーブルの上の封筒にぼんやりと目をやった。重田弁護士から一度、読んで下さいと言われていた裁判資料である。

貴子は腕を伸ばして封筒を取って中に入っている裁判資料を見た。

「氏の変更許可申立書」
本籍　東京都練馬区練馬三丁目二十八番地
住所　東京都練馬区練馬二丁目十二番地
申立人　呉本恵子

重田弁護士をはじめ四人の弁護士がついている。
呉本恵子の生い立ちと家族の記述があり、学歴が記されている。

氏変更の「やむを得ない事由」の存在
①「呉」を通名として永年使用し、定着している事実。
申立人は十年以上前から「呉」姓を使用し始め、その後段階的に「呉」姓を使用する範囲

を拡大してきたが、職場も含めて日常生活のあらゆる場面で全面的に「呉」を使用するようになってからでも既に八年目になって定着しており、申立人は「呉先生」「呉さん」として知られ、戸籍上の氏「呉本」はこれを知る人も少なく、法律上どうしても必要ある場合以外には使用されなくなっている。

実父呉照敦が四十七歳で死亡したことを契機として申立人は折に触れて自ら「呉」と名乗り始め、教師となり、多数の子供達と接するようになってからは、韓国人である父の姓「呉」を名乗ることに積極的な意味を見出し、私的な活動、日常生活（職場を除く）においてはすべて「呉」を自らの姓として使用するとともに、教師としても子供達に対して自分が韓国と日本の混血であり韓国姓は「呉」であることや「恵子」を韓国では「ヘジャ」と読むことを教えたりするようになった。

勤務先でも管理職の了解を得て仕事の上でも全面的に「呉」を名乗り始め、校長・教頭も含めた教職員間のみならず、生徒・父母に対しても「呉」として紹介され、また、自ら「呉」と名乗って授業その他の教育活動をし、出勤の札、靴箱や机の名前の表示、成績通知票への記入、公文書以外の書類作成にも「呉」を使用している。またそれは勤務先の学校内のみにとどまるものではなく、東京都の公的な教育研究活動も含めて他校教師との関係にまでおよんでいる。このように実際の教育の場で全面的に「呉」と名乗り、これが八年にわたる実践を経た現在、申立人は「呉先生」として生徒・父母及び教師間で知られ、「呉」が申立人の姓として教育現場で定着しているといえる。

②なぜ、申立人が「呉」を名乗るようになったのか。

人格形成と申立人の生きる姿勢に結びついた姓としての「呉」。

申立人の父母はお互いに伴侶《はんりょ》と認めあって同居し、父は生れた申立人を溺愛《できあい》したが、母の親族の強い反対のため婚姻届をせず、「申立人が将来つらい思いをしないように」と認知もしなかったという。その背景には韓国・朝鮮人に対する根強い差別の現実があったことはいうまでもない。

子供の頃、なぜ父がいなかったのかという申立人の問いに対して、「パパが朝鮮人だったからあんたの将来のために別れた」と答え、朝鮮人に生れると就職も結婚もできない、将来がメチャメチャになる、と説明した母の言葉に、申立人はその時から、自分は普通の子ではないのだ、と頭に刻みつけた。父が日本人であってくれたならどんなにかいいだろうと空想し、一方、自分は日本国籍だから黙ってさえいれば誰にもわからないから安心だと自分に言い聞かせたが、隠すべき秘密を背負った小さな心の傷は深かった。「朝鮮人」「私生児」「混血児」という言葉が心の底にこびりつき、人に知られたら大変だという不安におびえて神経を尖《とが》らせ、おどおどして無邪気に人と交わることもできなかった。

高校生になり自分のことを隠してつきあうことが苦痛となった申立人は親しい友人に相手の反応を気にしながら打ち明けるようになり、逆に隠している自分自身が朝鮮人であることを卑下し差別していることに気づかされ、差別や朝鮮問題の本を読みあさり、日本の植民地下で抑圧される朝鮮民族の姿に父の顔を重ねて、いつの間にか支配者としての日本に批判の目を向ける自分を発見することもあった。しかし、韓国人でもありながら「日本国籍」である申立人の立場は、中学の頃預けられていた叔母（日本国籍）からは、ささいなことで「あんたはお国がちがうから」とせせら笑うように言われ、一方、父の側の従姉妹《いとこ》（韓国籍）からは「恵子ちゃんはいいね、日本国籍やから」と言われるような、中途半端な存在であって、双方から疎外されて自分は何者なのかいつも問い続けなければならなかった。

父呉照敦が四十七歳で死亡し、申立人は十代から二十代にかけて自分の生き方に強い影響を与えてきた父の死に深い衝撃を受けた。大阪で父と会う時、なぜ朝鮮人であることを隠すのかという問いに、ひと言「損やねん」と答えた父に、ただ反抗して責めるばかりであった自分、父が日本社会の中で朝鮮人であるが故にいかに深く傷つき苦しんできたかということまで思いやることのなかった自分が悔やまれ、寂しく死んだ父への哀惜の思いにかられると同時に、父の死をよいことにその存在をないがしろにし、忘れさせようとする母やその親族に反発し、娘である自分だけでも父を誇りに思い、自分が韓国人と日本人との混血としてこれを隠さず誠実に生きようと思い至って、それから韓国の歴史や文化を学ぶと共に、友人、知人間で折に触れて自らを「呉」と名乗り始めたのである。

ここまで読んで貴子は溜息をついた。「呉恵子」が本名を名乗るようになったいきさつは、まるで貴子と同じだった。貴子がハーフであることに気付いたのは最近のことだが、それにしても「呉恵子」の意識の高さには比べようもなかった。同じ悩みをかかえ同じ立場でありながら、どうしてこうも意識に落差があるのか。貴子はようやく、重田弁護士が、「まず本名を名乗ることです」と言った意味を理解した。

貴子は次のページに目を移した。

③「呉」を名乗ることの教育における積極的な意味。

現在約六十八万人の在日韓国・朝鮮人が日本社会の中で生活している。その大部分は日本の朝鮮に対する植民地支配の下で強制連行され、また、渡日を余儀なくされて、一九四五年八月十五日以前から日本に住んでいる人とその子孫である。戦後四十年以上が経過し、日本で生れた二世・三世・四世が在日韓国・朝鮮人の八〇パーセント以上に達しており、外国人として法的にもさまざまな制約下におかれながらも、これら在日韓国・朝鮮人は、自分達の民族に対する差別と偏見が今も根深く存在する日本社会の中で、多くは自らの国籍・民族を隠し、日本人であるかのようにふるまって生きなければならないところまで追いつめられている。このことは韓国・朝鮮人の九一パーセントが本名の他に通名（日本名）を有し、七〇パーセントが通名の方を多く使って生活しているという事実にも表れている。日本は戦前植民地下で朝鮮民族に対し朝鮮名である本名を奪い、日本名の使用を強制したが、現在もなお、本名を名乗るという、まるであたりまえのことが自然にできないか、あたりまえのことをするのに非常な勇気と多大なエネルギーを必要とする、という現実があるのである。このことは、学校や職場で、子供達・若者にとって特に深刻な問題となっている。

申立人は教師となって、学校や地域の子供会などで多数の子供達と出会い、日本人の子供達の中に既に根深い差別意識があることに驚くと共に、在日韓国・朝鮮人の子供達の多くは日本名を使い、韓国・朝鮮人であることを負い目に感じ、自ら韓国人だ、朝鮮人だ、とは明らかにしたくない気持を強く持っている現状を知るようになった。民族差別がどれほど小さな子供達（日本人も、韓国・朝鮮人も）の心を傷つけ、荒廃させ、歪めていくかを目のあたりにし、かつて朝鮮人の子として生れたことを呪《のろ》って母を責めた経験をこれらの子供達には味わわせたくないと感じ、教師として自分が何をしたらよいのか自問した時、在日韓国・朝鮮人の子供達が民族的誇りをもてるよう勇気づけ、また日本人の子供達が韓国・朝鮮に対して興味と親しみをもって、偏見のないよい友達になれるように、身をもって教えてゆきたいと考え努力するようになった。

このような教育実践の中では、在日韓国・朝鮮人の子供達が本名である韓国・朝鮮名を名乗ること、これを子供達が自然なこととして受けとめていけることは基本的かつ重要な課題となるのであって、韓国人を父とする申立人は、その第一歩として、まず、教師である自分自身が韓国人の父を持ち姓が「呉」であること、名前も「ヘジャ」と読むことなどを教え始めることから出発したのである。そのために私的な生活面、交遊関係においては姓として「呉」だけに統一して使用するようにし、現在の勤務先に転勤してからは学校でも全面的に「呉」を姓として使用するようになったのである。

「氏の変更許可申立書」の趣旨は以上のような内容であったが、審判は「申立人が『呉』姓を名乗ることには積極的な評価と理解を示しながら、これを戸籍上の氏とすることに対しては、『しかしながら……』と続けて、まだ『呉』姓が社会一般に広く定着しているといえないこと、『呉』姓を使用しなければならない必要性ないしは必然性に乏しいこと、通称使用の不便さは特別の支障とは言い難いこと、等を氏の変更に対する否定的事情として挙げて結局申立を失当として却下してしまった。誠に遺憾と言わざるを得ない」と文面は続いていた。

「氏の変更許可申立書」を読み終えた貴子は、五年の長きにわたって裁判闘争を続けている呉恵子の勇気と忍耐に感動し、同時に司法の壁の厚さに戦慄を覚えた。「氏の変更許可申立書」の内容は痛いほどわかるのだった。

だが、自分には呉恵子のような勇気と忍耐はないと思った。「通称使用の不便さは特別の支障とは言い難い」とする審判も一理あるのではないかと貴子は自分に言い聞かせた。ことを荒だて、自分を追い詰めるだけの結果になるのではないか。裁判の途中で挫折して後悔することになるのではないか。不安がつのり、無力感に陥った。

貴子は煙草に火を点け大きく吸った。そして窓際に立って外を眺めた。車が往来し、大勢の人間が行き交っている。なぜ人は差別するのだろう。人を差別することは自分自身をおとしめることになるのではないのか？　そのことに気付かない差別は根拠のない優越感を増長させるのだ。父が本名を隠して生きてきたように自分も本名を隠して生きられないことはない。しかし、将来、もし結婚することになれば素性を知られるだろう。またかりに素性を受け入れられて結婚したとしても、子供たちは同じ悩みを引きずるにちがいない。呉恵子の申立書に書いてあるように差別は人間の深い意識の中で暴かれる日を待ち続けることになるのだ。それを思うと貴子はぞっとした。

貴子の気持は揺れ動いていた。重田弁護士に連絡しようかどうしようか、考えあぐねて日一日とやり過ごしていたある日、「テキサス」に重田弁護士が一人で飲みにきた。ドアを開けて入ってきた重田弁護士を見て、貴子は「いらっしゃい」という言葉を掛けられなかった。

代りにマスターが、

「久しぶりですね」

と挨拶した。

「ご無沙汰《ぶさた》してます。このところ忙しくてね。仕事が忙しくて飲む時間もないのはよくないことだよ」

重田弁護士はとまり木の隅に腰を下ろして貴子をちらと見た。

「彼女とは以前、この店でお会いしたことがあると思うんですが、いま店を手伝ってもらってます」

マスターが貴子を紹介すると、

「お名前は……」

と重田弁護士が訊いた。

明らかに意識的な問いかけだった。

貴子は一瞬、戸惑い、自分の名前を忘れたかのように棒立ちになっていたが、

「コウ・キジャです」

とぎこちない発音で名前を言った。

「コウ・キジャ……在日コリアンの方ですか」

重田弁護士はなおも意地の悪い問いかけをするのだった。

貴子の顔がみるみる蒼ざめ、何か重大な決意を迫られたときの人間のようにすくみ、そして言った。

「はい、そうです」

そのとき貴子は口腔《こうこう》の奥から幾千万の言葉が吐き出されたように思われた。そして白い歯を見せてほほえんだ。

「そうですか。わたしは重田隆夫です。よろしく」

重田弁護士は満面の笑みを浮べた。

驚いたのはマスターと紺野だった。まさか貴子が自ら韓国名を名乗り、在日コリアンであることを認めるとは想像だにしていなかった。もちろんマスターと紺野は貴子がハーフであることを知ってはいたが、あらためて貴子が「コウ・キジャ」と名乗り、在日コリアンであることを自ら認めたので、貴子が別の人間に見えた。

貴子は禁断の実を食べたような何かしら後ろめたい気持だった。韓国名を名乗ったものの、これから先、誰に対しても韓国名を名乗れるかどうか自信はなかった。たまたま来店した重田弁護士の誘導尋問に乗せられて韓国名を口にしたが、貴子自身、違和感を覚えてマスターと紺野の顔色をうかがった。

「韓国読みで『コウ・キジャ』というのか」

マスターは貴子の気持を察して、その場をとりつくろうように言った。

「韓国語はわからないけど、『コウ・キジャ』というらしいです」

「コウが名字でキジャが名前なの？」

と紺野が訊いた。

「そう、日本名の木村は母方の名字で父の本名は高なんです」

「そうか……じゃあ、これから貴子のことをキジャと呼べばいいんだ」

紺野は無邪気に言ったが、キジャという名前が身につくまでにはどれほどの時間を必要とするのだろう、と貴子はこころもとなかった。二組の客が入ってきた。貴子は重田弁護士から離れて仕事についた。そして客の前でマスターや紺野から「キジャ」と呼ばれるのではないかと貴子は内心恐れた。

二時間ほど飲んでいた重田弁護士は腰を上げて勘定を支払い、ドアまで送ってきた貴子に、

「明日にでも事務所にきませんか」

と言った。

重田弁護士が店にきた目的は事務所に訪ねてきた日からなんの音沙汰もない貴子の決意をうながすためだったのだ。それを思うと貴子は断れなかった。

「わかりました。行きます」

気持は定まっていなかったが、事務所に行って、もう一度気持を整理してみようと考えた。

その夜、父の木村から電話があり南青山に2LDKのマンションが見つかったので引越すように言われた。貴子は一週間以内に引越すことを伝えた。

「お父さん、わたし、今日店で『コウ・キジャ』と名乗りました。お父さんもこれから、わたしのことを『キジャ』と呼んでね」

それまで反抗的な言葉遣いだった貴子が落ち着いた声で言った。

「そうか、おまえがそう呼んでほしいのなら、これからは『キジャ』と呼ぶ」

木村は感慨深そうな声で答えた。

電話を切った貴子は胸の中で「キジャ……キジャ……」と何度も呟いた。父に「キジャ」と呼んでほしいと伝えたことは、とりもなおさず貴子が一つの方向に踏み出したことだった。新しい名前は新しい人格を表象することにほかならないのだった。

翌日の午後二時に貴子は重田弁護士事務所に行った。事務所に入ると、最初訪れたときは無愛想だった秘書の戸田洋子が笑顔で迎えた。書籍や書類や新聞、雑誌類に埋もれている重

田弁護士も期待どおり貴子が事務所にきたので、

「よくきてくれました」

と相好を崩した。

「昨日はわざわざお店にきてくださいまして、ありがとうございます」

貴子は礼を述べて折りたたみ式の椅子に座った。

「あなたのことも気になってましたが、たまには飲みたいと思ってね。顔を出したんです」

さりげなく言って重田弁護士は、

「書類を読まれましたか」

と訊いた。

「はい、読みました。わたしには不慣れな文章でしたが」

「公文書というのは硬くてね。馴染みのない文章ですから読むのにひと苦労したでしょう。で、読まれた感想はいかがですか？」

微妙な問題だけに重田弁護士は貴子の心理を慎重に読み取りながら訊いた。

すぐには答えられず、貴子はしばらく考えていたが、

「感動しました」

と返事をした。

「そうですか。それはよかった」

　重田弁護士は安堵したが、貴子は硬い表情をしていた。

「でも……わたしには呉恵子さんのような勇気と忍耐はありません。わたしには信念がないのです」

　自分を責めるように貴子は表情を曇らせた。

「呉恵子さんもはじめはあなたと同じでした。周囲の顔色を気にして、自分に自信が持てず、尻ごみしてました。差別されている人間はどうしても内にこもりがちなのです。本当の自分を見たくないのです。それがかえって悪循環をもたらし、壁をつくっていくのです。差別する側は壁をつくりますが、差別される側も自分で壁をつくり、孤立していくのです。壁をとり除くのです。壊すのです。あなたは昨夜、『コウ・キジャ』と名乗りました。少しぎこちないと思いましたが、素晴しいことです。目が見えず、口がきけず、耳も聞こえなかったヘレン・ケラーがはじめて発語したのは『水』という言葉でした。ぎこちない発語でしたが、『水』というひとことを口にしたヘレン・ケラーは、そこから世界が開かれました。あなたも同じです。自分の韓国名をひとこと名乗ったことで、あなたの世界は開けたのです。韓国名を名乗ること、それはとりもなおさず自由を手にすることであり、世界に自分の存在を知らしめることなのです」

熱く語る重田弁護士の目は温かく貴子を見守っていた。

「呉恵子さんは八年もの間、韓国名を名乗っているのに裁判ではいまだに認められていません。裁判で認められるのでしょうか？」

貴子が韓国名を名乗ったのは昨夜である。それも重田弁護士に誘導されて名乗っただけであって、自分から積極的に名乗ったわけではない。しかも、いつ終るともしれない裁判を続けねばならないのだ。それを考えると足がすくむのだった。

「裁判は必ず勝てます。時代は動いているのです。どんなに保守的な人間でも時代の力を阻止することはできません。時代を創っていくのはわれわれです。呉恵子さんであり、李静男さんであり、金哲夫さんであり、あなたなのです。無垢《むく》の無名の人々のやむにやまれぬ思いが時代を動かしていくのです。弁護士はあなた方の代理人です。わたしもまた時代の移り変りを見届けたいと思っています」

重田弁護士に励まされ勇気づけられて貴子はしだいに目の前の霧が晴れていくような気がした。

「大丈夫よ、あなたは一人じゃない。呉恵子さん、李静男さん、金哲夫さん、それにわたしたちが応援します。あなたが申し立てをすれば、あなたのあとから同じ悩みを持った人たちがついてきます。実際、あなた以外に何人もの帰化した在日コリアンの人たちが韓国・朝鮮名を名乗りたいと言って申し立てに踏み切ろうとしています。自分に目覚めた人は必ず自分を取りもどしたいと思うのです」

それまで黙っていた秘書の戸田洋子が助言した。

「どうすればいいのですか？」

貴子は訊いた。

「とりあえず家庭裁判所に『氏の変更許可申立書』を提出しましょう。一週間ほどかけて、あなたが韓国名を名乗りたいという動機と理由を戸田が聞きとりをして、それをもとにわたしが申立書を作成します。弁護士はわたしを含めて四人立てます。委任状四通、戸籍謄本一通、住民票一通を用意して下さい。呉恵子さんのときは家庭裁判所は申立書そのものを受付けようとせずに門前払いされましたが、いまならたぶん受付けてくれるでしょう。裁判所もかなり事情がわかってきたのです。あなたの場合は韓国名を名乗って日が浅いですから、裁判所が審理してくれるかどうかわかりませんが、申立書を提出しておくことが既成事実をつくることになります」

重田弁護士は事務的な手続きについて説明した。

「この先、何年もかかるのですか」

貴子はまたしても不安な声で訊いた。

「状況次第です。呉恵子さんが許可されれば道は開けます。そのためにわれわれは市民運動と連帯して全力をつくしています。多くの人に理解してもらう必要があるのです。そして多くの人の協力を得ています」

二時間ほど重田弁護士と秘書の戸田洋子の話を聞き、貴子はようやく決心した。

「来週の木曜日、『文京区民会館』で『呉恵子さんを支える会』の集まりがあります。日本の市民団体や在日の方もきます。ちょうどいい機会だと思うわ。呉恵子さんもきますから、参加してみません？」

秘書の戸田洋子は集会案内のチラシを見せて、

「このチラシに地図が載ってます。地下鉄の後楽園駅を降りてすぐです」

とチラシを貴子に手渡しながら地図を指し示した。

集会という言葉は貴子にはまったく馴染みのない言葉だった。

貴子はチラシを見た。

《呉恵子の裁判を勝ち取ろう！　あとひと息だ！》と大きなゴシック体で書かれている。

貴子はなぜか胸騒ぎを覚えた。見ず知らずの人間の中へ入っていくのが怖かった。自分が晒し者になるのではないかと恐れた。

「集会にはわたし以外に三人の弁護士も参加します。報告会ですから、裁判の状況がわかりますよ。この先、あなたも市民団体に支援されて裁判を闘うことになります。いい勉強になると思いますよ」

拒否反応を起こしている貴子に重田弁護士は支援団体と集会の意義について語った。しだいに貴子の気持が重くなってきた。ことは貴子一人の問題ではなく、この国の根幹にかかわる戸籍法の改正を裁判で争うことであり、時代と社会に向き合わねばならないのだ。

「しんどいと思いますが、一人では闘えないのです。なにしろ相手は国ですから」

重田弁護士は諭すように言った。

「なるべく参加するようにします。ただ引越しがありますから、日程を調整します」

あまり気乗りのしない貴子は引越しを理由に含みを残した。

重田弁護士事務所を出た貴子は公衆電話で父の木村に連絡を取った。来週の木曜日までに引越そうと考えたのだ。

「もしもし、貴子です。今日、部屋を見たいんだけど」

わがままで気まぐれな貴子は父の都合などおかまいなしに、すぐにでも部屋を見たいと言った。

「わたしは仕事で行けないから、会社の者に鍵を持って行かせる。杉本恭子という営業部の者だ」

貴子は南青山のマンションの前で杉本恭子と待ち合わせ、鍵を受取った。

表参道から根津美術館へ抜けて行く道の途中を左に曲ったあたりである。一、二年前まではこれといった店などなかった場所だったが、最近は洒落たカフェやブティックやレストランができて若者たちが増えていた。原宿とは違って大人の雰囲気がある。

マンションは十二所帯の比較的小さな建物だが、最新の設備を整えた豪華な内装だった。八畳のキッチンに二十畳のリビング、十畳と六畳の部屋がある。一人で住むには広すぎる空間だった。

貴子はさっそくイタリアの高級家具カッシーナで統一し、街中を歩いて調度品を探し回った。買い物をしているときの貴子は生き生きしていた。木曜日の集会の件はすっかり忘れていた。

木曜日の午後三時頃、戸田洋子から集会への参加を求める電話が入った。貴子は迷った。本当は参加したくなかった。豪華なマンションに住み、仕事にも慣れ、店にくる客との間にもこれといった軋轢《あつれき》のない状態の中で、あえて裁判に踏み切ることに、やはりためらいがあったのである。貴子は口実をつくって断ろうと思ったが、集会は午後六時からはじまるのだった。断るならせめて二、三日前に連絡を取っておくべきだったが、三時間後の集会を断るのは誠意がなさすぎると思われるだろう。店を休めないという理由も見えすいた嘘になる。

重田弁護士がマスターに電話で問い合わせれば、嘘はすぐに発覚する。仕方なく貴子は「行きます」と返事した。

マスターに電話を入れて休みを取り、貴子はチラシの地図を頼りに地下鉄を乗りついで後楽園駅にきた。「文京区民会館」は白山《はくさん》通りを渡ったところにあった。木造三階建ての古い建物である。館内に入ると誰もいなかった。貴子は場所を間違えたのかと思い掲示板を見た。するとチラシが貼ってあった。さらによく見ると会場は2Fと書いてある。貴子は階段を昇って二階へ行った。

ドアの開いている部屋がある。貴子はゆっくり近づき部屋の中をのぞくと、本やチラシが積んである受付の机の周りに三、四人の女性がいた。会場には五、六十人座れる机と椅子が並べてあり、二人の男性がマイクの調整をしている。そこへ重田弁護士と秘書の戸田洋子がやってきた。

「よくきてくれました」

重田弁護士は肩に掛けていたショルダーバッグを受付に預け、参加者名簿に署名して、「どうぞ」と貴子にも署名をすすめた。

貴子が署名すると、

「すみません。参加費千円頂きます」

と受付の女性が言った。

貴子は千円を出し、最後列の隅の席に着いた。会場には準備を手伝っている人たちを含めて十二、三人しかいない。重田弁護士は準備をしている人たちと打ち合わせをしていたが、貴子はこころもとない気持で待っていた。

六時の開催時刻ぎりぎりに多数の参加者が集まってきて、会場はほぼ満席になった。参加者の三分の二は三十代から四十代の女性だった。おそらく勤め先から直行してきた者や家庭の主婦もいるのだろう。こうした集まりにはじめて参加する貴子は体をこわばらせた。隣の席には五十代と思われる女性が机の上に筆記用具を用意していた。

「お待たせしました。それではこれから『呉恵子さんを支える会』の集会をはじめます。まず、呉恵子さんと三人の弁護士の方は前の席に座って下さい」

司会の重田弁護士の言葉に呉恵子と三人の弁護士が参加者と向き合う形で前の席に着いた。三十五歳の呉恵子は長い裁判を闘ってきたとは思えない柔和な優しい表情をしている。しかし、その優しい瞳の中に厳しい意志を秘めていた。

「裁判はいよいよ終盤にさしかかっています。五年の長期間闘ってきましたが、これもひとえに『呉恵子さんを支える会』のみなさんの協力があったればこそ持続できたのだと思います。そして今日はみなさんに嬉しい報告があります。その報告は丹羽《にわ》弁護士からお願いします」

　重田弁護士が丹羽昌利弁護士を紹介すると、呉恵子の隣にいた丹羽弁護士が鞄から書類を出して、おもむろに口を開いた。

「昨日、大阪で裁判をしていました宮本静男こと李静男さんと金村哲夫こと金哲夫さんが氏の変更を認められました」

　その言葉に会場の参加者からいっせいに拍手が起こった。

「戸籍法一〇七条『氏の変更』でいう『氏』とは、身分の関係の変動と無関係に人を特定表示する呼称のことです。ところで、氏は単に個人を表象する記号であるのみならず、個人の人格的同一性・統一性の象徴であって、氏を選択する権利、また自己の氏を奪われない権利は、憲法一三条の個人の尊厳にかかわるものとして、幸福追求権に基づく人格権の一種として保障されなければなりません。最高裁もこれを基本的に認め、在日韓国人の氏名を日本語読みにすることは人格権の侵害にあたるとしています」

　丹羽弁護士がひと息つくと参加者からまた拍手が起こった。

「個人の人格的同一性・統一性の象徴」とはなんだろう。貴子は丹羽弁護士の難解な言葉が理解できず、みんなが拍手しているのに自分一人だけ拍手していないのを恥かしく思った。そこで貴子は拍手したが、ワンテンポ遅れた。

「氏名を奪われ、あるいは強要されようとするとき、その権利性がクローズアップされるのは他の権利にも共通することです。氏名はその個人の民族を明らかにしますが、社会の差別的な力学によって氏名が隠され歪められ奪われていくのに抗して、民族名を名乗り続ける努力がなされるとき、氏名はまさに民族の尊厳と個人の具体的な生き方と結びついた強い人格的意味をもってきます。申立人が『呉』を名乗るのも、この意味での人格権にもとづいているのです。

法は、氏名の変更の可否にあたって、個人の自由意志と呼称秩序の維持、静的安全の比較衡量を『やむを得ない事由』として裁判官の裁量にゆだねていますが、憲法上の人格権は『氏』にかかわる法益を優先するのが原則といわねばなりません」

丹羽弁護士は用意した書類を要約しながら、きわめて法律的な専門用語を使って話すのだった。貴子はもう少しわかり易く話してもらえないだろうかと思った。

丹羽弁護士は続けた。

「昭和六十年一月一日から施行されている国籍法改正にともなう改正戸籍法は、日本国籍の者が外国人と結婚した場合、届出により、その配偶者の外国姓に変更することを認め、また日本国籍を選択した子供も父か母の外国姓を簡単に名乗れることになりました。法改正以前には、このような場合でも家庭裁判所が『やむを得ない事由』があるとして許可しないと外国姓への変更はできませんでしたが、変更の必要性が高いと認められた場合、手続きが簡単になったのです。このことは、日本国籍であってもその戸籍名を『日本人らしい』姓に限る必要はなく、ベトナム系、ドイツ系、アラブ系、ギリシャ系、ブラジル系、タイ系、韓国系、中国系など、多様な民族の出身を表す氏名があってもよいという当然の理念がようやく表明されたことを意味します。したがって外国姓への変更は従来のとおり家庭裁判所の許可を得なければなりませんが、『やむを得ない事由』の判断にあたっては、改正法の精神が充分考慮されるべきで、今回、李静男さんと金哲夫さんが許可を勝ち取ったのも、この改正法の精神が生かされたからだと思います」

丹羽弁護士の報告が終ると会場から大きな拍手が起こった。会場全体に熱気が溢れていた。貴子もその熱気をひしひしと感じていた。

「ありがとうございます。丹羽弁護士は大阪からわざわざ、この会場へ駆けつけてくれました。李静男さんは八年、金哲夫さんは七年闘ってきて、ようやく許可されたのです。これは大きな意味を持っています。呉恵子さんも五年闘ってきましたが、今回の許可で来週の審判では必ずよい結果が得られると確信しています。それでは呉恵子さんにひとことお願いしたいと思います」

呉恵子の静かな表情は、しかし少しほてっているように見えた。複雑な思いが胸中をよぎっているのだろう。会場を見渡し、呼吸を整えて、おもむろに口を開いた。

「李静男さんと金哲夫さんが変更を認められたことは自分のことのように嬉しいです。わたしが今日まで闘ってこれたのも彼らがいたからです。もちろん四人の弁護士先生の正義感と強い意志なくしていまのわたしはありません。そして会場におられますみなさんの支援なくして五年もの裁判を闘うことはできませんでした。わたしは社会のなんたるかを知らず、裁判のなんたるかを知らず、市民運動のなんたるかを知らず、ただ理不尽な差別を受けながら自分を隠し続けて短い生涯を終えた父の無念を晴らしたいと思って『氏の変更』を家庭裁判所に申し出たのですが、門前払いされました。そのときあらためて日本社会の厳しい現実を知らされました。

日本は『単一民族国家』だといわれてきましたが、韓国人の父と日本人の母を持つわたしはいったい何者なのでしょうか。国籍が日本だから日本人だと教えられ、わたし自身もそう思い込んできましたが、対等な日本人として扱われなかった経験もいくつかありました。

母方の親戚から『あんたは、お国がちがうからね』とせせら笑われ、面と向って言われたこともありました。また、朝鮮人と嘲《あざけ》る言葉を、友達の口から聞くこともしばしばあり、そのたびに朝鮮人の血を引く自分を卑下し途方に暮れたものでした。本当の日本人になれたらどんなにいいだろうと思って育ちました。言いかえれば、日本人であっても仲間はずれの異端者であると感じていたのです」

「異端者」という言葉に貴子はどきっとした。自分は社会の表には出られない、はぐれ者なのか、と言葉の意味を反芻した。

「一方、父方の親戚からも、どうせ得な日本人の側にいるんでしょう、という見方をされ『恵子ちゃんはええね、日本の国籍やから』と、従姉妹たちに言われたこともありました。在日同胞との交わりを深めていく中でも、国籍差別――就職や結婚、進学、住宅入居、年金加入、融資、その他の行政サービスでの排除、制限――をまぬがれている者には、自分たちの苦しみはわからない、と言われることもしばしばでした。いつ自分たちを裏切るかもしれない中途半端な存在として、日本国籍を持つ者は朝鮮人社会からも疎外されてきました」

日本人と在日韓国・朝鮮人の狭間で両方から差別されてきた呉恵子の体験は貴子にないものであった。貴子は在日韓国・朝鮮人といえば父であり、父以外に在日韓国・朝鮮人とつき合ったことはなかった。いったい在日韓国・朝鮮人とはどんな人間なのか。長年、貴子がいだいていた在日韓国・朝鮮人のイメージは無学で無教養で野蛮な人間だった。けれども貴子自身が在日韓国・朝鮮人の一人であり、呉恵子も在日韓国・朝鮮人の一人である。

呉恵子は映し鏡のように貴子の内面をあますところなく映し出していた。

「このように、日本人と朝鮮人の両方の血を受けつぎながらも、日本人と在日朝鮮人が不幸にもいがみ合い、対立する感情を持つ中で、わたしはその狭間でどちらにも受け入れられずに、自分はいったい何者かと問い続けなければなりませんでした。

日本の朝鮮侵略という歴史にはじまりアジア人蔑視の今日にいたるまで、一貫して在日朝鮮人に対して排外か、さもなければ同化の二者択一を迫る日本の政策が、こうした不毛な対立を生み出したのです。このことは、お互いにとっての不幸であると思います。共存し共生する差別のない社会を築かなければ、私の子供たち、そしてどんどん増えている国際結婚で生れた子供たちは、同じように悩み続けることになるでしょう」

淡々と語る呉恵子の抑揚のない冷静な声は、しかし深い哀しみに耐えてきた声だった。その透明度の高い澄みきった声は貴子のこころの奥にしみ込んでくるのだった。

「私は両親の希望で、いわゆる『私生児』として、日本人の母の戸籍に入れられました。日本の国籍は、一九八五年から父母両系主義になりましたが、それまでは父親が外国人であると外国籍になる父系主義だったので、あえて婚姻届を出さず、私に日本国籍を取得させました。日本人として育てたいというのが両親の希望でした。それなのにどうして『呉』という父の姓を名乗り朝鮮の民族名を受け継ぐのか、疑問を投げかけられたこともあります。『一方の日本人の母親を否定してはいけないのではないか』とか『日本人か朝鮮人か、どちらとして生きることも選べるのに、朝鮮人として生きることを選んだ理由は、過去日本が朝鮮を侵略し、今も民族差別をしているからでしょうか』、そんな思慮ぶかい質問をされた方もいました。こうした良心的な問いに接するとき、私自身も日本人の一部であることを忘れてはいけないと思うのです。生れて気がついてみればすでに、私という存在を包むものは日本の風土だったし、今後も日本の地で生活することを選びとり、たくさんの日本人を愛して生きていくわけですから。そして経済大国日本の恩恵に浴し、良くも悪くも日本の今日の状況を支えてしまっていることを自覚しなければいけないと思います。それでも私は日本名ではなく、父の朝鮮名を名乗り在日韓国・朝鮮人の立場で生きていきたいと思います。もちろん私の母を拒絶するとかないがしろにするつもりはありません。私の母も父と一緒になったために差別を受ける経験を持ったわけですし、母親を、日本人だからといって切り捨てられるはずもありません」

わたしは母を憎んだが、母もまた父と一緒になったがために親戚関係から差別されたのだろうか。いつも旅行し、絵画や骨董品を買い漁っていた母だったが、内心は忸怩《じくじ》たるものがあったのかもしれない。あなたはお父さんとそっくり、と母に言われたとき動転して割れたクリスタルの花瓶の破片で母を刺したが、母は韓国人を差別しながら差別されていたのだ。その差別されていた感情が差別する感情に逆転して娘のわたしをののしったのだ。

貴子は呉恵子の話を聞きながら漠然とそう思った。

「呉を名乗ったきっかけは、自らの出自を隠したくない、という気持からだといえるでしょう。一般的な隠しごとをしている後ろめたさというより、自分が朝鮮人の父を持つ、そのありのままのどこがいけないのだ、という自尊心からだと思うのです。誰もが、努力で変えようもない自分のありのままの姿を丸ごと受けとめてもらいたいという気持を持っていると思います。自分を隠さなくてはいけないと思うことは、人間として大きな苦痛なのです。

呉は私の父の本名です。父は朝鮮人であることを周囲によって隠され、表面上は日本人としてあつかわれました。そして自らも堂々と名乗ることなく一生を終えました。一九三九年に創氏改名令が出て日本式の名前を強要され、一九四五年の植民地解放までは、本名を使うこと自体が許されなかったという経過があり、日本にとどまった朝鮮人はひき続き日本名で生活する者がほとんどであったようです。朝鮮人が朝鮮人として生きることは、蔑視や嘲笑の集中砲火を浴びることだったのです。

父が亡くなったとき、私の母方の親戚はこれで父方とはすっきり縁を切るように、と言いました。自分たちの利害のために、死んでからでさえも父をおおい隠すような行為は、父にとってあまりに非情であると怒りを覚えました。同時に、必死で日本社会に溶け込み、日本人であろうとした父の自己犠牲と努力は、どのような幸せとして報われたのか、と思いやるとき、痛々しい姿しか思い浮べることができませんでした。娘の私までもが、父が朝鮮人であることを隠して何ごともなかったかのように生きていってはいけないと強く思いました。私だけは父を誇りにし、父が朝鮮人として生れ死んだ、その存在があったことを喜びたい。朝鮮人の父の娘として私が生をうけたことを素直に受けとめたい。そうした思いに激しく突き動かされました。

私は長い間、父を愛しながらもこころのどこかで父を見下していました。父が朝鮮人でなかったらどんなに良かっただろう、と何度となく思い、自分勝手な都合で父を否定する気持を持って生きてきたのです。そしてさらにひどいことに、そういう自分に気付かずに『なぜ隠すのか、なぜ堂々としないのか』と父をいくじなし呼ばわりして責めていたのです。雄々しい父親像を振りかざして。父にそんな仕打ちをしてしまった自分自身を変えることで父に償いたいと思いました。そして父になり代って、父の人生の願いを遂げたい、朝鮮人が自分自身を隠さずに生きていける世の中、言いかえれば、朝鮮人が朝鮮人として幸せになれる世の中を、一歩ずつでもつくり出すことが父の人生に報いることではないだろうかと思ったのです」

呉恵子の話を聞いているうちに貴子は自分がうとましく思えてきた。わがままで世の中をまったく理解していない自分が責められているような気がした。ハーフである前に人間としての自尊心を問われているような気がしたのである。父は何も言わないが、父の胸の奥に閉じ込められている人間としての自尊心を娘である自分が傷つけてきたのではないか。貴子はしだいに呉恵子の話を聞いているのが苦痛になってきた。

　そのとき呉恵子と視線が合った。貴子は自分の内面を読み取られているように感じて目を伏せた。

「そのような思いの中で、練馬の在日韓国・朝鮮人の子供たちを見守る教育ボランティア活動に参加しました。そこで、幼い頃の私と同じように肩身の狭い思いをし、また差別から逃れたい一心で、もがき苦しんでいる在日同胞の子供たちと出会いました。そして、そのような在日韓国・朝鮮人児童と向き合う教師としての自分が、何をしたらよいのか、何ができるのか、と問うたとき、自分だけが『日本人』という安全な場所にいることはできませんでした。日本人の立場ではなく、在日韓国・朝鮮人の立場で共に差別に立ち向っていきたいと思ったのです。せめて私にできることは『民族を隠さないで、胸を張って生きていきたい』という気持を、身をもって示すことだと思いました。私が呉と名乗って生きる姿を通じて、これからの子供たちに『私の小さかった頃のみじめな思いをくり返さないで、のびのびと生きていってほしい』という願いを伝えようと思いました。国籍を韓国に変えたい、と真剣に思ったこともありました。

　でも、それは韓国に五年以上住んで帰化するか、韓国籍・朝鮮籍の人と結婚して夫の籍に入る形で帰化するしかありません。その場合、相手の人の姓になります。それらは不可能だったし、もとより私と同じ立場の日本籍朝鮮人が、誰でも選べる手段ではありません。それは、日本籍朝鮮人がどう生きていくか、という問いの答えにはならないだろうと思いました。私はあくまで、日本国籍を持って生れた事実から出発したいと思うのです。たまたま、このように生れついた人間の一つの生き方として、朝鮮名で生き、その中で考え、自分を成長させていきたいと思います」

呉恵子が話し終えたとき、会場は一瞬静まり重い空気に包まれたが、つぎの瞬間、その重い空気をはじくように感動がひろがり拍手が沸き起こった。

貴子もわれを忘れて拍手し、目にうっすらと涙を浮べていた。

拍手が鳴りやむと重田弁護士が、

「ありがとうございました。感動的なお話でした。この五年の間に、わたしたちは多くのことを学びました。そしてもっとも重要なことは諦めないことです。継続は力なり、といいますが、五年の裁判闘争の中で、わたしたちは打たれ強くなりました。同時にわたしたちの周囲に多くの理解者を得ることもできました。何ごとも一朝にして成就しません。忍耐強く、しかし果敢に挑戦し、現実を変えていくのです。そしていま現実が変ろうとしています。わたしたちは厚い司法の壁に風穴を開けようとしています。法律は人間が作ったものです。その人間が作ったものを人間が作り変えることができないわけがありません。法の前ではなんぴとも平等であるはずですが、その平等を保障するはずの法が人間性を拒否しようとするとき、その法は悪法であるといわねばなりません。法もまた時代とともに生き、変遷していくものなのです。つまり私たちが法を作っていく主体でもあるのです。

それから呉恵子さんが使っていました『朝鮮名』『朝鮮人』の『朝鮮』という言葉は、国籍ではなく、民族としての朝鮮民族の総称です。現在、日本に住む朝鮮民族の国籍は、韓国籍、朝鮮籍、そしてさらには帰化者や国際結婚による混血者の日本籍です。消しようもない朝鮮民族の一部として『日本国籍者』もいます。この意味で呉恵子さんは『日本籍朝鮮人』という言葉を使っています。

さて、李静男さんと金哲夫さんは許可を勝ち取りました。呉恵子さんの許可も間近だと思います。そして呉恵子さんのあとに続いて韓国名を名乗りたいと思っている人がこの会場に参加されています。コウ・キジャさんです」

突然、重田弁護士に指名されて貴子は赤面し、どぎまぎした。みんながいっせいに貴子を注視した。いったい何を話せばいいのか。貴子は頭の中が真っ白になって黙り込んでしまった。

みんなから催促の拍手をされて貴子はおずおずと腰を上げた。

「自己紹介して下さい」

重田弁護士は貴子の口からみんなの前で本名を名乗らせようとする。いわば貴子に最初の試練を与えようとしているのだ。

「コウ・キジャです」

数十の視線に射抜かれて貴子は声が詰まった。だが、何かを話さなければならない。心配そうに見守っている呉恵子がやさしくほほえみかけた。

「わたしは……オウ・ヘジャさんと同じハーフです。父が韓国人で母が日本人です」

やっとそこまで言うと貴子は胸が張り裂けそうになった。誰かに首を絞めつけられているような感じだった。

「わたしは今日はじめて、みんなの前で韓国名を名乗りました。でも、韓国名を名乗るのは苦しいです。正直言って恥かしいです。わたしは自分がハーフであることを認めたくないのです。でも、わたしには韓国人の血と日本人の血が流れています。できればわたしの体から韓国人だけの血を抜き取りたいと思ってました」

貴子は自分でも何を喋っているのかよくわからなかったが、心の奥からこみあげてくる真実を吐露したい衝動にかられていた。

貴子は唾《つば》を呑み込み言葉を探した。言葉、言葉、言葉、言葉の中に真実はあるのだろうか。

「かりにわたしの体から韓国人の血を抜き取ることができたとしても、わたしは日本人から日本人として認められるとは思えません。わたしは日本国籍です。それなのにわたしは韓国人と思われています。どうすればわたしが日本人であることを証明できるのでしょうか」

貴子の言葉は日本人と韓国人に対する抵抗だった。

自分は何者なのかを日本人と韓国人に反問していた。人間の存在理由は何によって決定づけられるのか。そもそも個々の人間の存在理由を決定づける権利が誰かにあるとは思えないのである。

「わたしが韓国人ではないことを証明すれば日本人として認められるのでしょうか。それともわたしが日本人ではないということを証明すれば、わたしは韓国人になれるのでしょうか。法律のことはよくわかりませんが、そんなことはできないと思います。わたしはわたしですから……」

そのとき貴子は一つの確信を得たように呉恵子を見てかすかにほほえんで座った。

拍手が起こった。大勢の人たちから拍手をされるのははじめてである。貴子は照れるようにうつむき言葉を嚙みしめた。

「ありがとうございました。何か強い決意のようなものを感じました。今後、わたしたちは呉恵子さんの裁判を勝ち取り、続いて高貴子さんの裁判も闘っていくつもりです。どうかみなさん高貴子さんにもご支援のほど、よろしくお願いします」

それから松坂敬二弁護士と菊谷浩司弁護士の挨拶があり集会は終った。

会場から出ようとした貴子は重田弁護士に呼び止められて、

「このあと近くの居酒屋で飲み会があるんですが、一時間ほどつき合いませんか」

と誘われた。

午後五時だった。店は休むことになっているので時間的な拘束はなかった。

「そうですね……」

と迷っているところへ呉恵子がやってきた。

「素晴しいスピーチでした」

細身の呉恵子は顔をほころばせて握手を求めた。

「人前で喋ったのははじめてですから、あがってしまいました」

貴子は握手をして顔を赤らめた。

「あなたを見ていると、五年前のわたしを思い出します。わたしはあなたよりもっと恥かしがりやで、重田さんからみんなに挨拶するよう言われたとき自分の名前を名乗るのがやっとでした」

呉恵子は貴子の気持を察して温かく言った。

「わたしは呉恵子さんの話に内心抵抗もありましたけど、最後は胸が熱くなりました。わたしも呉恵子さんのように強い意志を持ちたいと思いました。これまでのわたしの生活には意志というものが必要なかったのです」

「わたしも意志が強かったわけじゃありません。いまでもわたしはくじけそうになります。あなたがおっしゃっていたように、わたしはただ自分を知りたいのです」

立ち話をしている二人に重田弁護士が、

「さあ行きましょう」

とうながした。

飲み会に集まったのは十人である。貴子と呉恵子以外は日本人だったが、そこでは当り前のように、コウ・キジャさん、オウ・へジャさんと韓国名で、呼ばれていた。そして一時間もすると韓国名で呼ばれる語感に慣れてきて、貴子は自然に反応できるのだった。


（下巻につづく）

この作品は二〇〇四年十月毎日新聞社より刊行された
ものを文庫化にあたり二分冊にしたものです。

異《い》邦《ほう》人《じん》の夜《よる》（上）

梁石日《ヤン・ソギル》

平成18年12月10日　初版発行

発行者――見城　徹

発行所――株式会社幻冬舎

〒151-0051東京都渋谷区千駄ヶ谷4-9-7

電話　03(5411)6222(営業)

03(5411)6211(編集)

振替00120-8-767643

印刷・製本―中央精版印刷株式会社

装丁者――高橋雅之

幻冬舎文庫

ISBN4-344-40881-0　C0193　　や-3-13